LA LITTÉRATURE SANS ESTOMAC

PIERRE JOURDE

LA LITTÉRATURE SANS ESTOMAC

L'ESPRIT DES PÉNINSULES

ISBN : 2-266-12620-2

À mon frère Bernard
qui connaît la bagarre

AVANT-PROPOS

L'ambition de ce livre n'est pas de dresser un tableau d'ensemble de la littérature française contemporaine. Il s'agit d'approfondir des lectures, de réagir à certaines perversions du système éditorial.

Il n'y a guère de points communs, *a priori,* entre les œuvres abordées dans ce livre, à part le fait qu'elles sont contemporaines et ont été publiées, en grande majorité, dans les dix dernières années. Une ligne de démarcation assez tranchée les sépare en deux groupes : celles qui font l'objet d'une charge, celles auxquelles on rend hommage. Eût-il été préférable de séparer les textes polémiques et les analyses élogieuses ? Cet ouvrage prétend démontrer au contraire la fécondité de leur rapprochement. Unc logique se dégage de l'ensemble, le positif et le négatif s'éclairent l'un l'autre.

Appuyons encore un peu sur ce qui différencie les auteurs commentés ; leur audience : certains ont touché un très large public (Houellebecq, Delerm, Angot, Beigbeder), d'autres demeurent relativement confidentiels (Redonnet, Chevillard); leurs genres : les romances sentimentales d'Emmanuelle Bernheim voisinent avec les crudités autobiographiques de Christine Angot, les proses poétiques de Philippe Delerm, le théâtre déroutant de Valère Novarina, les romans policiers politiques de Gérard Guégan, la poésie d'Alain Veinstein; leurs styles : rien de commun entre le néoromantisme flamboyant d'Olivier Rolin, la pauvreté franciscaine de Christian Bobin, la loufoquerie inspirée de Novarina, le réalisme sarcastique ou mélancolique de Michel Houellebecq ou de Frédéric Beigbeder. L'éloge ou le blâme n'est d'ailleurs aucunement fonction d'un genre, d'un style, d'un mode de représentation. Pas ou très peu de présupposés théoriques (on verra lesquels peuvent jouer). Le jugement concerne à chaque fois l'œuvre dans sa particularité.

On trouve même, égaré parmi ces romanciers, ce dramaturge et ce poète, un critique (qui fut même, n'ayons pas peur des mots, un professeur d'université) : Jean-Pierre Richard. Il y a deux raisons à cette présence *a priori* saugrenue : d'abord, rappeler que certaines grandes œuvres critiques ont valeur littéraire (les haines de Léon Bloy comme les admirations de Georges Poulet) et Jean-Pierre Richard est abordé ici, indissociablement, comme écrivain et comme critique.

Ensuite, les ouvrages de Richard dont il est question concernent pour une grande partie, eux aussi, la littérature contemporaine, et cela engendre un effet de spécularité intéressant lorsqu'un même auteur, comme Christian Bobin, est traité de manière très différente.

Il y a pourtant un point commun entre ces textes. Quel que soit le succès qu'ils ont connu, aucun d'entre eux ne peut tout à fait se ranger dans la littérature populaire, ou de grande consommation : psychologisme, exotisme ou reconstitution historique. Tous, sans aller jusqu'à l'écriture de laboratoire, peuvent figurer au rayon « littérature exigeante », ou « littérature inventive », celle qui est publiée par des maisons prestigieuses, censées sélectionner rigoureusement leurs auteurs et travailler pour la postérité ; celle qui est défendue dans les magazines spécialisés et dans les pages littéraires des grands quotidiens.

Cette distinction entre littérature exigeante et littérature de grande consommation, reproduisant des schémas éprouvés, ne constitue pas un jugement de valeur (on trouve de grandes œuvres dans la littérature populaire). Il s'agit de définir un *horizon d'attente* : dans le cas de la littérature exigeante, la maison où le texte est publié, le journal qui en rend compte s'adressent à un lectorat averti, celui des amateurs cultivés, pour qui il existe une valeur littéraire, pour qui elle reste importante, et qui en attendent quelque invention, quelque nouveauté, quelque « effort au style », et la confirmation de leur croyance en un enjeu de la littérature, autre que la pure distraction.

Les livres abordés ici peuvent être l'occasion de s'apercevoir que, de plus en plus, les choix éditoriaux tendent à brouiller les pistes. Des ouvrages médiocres, simples produits d'opérations publicitaires, sont présentés par leurs éditeurs, de manière explicite ou implicite, comme de la « vraie littérature ». En France et dans les pays occidentaux, la demande de consommation culturelle se généralise. On se bouscule aux expositions et dans les musées. On s'arrache le Goncourt, qu'on ne lit pas, ou qu'on offre. Il s'agit donc de fournir à un public élargi, qui désire pénétrer dans le cercle des amateurs cultivés, quelque chose qui puisse passer pour de la vraie littérature (en fournir vraiment serait plus compliqué. Un auteur au plein sens du terme met du temps à se faire admettre, il ne rapporte pas vite). Il n'est pas nécessaire que de tels textes soient lisibles, il faut simplement que les livres soient achetés. Le public n'a pas réellement besoin de lire le livre qu'il a acquis : il suffit, par une promotion adroite, de parvenir à le convaincre qu'il est devenu détenteur d'une valeur symbolique, qui se nomme littérature. On s'emploie donc à lui fournir, non pas de la littérature, mais une image de la littérature. Il y a des écrivains pour fabriquer ces textes médiocres qu'éditeurs et journalistes ont habitué le public à considérer comme de la création.

Ce brouillage est facilité par l'égarement actuel des repères. Jusque dans les années soixante-dix, on pouvait encore parler de mouvements littéraires, d'écoles. Les démarcations esthétiques ou idéologiques restaient tranchées. Il s'agissait d'être moderne. Il y eut *Tel quel*. On s'efforçait de se convaincre qu'on ne s'ennuyait pas à la lecture de *Paradis*. On subit aussi l'écriture dite « des femmes », Jeanne Hyvrard, Monique Wittig, nauséeux brouet de tripes. Ces ménades s'employaient à déchirer Orphée. Monique Wittig est aujourd'hui titulaire d'une chaire de féminisme aux États-Unis, elle y enseigne que l'hétérosexualité est une oppression. Les « nouveaux romanciers » élaboraient des produits froids. On les absorbait avec le respect dû à ce qui permet de croire que l'on est intelligent et que l'on va dans le sens de l'histoire. C'était l'époque où l'on avait envie de défendre Robbe-Grillet parce que les conformistes l'attaquaient. Jean Ricardou présidait les soviets suprêmes du nouveau roman avec une mansuétude démocratique qui faisait songer au regretté Béria. Mais il y avait Sarraute, Pinget. Une certaine hauteur d'exigence fournissait la contrepartie du sectarisme.

Le paysage littéraire est devenu incertain. Les nouveaux romanciers se sont mis sur le tard à l'autobiographie. Robbe-Grillet suggérait naguère dans *Le Miroir qui revient* que toute son œuvre était en réalité autobiographique. L'avant-garde s'est en partie reconvertie dans le commerce et le pouvoir. Aujourd'hui, les groupes nantis d'une théorie cohérente (la théorie devient rarissime) restent confidentiels. Certains se serrent autour d'une revue. Lorsqu'ils bénéficient d'une audience un peu plus grande, comme l'école de Brive ou comme la « nouvelle fiction » de Marc Petit et Georges-Olivier Châteaureynaud, auxquels on saura gré de savoir assouvir notre besoin d'histoires, il s'agit plutôt d'ensembles flous, sans ligne dure, sans mots d'ordre. Il existe un air de famille des éditions de Minuit (Gailly, Oste, Echenoz...) mais cela reste implicite. L'activité littéraire s'est atomisée. Même si l'absence d'écoles et de doctrines appauvrit le débat, cette individualisation n'est pas forcément mauvaise.

Dans cette brume, les éditeurs eux-mêmes semblent ne plus avoir de critères de jugement. Selon une opinion répandue, la vraie littérature n'existerait plus guère que chez les petits ou moyens éditeurs, qui font à présent le travail des grands : la recherche et le suivi des écrivains qui laisseront quelque trace dans l'histoire littéraire. Gallimard, Grasset, Fayard, Stock, Flammarion sont trop occupés à monter des coups. Cette opinion n'est qu'en partie exacte. La contrepartie du fait que, chez Gallimard, on fasse passer du Barbara Cartland pour du Nathalie Sarraute, c'est que, chez de petits éditeurs, l'illisibilité devient une garantie de qualité, un style. Mehdi Belhaj Kacem publie chez Tristram un premier roman, *Cancer* (1994), écrit, paraît-il, à dix-sept ans. Il remporte un tel succès qu'on le publie dans la collection « J'ai lu ». Cela donne ceci :

> Là cherche à me soustraire à sa digestion conquérante se change vite en indigestion enchantée perceptible remue-ménage de la flache au tuf de son bidon l'estomac lourd remonte à l'insuffle des lèvres pareilles à un débouche-chiottes à l'invincible ventouse me démène inutile émotion infernale de la mulsion monstre avant-coureuse du dégueulis entre dans la bouche broyée chuintement du vomi rêche dans la bouche en liquéfaction vers le boyau tenant à peine liquide coule en l'intestin précaire muscles du corps impotents à se bander avale coco avale mes débats plus forfait estomac à l'épreuve abandon paix superbe lèvres jointes dégorge plus forte medley subjectif de son menu en tornades inlassables.

Le livre a été ouvert au hasard, p. 180. Cela continue ainsi jusqu'à la fin ! Au début on trouve encore des phrases, en épaisses broussailles parmi lesquelles on s'efforce de progresser. Qui, sauf cas de perversion mentale, peut s'infliger le supplice de lire deux cent cinquante pages de cette dégoulinade verbale ininterrompue ? On a beau se raisonner, se forcer, penser que la littérature est parfois ardue, rien à faire. Tout sonne faux, depuis le début et la citation d'Anna Freud, les personnages genre rock underground, l'incipit. Ce pensum pour jobards en quête des signes extérieurs de génie n'est qu'une interminable démonstration du postulat de départ : attention, là c'est du littéraire, du saignant, du brutal, du sans concessions. Le plus navrant, dans ce cas, c'est que le présumé inouïsme de la chose (pour écrire comme Alphonse Allais) est en réalité prévisible point par point. Écrire, pour Mehdi Belhaj Kacem, c'est s'employer à faire signe qu'on est un grand écrivain, audacieux, moderne (c'est-à-dire à faire tout ce que l'écrivain populaire ne fait pas) : absence de ponctuation, autocommentaire permanent, scatologie omniprésente (le grand écrivain est celui qui transcende les fonctions basses dans un lyrisme échevelé). Tout a une fonction très précise, dans cette fabrication. Le sexe, le vomi, le caca, c'est pour montrer qu'on ne triche pas, qu'on baigne dans le réel (mais qu'on en fait de la poésie). La syntaxe dépourvue de liens et de pauses, c'est pour montrer, de même, qu'on ne s'arrête pas à des vétilles et à des petitesses de réflexion, on ne coupe pas, on est en ligne directe avec l'inspiration, l'inconscient, tout le bazar. Bref, le bon vieux schéma de la littérature à l'épate.

Bien entendu, personne n'a pu lire ça. En revanche, ça s'est vendu. Le phénomène n'est pas si mystérieux qu'il en a l'air : en littérature on vend aussi de l'image. Un roman qui a pour sujet un musicien de rock devenu épave, roman intitulé *Cancer,* écrit à dix-sept ans, par un individu qui fait un regard mauvais sur une photo floue en quatrième de couverture, genre attention je ne rigole pas, un tel roman a tout pour plaire aux *Inrockuptibles,* engendrer de la copie, créer une légende. Peu importe, après tant de valeur ajoutée symbolique, qu'on le lise ou pas.

*

Le système qui consiste à faire passer un produit pour de la littérature de qualité engendre une esthétique. Cela fonctionne sur un système de reconnaissance, de défamiliarisation limitée, de surprise prévisible. Plusieurs facteurs permettent au lecteur de se repérer. D'abord, le produit, quel qu'en soit le genre, doit s'appeler roman. Il semble acquis, dans les maisons d'édition, que la littérature, c'est le roman, c'est-à-dire une petite histoire, de préférence sentimentale, sans ambition excessive, dans laquelle s'agitent quelques leurres appelés « personnages ». Dans ses *Leçons américaines,* Calvino dit que « la littérature ne peut vivre que si on lui assigne des objectifs démesurés ». S'il a raison, elle agonise.

En second lieu, cette littérature « de qualité », qui fait les « coups » et les prix, adopte fréquemment des formes de représentation plus ou moins dérivées du réalisme qui triomphe dans la littérature de grande consommation, sous la forme flasque de la psychologie d'alcôve. Le même roman de divorces et d'adultères, à peu près, dont se régalaient déjà les petits-bourgeois de la Belle Époque. Les problèmes de couples inondent les librairies. Dan Franck a fait un malheur, il y a quelques années, avec *La Séparation.* On demande du jardin secret. Le roman exotique ou historique, autre réalisme abâtardi, exploite les inépuisables ressources offertes par l'Inde, l'Égypte ancienne, la marine à voile ou le Sud des États-Unis. Dans les deux cas, le réalisme se confond avec le folklore, collectif ou individuel. La personne, l'espace, le temps y sont considérés comme des réserves d'exotisme à exploiter. Le monde réel est un vaste parc d'attractions. Ce réalisme donne comme loi naturelle le mythe selon lequel un individu (ou une société) est un contenu, un fonds dans lequel il suffit à la littérature de puiser. Sartre appelait cela avec mépris « les corps simples de la psychologie ». Le réalisme n'est pas réaliste.

Le résultat est parfois distrayant, parfois navrant. Littérairement, cela donne quelque chose comme un éditorial de *Elle* ou un article de fond de *Marie-Claire,* plus le courrier du cœur et éventuellement l'article culturel : « Un week-end à Athènes », mais en deux cent cinquante pages. Catherine Rihoit, par exemple, fournit ce genre de copie. Dans l'un de ses romans à l'intrigue sentimentale pourtant dépourvue d'excessive complexité, l'auteur parvenait même à s'emmêler dans ses personnages. Aucune importance : Catherine Rihoit ne lit visiblement pas ses livres, ni Gallimard son éditeur, ni les journalistes qui en parlent. Dans ce domaine, la quintessence de la niaiserie s'incarne en la figure de Madeleine Chapsal. Voir *La Maison de jade*, ou *La Femme en moi*, prototypes du crétinisme de la confidence.

Si, dans ce que l'on donne pour de la littérature plus novatrice, cette forme de représentation subit quelques distorsions, il apparaît néanmoins comme obligatoire que le récit, aussi fictif soit-il, paraisse plus ou moins « vécu », et donne ainsi une garantie d'authenticité. Il y a d'infinies variantes de la garantie d'authenticité : la confession sincère et brutale ; le souvenir de famille ; la sensation finement observée ; la peinture des gens authentiques ; le corps, le viscéral. Ainsi, le lecteur sait où il est, et peut se convaincre que l'auteur parle vrai. En outre, l'effacement contemporain des frontières entre roman et autobiographie, qui a donné naissance à des genres hybrides tels que l'« autofiction », favorise l'équivoque, et l'identification émotionnelle du récit à la personne de l'écrivain. Il est dès lors plus facile d'écouler le produit, quelle que soit sa qualité, en mettant en scène habilement l'auteur, en créant quelque scandale.

Une grande partie de la littérature d'aujourd'hui peut se ranger dans la catégorie « document humain ». N'importe quoi est bon, suivant l'idéologie moderne de la transparence et de l'individualisme. Les confidences de M. Untel sont intéressantes par nature, parce que Untel est intéressant dans sa particularité. C'est l'idéologie des jeux télévisés, de la publicité, des *reality show,* de *Loft story* et des ouvrages d'Annie Ernaux. La plupart du temps, dans tous ces genres, le résultat est accablant, et sert pour l'essentiel à se rencogner dans le confort de la médiocrité, dans un narcissisme à petit feu, qui n'a pas même l'excuse de la démesure. Pour engendrer autre chose, la confession exige une stature humaine dont ceux qui la pratiquent sont fréquemment privés. Reste cette excuse de la médiocrité : la sincérité.

*

Pour créer la surprise et alimenter la copie journalistique, le texte doit en outre présenter une apparence d'audace, dans le fond comme dans la forme, qui fournira le bonus symbolique, la garantie littéraire. Sur le fond, l'audace consiste à faire toujours la même chose. Du témoignage, et aussi de la violence ou du sexe. Si possible les trois. À chaque fois, on promet du scandale, de la révélation, du hard, quelque chose d'inouï. Le succès d'Angot, de Despentes, de Houellebecq, de Darrieussecq, de Catherine Millet, etc., a été fabriqué de cette manière. Au fond, on ne fait plus guère lire qu'avec cela (ou bien avec des ragots, ou encore avec de l'antisémitisme). Le scénario est tellement immuable qu'on est à chaque fois étonné du cynisme des uns et de la candeur des autres. Invariablement, d'un côté, on fait miroiter quelque nouvel exemple de liberté sexuelle osant briser les derniers tabous, une audace d'écrivain illustrant la puissance dérangeante de la littérature, invariablement de l'autre côté on s'insurge contre une littérature de latrines, on vilipende d'imaginaires écoles du dégoûtant. On ne quitte pas le plan moral. Le débat, en réalité, est purement formel, il y a belle lurette que littérature et morale vivent sous le régime de la séparation. Certains continuent à se demander si l'on peut tout dire. Le « tout » s'avère n'être qu'un argument publicitaire, pour deux raisons : d'abord parce que toutes les limites ont été franchies depuis longtemps, la liste des exemples serait innombrable, Sade, Rebell, Apollinaire, Céline, etc. Ensuite et surtout parce que le « tout » en question, dont on fait si grand cas, s'avère à la lecture n'être qu'une anodine histoire de fesses dont il est aussi ridicule de s'extasier que de se gendarmer. Certains auteurs prétendus « sulfureux », ainsi que les critiques et les éditeurs qui entretiennent cette réputation, ont l'air de vivre il y a cinquante ans, ils se gargarisent d'audaces cacochymes, s'étonnent du courage qui consiste à briser des interdits pulvérisés depuis des lustres. Qu'on lise *Le Boucher* d'Alina Reyes, spécialiste de l'érotisme qualité française garantie. On tombera sur un morne alignement de figures obligées qui ne ferait plus rougir que des chaisières de Saint-Flour, mais qui pourrait à la rigueur susciter les prémices d'un raidissement chez un notaire tourangeau gavé au Viagra. *Baise-moi,* de Virginie Despentes, ne mérite ni l'excès d'honneur qu'il a recueilli, ni totale indignité. C'est juste un petit polar violent comme il s'en fabrique tous les jours. Quels « tabous » ont été brisés, quelles limites franchies ?

Il ne s'agit nullement de protester contre le sexe ou la violence en littérature, ni contre la confidence ou l'autobiographie. Rien n'est bon ni mauvais en soi. Mais, dans la plupart des cas, on exploite un genre pour laisser croire à un contenu. Comme si le genre en lui-même était susceptible de livrer automatiquement du sens, parce qu'il est question de choses supposées vraies (la confidence), corporelles (le sexe). Le simple fait d'étaler une intimité serait, en quelque sorte, une garantie de consistance : enfin la littérature nous donne du réel. Même la pure fiction, comme *Truismes,* part de ce principe : si c'est saignant, c'est qu'on touche du réel. Une bonne part de la littérature contemporaine fonctionne donc de cette manière paradoxale : les éditeurs donnent une existence artificielle et fugitive à des ouvrages écrits selon des procédés conventionnels, mais dont la valeur repose sur la notion d'authenticité.

Pour les écrivains qui pratiquent l'autobiographie de manière plus réfléchie, l'authenticité se conquiert dans le travail du texte même. Parler de soi, chez Claude Louis-Combet, c'est retrouver non pas un quelconque « moi » comme valeur absolue et garantie de réalité, mais les profondes couches mythiques en lesquelles se fonde la personne. Il est évidemment plus difficile d'en faire de la marchandise pure.

Le côté pervers de l'intimité et de la sexualité comme marchandise, ce n'est pas seulement que l'on fait passer pour de la littérature des textes sans intérêt, mais, inversement, que des critiques un peu scrupuleux rejettent comme simple marchandise des livres intéressants qui ont fait l'objet d'une campagne publicitaire basée sur le sexe ou la confidence. On a ainsi l'impression qu'en bien ou en mal, on parle toujours d'autre chose que du livre. Le sort réservé à *La Vie sexuelle de Catherine M.* est un bon exemple de cette perversité. L'ouvrage de Catherine Millet a du succès parce qu'elle y raconte ses partouzes. Il est vilipendé par Jérôme Garcin uniquement parce qu'il est une marchandise. Peut-être faudrait-il simplement le lire. Il a certes pour handicap d'être écrit par la directrice de la rédaction d'*Art Press,* une revue qui a réussi, par son byzantinisme et son esprit de clan, à écœurer de la critique d'art les amateurs les mieux disposés. On pouvait craindre les pires afféteries. Or, *La Vie sexuelle de Catherine M.* est un des très rares livres contemporains qui parlent réellement de sexualité, de ce qu'est la pratique sexuelle, les choix sexuels dans une vie, en évitant à la fois l'écueil du maniérisme pornographique et celui de l'idéalisation. Jamais de poncifs (si un genre appelle le poncif, c'est bien la confidence sexuelle), jamais de complaisance, mais une exactitude distanciée, pleine d'humour.

*

Un événement littéraire ou un prix prestigieux (Roze, Rolin, Darrieussecq, Angot...) se fabrique ainsi avec de vieux poncifs, de vieux fonds de sauce réaliste dont on fait passer le goût insipide avec quelques épices stylistiques d'allure un peu moderne. Depuis quelques années, de tels faux événements se multiplient. Bien souvent, le grand auteur découvert à l'occasion de ce genre de « coup » ne tarde pas à replonger dans l'anonymat, victime d'un manque de talent dramatiquement associé à une surcharge de succès. Marie Darrieussecq, qui a tenté d'user, avec *Naissance des fantômes,* de moins grosses ficelles que dans *Truismes,* glisse doucement vers une demi-obscurité. Pascale Roze, à qui François Nourissier promettait un brillant avenir, s'est, Dieu merci, évanouie. Il en va à présent de la littérature prétendue de qualité, honorée par le Goncourt, le Femina et *Le Monde des livres,* comme des starlettes de variétés qui disparaissent après une unique chansonnette à succès, ou passent leur vie à s'autoplagier dans des *come back* pathétiques, à essayer de durer en faisant vendre des yaourts ou des savons. On voit ainsi Beigbeder, Angot, Darrieussecq tenir des rubriques, parler de tout et de rien dans des magazines féminins, donner leur avis sur la marche du monde, la littérature, n'importe quoi. On voit Michel Houellebecq faire dans la chansonnette ou publier des albums de ses mauvaises photos de vacances. Sans prôner le splendide isolement de Gracq ou de Michaux, on ne peut s'empêcher de ressentir quelque chose de dégradant dans cette pratique devenue courante. On a un peu honte, non seulement pour ceux qui s'y livrent, mais pour la littérature en général, peu à peu ravalée par ces auteurs au rang de bavardage journalistique.

Le coup éditorial fait ainsi de la vie littéraire un théâtre d'illusion : un éditeur orchestre la sortie d'un livre en faisant passer une cuisine de vieux restes pour une recette nouvelle. Des journalistes intéressés ou soucieux de ne pas rater un événement donnent l'ampleur désirée à la chose. Quelques écrivains ou critiques plus attentifs protestent, ce qui ne fait, fatalement, qu'accentuer le succès, selon la vieille loi publicitaire :

qu'importe ce qu'on en dit, pourvu qu'on en parle. Le bavardage autour du texte a plus d'importance que le texte. Puis les histrions disparaissent, jusqu'à la prochaine représentation. Et tout le monde est content. De plus en plus de maisons d'édition vont ainsi de coup en coup, incapables de se consacrer à la gestion d'un fonds à long terme.

Il arrive que la grossièreté de la manœuvre éditoriale, combinée à la nullité du produit, soulève des protestations. Le fait est de plus en plus rare. Et lorsqu'il y a débat (plus souvent à la télévision ou à la radio, rarement dans les périodiques dont la vocation devrait précisément consister à nourrir le débat), celui-ci s'articule généralement sur un malentendu. La vie intellectuelle française est ainsi faite qu'on ne peut discuter d'un texte littéraire qu'à coups d'arguments d'ordre politique ou moral généralement approximatifs, et qui n'ont en définitive rien à voir avec la qualité intrinsèque du texte, réduit au statut de prétexte.

« Peut-être est-ce plutôt à la qualité du langage qu'au genre d'esthétique qu'on peut juger du degré auquel a été porté le travail intellectuel et moral », a écrit Proust. Il suffit de lire les trente premières pages de *La Gloire des Pythre* ou de *Lauve le pur* de Richard Millet pour comprendre comment on peut donner voix aux pauvres sans mépris ni complaisance. Parler de la mort sans effets de manche. Parler de la charogne, parler de déjection et de dégoût sans la puérilité de Beigbeder ou de Darrieussecq. *La Grande Beune,* de Pierre Michon, raconte à peine une histoire, ne fait aucune brillante acrobatie avec les conventions romanesques. Le récit tient à la seule force de la voix. Voix qui donne aux choses et aux êtres leurs résonances, fait vibrer leur intime texture. Jusque dans la fiction la plus débridée, la voix nous dit toujours une vérité. En littérature, on chante juste ou faux, un peu d'oreille suffit à l'entendre. L'un des objectifs de cet ouvrage consiste à tenter de nourrir le débat au moyen d'arguments tirés d'un examen attentif des phrases, des mots, de la construction du récit.

*

La critique se fait ici violente parfois. La polémique a disparu à peu près complètement de la vie culturelle française. Au xxe siècle, on se battait encore pour des questions littéraires. Leconte de Lisle provoquait en duel Anatole France. Robert Caze se faisait tuer par Charles Vignier. On songe à Barbey d'Aurevilly, Bloy, Huysmans. Le pamphlet était un grand genre. Au xxe siècle ? Les surréalistes contre France, Barrès, Rachilde. Les futuristes. Sartre et Céline. Gracq. Jacques Laurent. On bataille un peu sur la question du nouveau roman. Depuis trente ans, rien, ou presque. Des empoignades télévisées sans contenu. Quelques rares critiques aussi décapants qu'Angelo Rinaldi, Jean-Philippe Domecq ou Philippe Muray ont l'air de veiller seuls au sein d'une demeure littéraire plongée dans un profond sommeil.

L'idée même de polémique suscite une profonde résistance chez beaucoup de gens. Celui qui s'y livre est toujours soupçonné de céder à l'envie. La jalousie serait un peu la maladie professionnelle du critique. Elle constitue en tout cas un argument commode pour éviter de répondre sur le fond à ses jugements, à la manière de ces dictatures toujours prêtes à accuser ceux qui critiquent le régime de complot contre la patrie.

Plus sérieusement, on estime en général qu'une critique négative est du temps perdu. Il conviendrait de ne parler que des textes qui en valent la peine. Cette idée, indéfiniment ressassée, tout en donnant bonne conscience, masque souvent deux comportements : soit, tout bonnement, l'ordinaire lâcheté d'un monde intellectuel où l'on préfère éviter les ennuis, où l'on ne prend de risque que si l'on en attend un quelconque bénéfice, où dire du bien peut rapporter beaucoup, et dire du mal, guère ; soit le refus de toute attaque portée à une œuvre littéraire, comme si, quelle que soit sa qualité, elle était à protéger en tant qu'objet culturel ; le fait qu'on ne puisse pas toucher à un livre illustre la pensée gélatineuse contemporaine : tout est sympathique. Le consentement mou se substitue à la passion. Ne parler que des bonnes choses ? Cela ressemble à une attitude noble, généreuse, raisonnable. Mais quelle crédibilité, quelle valeur peut avoir une critique qui se confond avec un dithyrambe universel ? Si tout est positif, plus rien ne l'est. Les opinions se résorbent dans une neutralité grisâtre. Toute passion a ses fureurs. Faut-il parler de littérature en se gardant de la fureur ? Si on l'admet, il faut alors aussi admettre qu'il ne s'agit plus d'amour, mais plutôt de l'affection qu'on porte au souvenir d'une vieille parente.

L'éloge unanime sent le cimetière. La critique contemporaine est une anthologie d'oraisons funèbres. On ne protège que les espèces en voie d'extinction. Dans le monde mièvre de la vie littéraire contemporaine, les écrivains, mammifères bizarres, broutent tranquillement sous le regard des badauds, derrière leurs barreaux culturels. Dans leurs songes, ils « dérangent », ils gênent le pouvoir et perturbent l'ordre établi, comme ne cesse de le répéter Philippe Sollers. En fait, personne ne les agresse, ils ne font de mal à personne. On emmène les enfants les voir, pour qu'ils sachent que ces bêtes-là ont existé.

Une littérature sans conflit peut paraître vivante, mais ce qui frémit encore, c'est le grouillement des intérêts personnels et des stratégies, vers sur un cadavre. Les suppléments littéraires des grands quotidiens en sont l'éloquente illustration, pour lesquels tout est beau, tout est gentil. À les lire, on se jetterait sur toutes les publications récentes. Ceux qui leur ont fait un peu confiance savent quelles régulières déconvenues cela leur a valu.

Pourquoi donc le fait de signaler les œuvres de qualité empêcherait-il de désigner clairement les mauvaises ? Jamais les librairies n'ont été si encombrées d'une masse toujours mouvante de fiction. Il faut donner des raisons de choisir. Ce devoir est devenu d'autant plus impératif que les produits sont frelatés. Des lecteurs de bonne foi lisent ces textes et se convainquent que la « vraie littérature » est celle-là. Or une chose écrite n'est pas bonne à lire par le seul fait qu'elle est écrite, comme tendraient à le faire croire les actuels réflexes protecteurs du livre. Tout texte modifie le monde. Cela diffuse des mots, des représentations. Cela, si peu que ce soit, nous change. Des textes factices, des phrases sans probité, des romans stupides ne restent pas enfermés dans leur cadre de papier. Ils infectent la réalité. Cela appelle un antidote verbal.

Soit, dit-on encore, mais pas d'attaques personnelles. Pourquoi citer des noms ? Pourquoi faire de la peine à de pauvres gens qui essaient de créer de leur mieux ? Efforçons-nous toujours de considérer ce discours, qui se donne l'allure de voix de la raison, comme étant de bonne foi, et non pas dicté par l'ordinaire couardise de l'homme de lettres. Pourquoi donner des noms ? Parce que nommer qui l'on vise fait partie de la déontologie du critique. Il ne s'agit pas bien entendu de l'attaquer dans sa personne, comme cela se pratiquait assez couramment au siècle précédent, mais dans ses œuvres. Il est un peu trop facile de mentionner des adversaires vagues, des entités collectives. Celui qui accuse, en nommant, s'expose. Il donne au moins à l'auteur mis en cause la possibilité de répondre. C'est la moindre des choses. Qui juge doit se placer en position d'être jugé. Il est curieux de constater que les critiques ou les écrivains les plus puissants, ceux qui courraient peu de risques à s'exposer réellement, sont aussi les plus prudents.

Tout écrivain cherche, et recueille généralement un bénéfice symbolique de la publication. On devrait pouvoir considérer comme normal que l'on puisse aussi, éventuellement, lui demander des comptes. Le héros, c'est lui. Qu'est-ce qu'un héros qui s'offusque de prendre des coups ? Il met des mots en circulation. En quoi le fait qu'il s'agisse de mots pourrait-il lui conférer l'innocence ? L'affranchir de toute responsabilité, c'est le tenir pour mineur.

Encore y a-t-il beaucoup de mansuétude à s'en tenir à la critique de l'œuvre, lorsqu'on voit l'utilisation publique que certains écrivains font de leur personne privée. On répond à des questionnaires dans des magazines féminins, on se met complaisamment en scène à la télévision. Dans la plupart des cas, en dehors de quelques questions-alibis, tout cela n'a bien entendu rien à voir avec le travail d'écrivain. On ne se risque même pas, on ne se livre pas profondément, ce qui pourrait encore permettre d'éclairer l'œuvre. Le lecteur apprend, dans *Elle,* que Camille Laurens, par exemple, lit toujours son horoscope, téléphone à Christine Angot, aime manger un morceau de fromage pour se remonter le moral, marche pieds nus en été. À part ça, pour Camille Laurens, être écrivain, « c'est un moment où on se retire ». Ces révélations n'apportent rien à personne, sinon des éléments de fétichisme et d'idolâtrie. Camille Laurens joue à l'écrivain qui est aussi une femme toute simple. Elle encaisse ainsi, sans pudeur, un double bénéfice symbolique : l'écrivain rétribue la personne privée, la personne privée rétribue l'écrivain. Mais tout cela, bien entendu, est anodin et innocent. Si on attaquait Camille Laurens sur sa personne privée, elle se scandaliserait : elle accepte de la prostituer à sa notoriété, mais ne voudrait pas qu'on lui manque de respect.

Le dernier argument des adversaires de l'attaque personnelle, toujours marqué du sceau de la grandeur d'âme et de la hauteur de vue, consiste à dire qu'il faudrait s'attaquer aux principes, aux phénomènes et non aux individus. Certes. Mais l'un n'empêche pas l'autre. Dans le domaine politique, on ne voit pas en quoi le fait d'analyser le fonctionnement d'une dictature et d'en condamner l'idéologie exonérerait d'en faire comparaître en justice les responsables. Les idées générales n'ont de portée réelle que si elles se fondent dans l'examen attentif des particularités concrètes de l'auteur, du livre, de la phrase. Si tant de critiques nous trompent, c'est par leur usage du flou et des généralités. À demeurer dans le ciel des idées, on parle en l'air. Polémiquer, c'est aussi esquisser, en creux, une conception de la littérature.

Comme pour toute activité humaine, les problèmes de la littérature actuelle ont des racines économiques, politiques, sociales. Mais, plus peut-être que toute activité humaine, la littérature est faite par des individus. La modernité a tenté un moment de faire l'impasse sur cette dimension. On en revient. Le livre récent d'Antoine Compagnon, *Le Démon de la théorie,* a montré à quel point, dans l'interprétation, il est difficile de se passer tout à fait de l'auteur. Lire un livre est avant tout une expérience d'intimité profonde. L'espace de quelques heures, quelqu'un m'entretient en privé. Il ne me parle pas principes, mais choses singulières, êtres de chair, sensations secrètes. Du moins, telle est mon expérience immédiate. Et je devrais ne réagir qu'en brandissant des concepts ? La littérature n'échappe aucunement aux généralités, mais ce serait lui faire perdre tout sens que d'oublier qu'elle est, de tous les usages du langage, celui qui s'efforce le plus vers le singulier. Donc, si combat il doit y avoir, il doit aussi être singulier.

Et puis toutes ces justifications morales de la polémique (puisqu'il lui faut aujourd'hui des justifications) ne valent pas sa justification esthétique. Un bon pamphlet est un bon texte, voilà tout. Il engendre une jouissance, qu'il soit juste ou non. Il est libérateur. Bloy était souvent injuste. Mais son injustice même, qui est celle d'un grand polémiste, nous permet de mieux comprendre ceux qu'il a attaqués. Et lorsqu'il est juste, ses clameurs témoignent d'une résistance au vacarme du succès immérité qui, si on l'avait laissé triompher sans réagir, eût couvert plus encore la voix discrète de quelques vrais écrivains

Même si l'on s'en prend nommément aux écrivains, on s'est donné ici une règle : dans la mesure du possible, ne s'attaquer qu'à ceux qui ont les moyens de se défendre, par leur succès, par les égards dont ils sont l'objet ou par le pouvoir dont ils disposent dans les maisons d'édition et les périodiques littéraires. Autrement dit, faire l'inverse de ce que pratique ordinairement la critique journalistique, même la plus respectée. Le texte sur la poésie enfreint un peu cette règle, mais il était difficile de faire autrement, puisque la poésie est marginalisée et n'est plus guère un enjeu de pouvoir. On ne s'illusionne pas, d'ailleurs, sur les conséquences de la publication d'un tel livre, qui ose s'attaquer aux maisons d'édition, aux écrivains et aux journaux les plus puissants. Ce monde ne pardonne rien. Sauf au succès : dans ce cas, aucune sorte de bassesse ne le fait reculer.

*

On a plus haut glissé l'idée qu'il n'existait aucun présupposé à ces critiques. Le moment est venu d'apporter à cette affirmation quelques nuances. Il n'y a, effectivement, aucun préjugé quant au genre, au style, à la morale, à l'idéologie, quelles que soient par ailleurs les opinions de l'auteur de ce livre. Pourquoi ne pourrait-on pas aimer des œuvres contemporaines d'espèces très diverses, parfois opposées ? Les rares fois où l'on prend encore parti, sincèrement, c'est trop souvent au nom d'une école, d'une faction ou d'un parti, refusant non seulement d'admettre la qualité de ce qui vient d'autres horizons, mais même d'en connaître l'existence.

De même, sur le plan du style, rien ne devrait être systématique. On risque, parce que l'on est adversaire de l'artifice, de faire l'apologie de l'ostentation d'authenticité ; parce que l'on estime que tout art est artifice et calcul, de s'extasier devant le formalisme ; parce que l'on exige de la force et de la chaleur, de se laisser prendre à du lyrisme ampoulé ; parce que l'on apprécie la simplicité, ou la légèreté, vertu cardinale selon Calvino, d'exalter la platitude. Un écrivain au plein sens du terme se reconnaît au fait qu'il ne correspond à aucune position trop claire. Pour lui, rien n'est tenable. C'est pour cela qu'il cherche à disparaître dans les mots. Il écrit dans l'intenable, et la force de son style tient à la manière dont cet intenable laisse, malgré tout, un souffle, une respiration par où la voix peut se faire entendre.

Il serait toutefois difficile de soutenir que l'on critique ici depuis un non-lieu, en l'absence de toute position déterminée. On s'est simplement efforcé d'adopter la position la plus souple possible. D'ailleurs, l'analyse n'est après tout qu'une garniture. Il eût suffi, à la limite, d'établir une anthologie de textes contemporains. Les citations qui figurent dans cet ouvrage parlent d'elles-mêmes. Tentons cependant de donner quelque idée du commentaire qui les accompagne.

Un écrivain est seul. Il tend à l'unique, même si l'on peut identifier des espèces, des genres et des générations. Il nous intéresse ici dans cet effort vers la singularité. Cette question de la singularité constitue l'horizon de valeur du discours tenu dans ce livre. Pour certains, l'originalité constitue une valeur en soi.

Une œuvre a de la valeur dès lors qu'elle en donne des signes. Et cette originalité de l'œuvre sert en retour le narcissisme de l'auteur. L'affectation de neutralité ou de banalité est, bien entendu, une ruse du désir de singularité. Un écrivain est honnête (et cette honnêteté s'entend dans le ton de sa voix) lorsqu'il considère que la nature de son travail d'artiste consiste justement à mettre en cause, à faire travailler la singularité. À confronter le banal et l'étrange, jusqu'à ce qu'ils se confondent. En d'autres termes, un écrivain véritable considère le fait d'écrire, non comme un acte détenant une valeur en soi, mais comme un problème. Il ne choisit pas la singularité comme valeur. Il ne choisit pas la généralité comme valeur. Il ne choisit pas non plus de demeurer dans un entre-deux commode. Il s'efforce de désigner le lieu de leur union : terme des lignes de fuite, horizon imaginaire du fond duquel la réalité déborde des cadres de la fiction et nous saisit. Ce point où l'extrême singularité se confondrait précisément avec le rien, au-delà encore du presque rien, on s'efforce dans certaines de ces études de suivre la manière dont le discours littéraire tente d'en reconstituer les coordonnées secrètes. La littérature alors, dans cette recherche minutieuse, se porte à son point de plus extrême intensité, en même temps qu'elle se neutralise. L'anime un Éros mathématique.

Écrire consiste à ouvrir. L'art ne « véhicule » rien du tout. Il dispose une case vide grâce à laquelle nos ordres établis et nos systèmes encombrés trouvent la possibilité d'un *jeu,* de dispositions nouvelles. La littérature elle-même, le fait d'être écrivain ne constitue pas une valeur (même si, à un moment, il faut sans doute en passer par là). Peut-être que, paradoxalement, la valeur d'un écrivain se mesure au sentiment qui l'habite de l'absence de valeur. Écrire consiste, pour une grande partie, à se confronter à chaque instant à la négation. Le texte résultera du choix effectué par l'auteur : mettre la négation entre parenthèses, ou s'en accommoder, ou la contourner habilement, ou aller jusqu'au bout. Le problème, et singulièrement depuis le romantisme, qui a mis au premier plan ce travail de la négation, c'est qu'elle-même tend à se transformer en valeur. Donc à se caricaturer. On tombe alors dans la pose moderne de la négativité, dans la grandiloquence, dans le folklore du vide. S'il existait un groupe folk du néant, Olivier Rolin serait joueur de biniou.

*

Pour la commodité de l'analyse, on a regroupé les textes attaqués en deux principales espèces, caractérisées par le style : parataxe voyante, minimalisme syntaxique, lexical et rhétorique *(écriture blanche)*. Inversement, syntaxe complexe, métaphores flamboyantes, énumérations *(écriture rouge)*. Ces deux manières *a priori* opposées, la blanche et la rouge, reviennent en réalité plus ou moins au même. L'écriture blanche est un mélange de naturalisme et de romantisme dégradé au même titre que l'écriture rouge : du drapé, de la posture, de la déclamation, charriant des morceaux de réalisme. L'une cherche à se singulariser dans une affectation de détachement, l'autre dans le cabotinage. Dans les deux, le désir de la singularité pour elle-même engendre le poncif.

À ces deux espèces de faux-semblants, on en a ajouté une troisième, plus récente et qui remporte un joli succès ces derniers temps. On pourrait la baptiser *écriture écrue.* Ni tout à fait blanche (c'est une écriture des singularités, de la saveur spécifique des choses, des moments), ni tout à fait colorée (elle affecte la transparence et le naturel). Écrue, comme les bons gros pulls tricotés qu'on met forcément pour aller cueillir des champignons ou allumer du feu dans la vieille cheminée. Petits objets du quotidien, gens de peu, prose poétique, effets stylistiques discrets mais repérables. L'écriture écrue, elle aussi, part du principe de l'authenticité. Elle fait accroire que son originalité tient à la modestie de ses objets. À l'ineffable qu'elle sait traquer dans une expérience microscopique. Éternel et absurde balancement entre le grand sujet et le petit sujet. L'écriture écrue n'est pas à louer ou à condamner pour ses objets, pour son minimalisme, mais comme folklore.

On traque systématiquement, dans ce livre, le cliché. Produit du désir de différence, il se dissimule son caractère de banalité et se donne l'air d'une trouvaille. Il fournit à la représentation l'assurance implicite qu'elle touche juste, qu'elle atteint le réel. Or, en réalité, c'est l'inverse qui se produit. Le cliché n'est que de la représentation, des mots tellement oublieux d'eux-mêmes qu'ils se prennent pour les choses. Le cliché fait qu'il n'y a que des mots, et non une réalité. Ce qui s'appuie, par exemple, sur le lieu commun du vécu et du vrai se conforme à une représentation morte, et ne peut donner du réel à personne, mais faire croire au réel, ce qui est précisément l'inverse : à croire qu'il nous est donné, nous nous dispensons de le chercher.

Refuser le cliché, vouloir à tout prix éviter le poncif, c'est se condamner le plus souvent à y retomber, sous d'autres formes. La littérature ne sert pas à faire l'ange. À oublier la platitude des vies, la banalité des discours, l'usure des choses. Si elle peut tenter de racheter notre idiotie et notre médiocrité, ce n'est qu'en s'y enfonçant jusqu'au bout, jusqu'à s'y perdre. Si l'on compose, si l'on s'arrête au joli, on reste au bord, c'est manqué. Si l'on fait semblant d'aller trop loin, c'est pire. Dans tous les cas, on cherche à garder sa dignité, à se protéger. On ne perd jamais de vue le bénéfice symbolique. Mais on s'emploie à le faire oublier.

Si on n'échappe ni au narcissisme, ni à la platitude, ni au poncif, il reste une solution pour à la fois les représenter, les assumer et les transformer en autre chose : la bouffonnerie, la parodie. Chez Valère Novarina, l'opérette délirante, en mêlant le banal et l'absurde selon un dosage délicat, les fait exploser. En même temps ce sont, avec nos rires, nos représentations qui explosent. Dans cette déflagration de l'insignifiant, on est projeté hors de soi. Un vide s'est créé. Peut-être alors peut-on saisir un peu de réel, un peu de corps, dans l'exténuation de la voix.

En fait, à travers l'étude de quelques auteurs contemporains, cet ouvrage repose l'antique question : comment, par les mots, par la parole littéraire, atteindre le réel, ou du moins un fragment de réel ? Pour Proust, la plus grande intensité de réel — le réel retrouvé — se tient au bout de l'extrême littérature. Car, pour ce qui est du réel, dans la vie, la plupart du temps, *nous n'y sommes pas*. Nous vivons de rêves. Écrire consiste à rêver avec une intensité telle que nous parvenions à arracher au monde un morceau.

La littérature, ce sont des mots qui ne se satisfont pas de n'être que des mots. Ou, plus exactement, un usage des mots tel qu'il manifeste l'insatisfaction du langage. La littérature ne vit que lorsqu'elle se nie, lorsqu'elle sort d'elle-même. Tous les grands écrivains ont écrit non pas pour, ou *en vue de*, mais *contre* la littérature. Contre l'idée même de littérature. Alors ils commencent à en faire.

Comme on ne dépasse pas la métaphysique hors d'elle, mais à partir d'elle, le dépassement de la littérature se fait par la littérature. George Steiner s'est élevé naguère contre le débordement de la littérature secondaire, critique de la critique de la critique, qui donne parfois quelque allure byzantine à notre époque. On a le sentiment parfois de s'éloigner indéfiniment de l'essentiel. Mais il existe une forme de commentaire des œuvres qui les assiste dans leur effort vers l'essentiel et l'immédiat, qui n'est pas éloignement mais au contraire retour. La critique de Philippe Sollers critique ouvre ce volume. Le commentaire des œuvres de Jean-Pierre Richard le referme, dans le but de montrer comment une critique peut aussi être un approfondissement de l'expérience littéraire, et non pas un discours de plus.

Sortir du littéraire dans le littéraire implique de conjurer les automatismes et les modes d'inconscience de la représentation. La représentation doit se tourner vers elle-même, non par narcissisme, non par cette clôture de l'œuvre qui est l'aboutissement stérile de la modernité, mais pour s'excéder. La lutte contre les illusions et l'oubli endémiques dans la représentation trouve un anticorps souvent efficace : l'humour. Il correspond à une forme particulière de conscience de soi. Grâce à lui, la représentation s'interroge, prend ses distances avec elle-même sans narcissisme.

L'œuvre d'Éric Chevillard est à cet égard exemplaire : c'est au prix de la récupération du poncif qu'elle vise à retrouver l'expérience nue, l'étonnement ; le réel à l'état neuf au bout de l'épuisement. Il y a chez Chevillard une entreprise de destruction universelle. Tout y est placé à l'envers, pris à rebrousse-poil, massacré, nié, moqué, disséqué. Mais Chevillard a trouvé le moyen de créer avec de la négativité. Ses livres se rapprochent d'une synthèse parfaite de la conscience critique et de la puissance créatrice. La démolition rend possible l'apparition d'objets nouveaux, qui présentent cette curieuse particularité ontologique : ils sont d'autant plus intensément *réels* (pas littéraires : réels) qu'ils sont étranges, jamais vus.

L'œuvre de Chevillard ne se réfère au monde, tel qu'il fonctionne ordinairement, que pour en nier les lois. Subsiste un discours, une logique qui fonctionne pour elle-même, sans garantie, sans authenticité. Mais, c'est l'une des caractéristiques de son style, cette logique se fait très allusive, estompe ses enchaînements jusqu'à une quasi-disparition, le sous-entendu s'approche de l'absence, jusqu'au bord de l'incompréhensible. On dirait que la concaténation logique n'est tendue au maximum que pour mieux permettre cette projection brutale hors de tout enchaînement. Que le discours n'a été si vétilleux, si raisonneur que pour mieux s'anéantir dans la pure apparition. La forme profonde qui donne cette si extrême tension au style, chez Chevillard, ce serait peut-être ceci : que le même s'épuise jusqu'à devenir autre. Ce qui apparaît alors, en négatif, n'est pas matière ni pensée, chose ou autre, apparition ou disparition, mais présence. La logique devient l'élan permettant de sauter dans une autre dimension. Cette autre dimension, ce serait le réel, la nécessité à la fois logique (formelle) et ontologique (l'évidence de la présence).

Le dernier livre d'Éric Chevillard, *Les Absences du capitaine Cook,* porte cette tension à son intensité maximale, jusqu'à la rupture. Aucune œuvre narrative contemporaine, peut-être, ne donne ce sentiment d'une évidence de rêve miraculeusement produite par un méticuleux travail formel, de la pure émotion surgissant de l'œuf du sarcasme. Presque à chaque page on se trouve jeté hors de soi, un peu comme à la représentation d'une pièce de Novarina on croit sortir de son propre corps à force d'incarnation. On a l'impression de découvrir l'intime figure du monde tel qu'il nous demeure ordinairement caché : d'autant plus réel qu'il n'est pas possible.

La littérature, telle qu'elle devrait être si l'on en attend qu'elle joue quelque rôle dans notre vie, cherche sa nécessité. Sa garantie est devant elle. Elle n'existe pas avant que l'œuvre soit écrite. Autrement dit, les œuvres véritables déterminent leurs lois, leur langage, et, ce faisant, leur réalisme. Il consiste non pas à reproduire le réel, mais à le faire advenir. Le changer en y ajoutant de la conscience. Le faire remonter du fond de l'oubli. C'est nous-mêmes qu'elle cherche, nous-mêmes tels que nous nous sommes oubliés. Un grand livre crée son auteur et son lecteur.

Cela implique parfois de s'enfoncer dans l'obscurité. Des écrivains comme Pierre Michon ou Claude Louis-Combet s'attachent à l'obscur. Ce qui ne se dit jamais tout à fait mais autour de quoi tournent obstinément les mots, dont on respire le souffle à des échappées de phrases, à des tensions de figures. L'archaïque et l'originaire : « le *miasme universel* à tête de mouton mort », écrit Michon. Obscurité familière en même temps, présente dans les jeux et la nourriture, obscurité de la cave, obscurité au cœur des mythes chez Louis-Combet, obscurité des cavernes de la Dordogne dans *La Grande Beune,* obscurité obstinée de la forêt chez Michon, de telle *scène primitive* aux couleurs pourtant éclatantes dans *Le Roi du bois.* Dans ces confins, tout se retourne : l'extrême intimité devient le dehors, la personne se découvre impersonnelle. Malheureusement, la denrée obscure se raréfie, et par ce défaut nous respirons chaque jour un peu plus mal. Notre part de bois, et de cave, ce sont ces livres qui nous la donnent, ils peuvent nous aider à vivre.

Ce que l'on fait en écrivant prolonge aussi la trituration enfantine des choses, cette jouissance de les voir se construire, se briser, passer l'une dans l'autre. Il y a eu dans notre histoire cette primitive découverte : l'être n'est pas plus stable que les monstres en pâte à modeler. La littérature poursuit dans le monde fixe des adultes le cours des métamorphoses, des transformations et des bricolages. Le sens de la ductilité universelle, l'usage des mots comme fioles et cornues à travailler la pâte du monde, pour élaborer de minuscules merveilles qui se dissipent à l'instant, c'est tout cela qui séduit dans les récits poétiques d'Éric Chevillard. On y entre comme dans le laboratoire d'un savant de dessin animé, plein de formes et de couleurs étranges, sans prévoir ce qui sortira de ces circonvolutions. On ne s'émerveille pas sans se transformer soi-même. La merveille surgie de l'obscurité déploie en un clin d'œil d'autres manières d'être, de voir, de faire, et tout cela tient parfois en quatre mots, que la voix un peu exigeante, un peu *tenue* prolonge, soutient, fait résonner dans tout l'espace d'un récit, et qu'elle accorde à d'autres merveilles.

PRÉLUDE

L'organe officiel du Combattant Majeur : *Le Monde des livres* et Philippe Sollers

Certains organes littéraires ont une responsabilité dans la médiocrité de la production littéraire contemporaine. On pourrait attendre des critiques et des journalistes qu'ils tentent, sinon de dénoncer la fabrication d'ersatz d'écrivains, du moins de défendre de vrais auteurs. Non que cela n'arrive pas. Mais la critique de bonne foi est noyée dans le flot de la critique de complaisance. On connaît cette spécialité française, qui continue à étonner la probité anglo-saxonne : ceux qui parlent des livres sont aussi ceux qui les écrivent et qui les publient.

On aurait envie de mettre à part de ce système *Le Monde des livres*. Ce supplément littéraire a pu faire figure de référence. Pour les métiers liés à la culture, professeurs, artistes, écrivains, il constitue l'outil d'information privilégié. On se le procure rituellement, même si c'est pour déplorer son contenu. La déception est à la mesure de l'estime qu'on aimerait continuer à lui porter. Car peu à peu, quels que soient le talent ou la rigueur de certains de ses collaborateurs, *Le Monde des livres* ne fait plus autorité en matière littéraire. Sa crédibilité s'effrite. Son domaine est toujours plus étriqué. Il apparaît de plus en plus clairement, aux yeux de son public, qu'il se ravale au rang d'instrument du clan Sollers-Savigneau.

Philippe Sollers, après avoir adopté diverses postures politiques et esthétiques, s'est institué spécialiste de la défense des libertés. L'entreprise est honorable et ne souffre guère la discussion. On le voit donc depuis plusieurs années ferrailler contre la censure, guerroyer contre le conformisme bourgeois, brandir l'étendard de la liberté sexuelle menacée. La défense de cette cause explique sans doute son autre marotte, historique celle-ci, et qu'il ne cesse d'agiter : la défense du joyeux et libertin XVIIIe siècle contre le chagrin et moralisant XIXe siècle. Depuis des années, *Le Monde des livres* manque rarement l'occasion de faire connaître à ses lecteurs, non seulement tout l'intérêt du génie de Philippe Sollers en général, mais celui de ses thèses sur le XVIIIe siècle en particulier.

Il n'est guère de dictatures qui ne se réclament de la démocratie et de la liberté. Conformément aux vieux principes des pouvoirs totalitaires, qu'il a en d'autres temps ardemment défendus, Philippe Sollers pourfend de fantomatiques ennemis extérieurs (manque de liberté d'expression, de liberté sexuelle) pour mieux faire oublier la tyrannie de fait que lui et son clan exercent sur une grande partie du monde littéraire. Ils ont réussi à faire du *Monde des livres* l'organe officiel de leur parti. Sous couvert de liberté, ils continuent à pratiquer, sous d'autres formes, plus subtiles, l'intolérance et l'esprit d'anathème qui fleurissaient à l'époque de *Tel quel,* du gauchisme et de la révolution. Les anciens révolutionnaires, dont on ne mesurait pas toujours à l'époque le sectarisme, exercent à présent le pouvoir à l'université ou dans l'édition avec une poigne dictatoriale. On voit ainsi un puissant comme Sollers se poser en ennemi de l'ordre établi et de l'oppression, avec le cynisme tranquille du vieil apparatchik qui connaît sa langue de bois.

Qui déplaît à Philippe Sollers ou à Josyane Savigneau, quelle que soit la qualité de son œuvre, n'aura pas les honneurs du *Monde des livres.* À part cela, *Le Monde des livres* défend à peu près n'importe qui, et distribue généreusement les lauriers, comme la plupart des périodiques littéraires français, à de rares exceptions près. C'est moins risqué et cela peut engendrer, en retour, quelques bénéfices. L'expérience est devenue banale qui consiste à acheter un roman après la lecture d'un dithyrambe du *Monde des livres,* et à tomber sur un accablant ramassis de platitudes. Josyane Savigneau, sans sourciller, consacre plusieurs articles à l'éloge de la prose normalienne de

Mazarine Pingeot, comme dans n'importe quelle république bananière le journaliste aux ordres s'évertue à démontrer le génie du fils ou de la fille du non moins génial potentat. Et, bien entendu, l'argument est toujours le même, selon un renversement pervers du sens digne du *Meilleur des mondes* : Mazarine Pingeot est une victime. Victime de sa célébrité. Il importe de la réhabiliter.

Lorsque *Le Monde des livres* sort du silence dont il entoure les mal-pensants et se décide à attaquer un écrivain, c'est toujours sans le moindre risque. En général, on s'acharnera courageusement sur des écrivains peu connus ou relativement étrangers au petit monde de l'édition. On ne risque guère de mauvais coups à démolir un roman de Belinda Cannone. Lorsque par hasard la victime est plus connue, elle est marginalisée d'une autre manière. Angelo Rinaldi est l'un des rares critiques-romanciers à avoir eu le courage de dire franchement ce qu'il pensait de la médiocrité de nombreux écrivains contemporains. Josyane Savigneau attaquera donc un homme qui, de toutes façons, s'est suffisamment fait d'ennemis pour qu'on n'ait rien à craindre à lui balancer un coup de pied en passant. Barricadés dans leur inexpugnable position, ces gens qui accaparent la parole et ont le pouvoir d'étouffer la voix de qui bon leur semble montrent une lâcheté à toute épreuve.

En revanche, dès qu'il s'agit du Grand Libérateur Sollers, aucun encens n'est trop précieux, aucune flagornerie n'est assez appuyée. Les hommages se succèdent dans l'organe officiel du Parti. Josyane Savigneau se prosterne régulièrement. L'infatigable militante transmet au peuple cuturel les intuitions géniales du Grand Libérateur. Les autres membres du Comité central se bousculent pour monter à la tribune. Le difficile record de l'adoration servile a été dépassé au printemps dernier par Viviane Forrester, la fameuse révolutionnaire du faubourg Saint-Germain. Le texte de sa contribution théorique à la libération des peuples par la pensée de Sollers donne une idée assez exacte de la rigueur et de l'honnêteté intellectuelle dont font preuve les membres du Parti.

Le 6 avril 2001, donc, dans *Le Monde des livres,* organe célèbre pour son indépendance et son sérieux, Viviane Forrester consacre une pleine page au dernier livre de Philippe Sollers, « éditorialiste associé au *Monde* ». Pour faire bonne mesure, un autre article présente la biographie de Philippe Sollers rédigée par Gérard de Cortanze. *Éloge de l'infini* se compose en grande partie d'articles publiés dans le même *Monde des livres.*

La grande intellectuelle qu'est Vivianc Forrester démontre une nouvelle fois l'infaillibilité de Sollers, infatigable lutteur de la liberté. Les qualificatifs sont impuissants à donner une idée de l'œuvre et du grand homme. Ils font songer au style inventif et subtil d'un garde rouge :

« quelle luminosité », « fête de l'intelligence », « il danse, ironise, il émeut », « cadeau ! » « pouvoir de Sollers, sans cesse dressé contre les forces sournoises », « chorégraphie savante », « combattant majeur » (combattant majeur au même titre que Baudelaire, Artaud, Mallarmé, Rimbaud). Les citations de paroles du Combattant Majeur, il est vrai, telles que les reproduit pieusement Viviane Forrester, donnent une idée de l'altitude inouïe de sa pensée, habile à livrer l'essentiel de la pensée des autres combattants de la liberté, tous précurseurs de Sollers : le Commandante Pascal, « composant et décomposant l'aventure humaine » (c'est si vrai), le Grand Timonier Augustin, « éveillant une sensation de fraîcheur et d'urgence » (c'est tellement profond). La somme révolutionnaire de Proust ? « une offensive, une fatigue, une règle, une église, un régime, un obstacle, une amitié, un enfant, un monde » (c'est si original). Celle de Joyce ? « un immense message de triomphe » (c'est tellement nouveau). La peinture selon Sollers ? Elle « n'arrête pas d'avoir lieu » (incroyable) ; c'est un « acte du corps » (inouï). Le peuple ainsi libéré, rafraîchi et éclairé peut également se recueillir devant la photographie du Combattant Majeur contemplant en toute simplicité un Cézanne.

Le message théorique est ardu, mais bouleversant. Sollers a dit : Rimbaud est bon. Sollers a dit : Van Gogh est bon. Lautréamont est bon.

Cézanne est bon. Ils furent des dissidents. « Très renseignés ». À notre tour, nous voici renseignés. En revanche, le XIXe est mauvais, qui a ignoré ces prophètes. Pas renseigné du tout, le XIXe siècle, avec ses écoles « de soumission, de reptation ». Voilà une école dont ni Viviane Forrester, ni Josyane Savigneau, assurément, ne font partie. Le monde est une vallée de larmes, montre Viviane Forrester, les hommes souffrent, les marchés financiers saccagent la planète. Heureusement, il y a l'art. Heureusement, il y a Sollers.

Un siècle de modernité, le marxisme-léninisme, le maoïsme, le surréalisme et le structuralisme, un siècle de théories esthétiques, politiques, anthropologiques plus bouleversantes les unes que les autres, pour en arriver là, se dit l'impie in petto, car il craint que Savigneau l'entende, c'était bien la peine, pour en arriver à Viviane Forrester glosant dans *Le Monde des livres* la parole de Sollers, démontrant que l'art du XIXe siècle est exécrable quoique illustré par des artistes géniaux, et que l'art soulage la douleur des hommes.

Mais peut-être la grande intellectuelle est-elle impuissante à rendre la portée exacte de la Somme du Combattant Majeur. Peut-être les citations sont-elles mal choisies. Après tout, Viviane Forrester est la talentueuse thuriféraire capable d'écrire, dans un style d'enfant de chœur freudien étourdi au vin de messe, ce genre de balbutiements pochardisants sur Madeleine Chapsal :

> Madeleine Chapsal réanime son passé, la vie des siens, à travers le chemin âpre, ardent, qui l'a menée, vacillante, palpitante, singulièrement vivace, même effondrée, à s'initier à l'autonomie, à découvrir de sa vie le récit véritable, cela par les voies de la psychanalyse et accompagnée dans cette exploration par quatre analystes, tour à tour, dont la magique, la savante et si présente Maud Mannoni et dont Françoise Dolto évoquée avec une tendresse, une admiration fervente. La volonté de ne pas théoriser domine cependant chez l'auteur et de demeurer l'analysante qu'elle fut, de répondre ainsi à tant de questions que se posent et n'osent se poser des analysants virtuels ou même des patients en cours d'analyse.

Dont auquel et subséquemment que si Madeleine Chapsal tue les psychanalystes sous elle, Viviane Forrester épuise les adjectifs et vide les pronoms relatifs. Encore un petit coup de ferveur et de palpitation, pour la route ? Mais oui, allez, ça ne fait pas de tort.

Comme l'ébriété stylistique est la même à propos du Combattant Majeur, il convient de se méfier et d'aller voir de plus près, à Sollers même, d'autant plus qu'*Éloge de l'infini* rassemble des articles publiés sur à peu près tous les sujets par un homme qui occupe depuis quarante ans une position stratégique dans le monde intellectuel.

Précisons d'emblée qu'il ne s'agit pas d'un recueil d'articles. L'auteur refuse cette expression, certes beaucoup moins glorieuse que le titre : « il ne s'agit pas ici d'un recueil mais d'un véritable inédit, chaque texte ayant toujours été prévu pour jouer avec d'autres dans un ensemble ouvert ultérieur. Dans un tel projet, encyclopédique et stratégique, les circonstances doivent se plier aux principes. » C'est impressionnant. Si l'on traduit, cela veut dire que Philippe Sollers aurait pu écrire un grand ouvrage « encyclopédique », qu'il ne l'a pas écrit, mais qu'une certaine cohérence se retrouve dans l'ensemble des articles recueillis. Bref, il s'agit d'un recueil d'articles.

Autre remarque liminaire, bassement matérielle celle-là. Cet énorme ouvrage de 1 100 pages est vendu 195 F par les éditions Gallimard, c'est-à-dire à peine 50 % plus cher qu'un livre cinq ou six fois plus petit, dans la même collection « blanche ». Il y a là un louable mépris de la « marchandise », comme dit le Combattant Majeur, et un véritable désintéressement de la part d'une maison que l'on se figurait de plus en plus consacrée à la marchandise pure, justement. Il s'agit de rendre accessible à tous, ou presque tous, la pensée de Sollers. Lorsqu'il s'agit de lui, la maison consent à vendre à perte.

La chose n'est pas seulement impressionnante

par sa taille, mais par son contenu. Fatalement, tous les Conducators perdent le sens du réel. Ils confondent le monde avec eux-mêmes et la pensée humaine avec les idées qui les traversent. Tous les Combattants Majeurs finissent en Danubes de la Pensée et en Génies des Carpathes. Galilée, Darwin, Michel-Ange et Dante deviennent leurs précurseurs. L'étendue de leur inspiration leur permet de trancher audacieusement des questions d'hygiène, d'architecture, d'astrophysique et de beaux-arts. Les habituelles Forrester remplissent ensuite leurs devoirs d'extase dans les *Pravda* de service.

Telle est l'impression générale qui se dégage d'*Éloge de l'infini* : Philippe Sollers a toujours tout compris avant tout le monde, chacun vit dans l'erreur, la pauvreté mentale, le ressentiment, la misère sexuelle; depuis des lustres, Sollers ne cesse de prêcher dans le désert de l'incompréhension générale, en butte aux lazzis, au rejet, à la censure. C'est le fond du livre, l'antienne ressassée, la marotte agitée solitairement ou sous le nez de quelque interviewer béant d'admiration. Par « désert », il faut entendre *Le Monde, Le Monde des livres,* plus un nombre impressionnant de revues, journaux, émissions de télévision. Les Génies des Carpathes ont toujours, en plus de leur génie, le sens de l'humour vache. Ils aiment à humilier un peu leurs laquais. À qualifier sa *Pravda* de désert intellectuel, le Combattant Majeur entend montrer qu'il est libre.

Génie universel, le Combattant Majeur traite donc de littérature, de philosophie, d'histoire, de politique, de théologie, de photographie, de télévision, de pornographie, de faits divers, de biologie, de gynécologie, dispense des conseils matrimoniaux (« surtout soyez bien mariés. Ce point est capital ») et libère les femmes. Bref, la modernité a trouvé en lui son Léonard de Vinci.

Lorsque Philippe Sollers, dans « Le corps amoureux », commente Heidegger et parle du « repos singulier » de l'œuvre d'art, « condensation de mouvement », il dégage, sans aucun doute, une idée juste. En tout cas, une idée profondément stimulante. Une idée de Heidegger. Pourquoi la dégage-t-il ? Pour ceci : « ce repos singulier est ce qu'un artiste (pas un décorateur ou un animateur culturel) trouve d'instinct, sans avoir à le rechercher, comme surgi de son fond même. *Paradis,* par exemple, est un livre d'une grande rapidité qui dort à poings fermés et en plein éveil, comble de mouvement inclus dans un repos étrange. » Philippe Sollers est le meilleur exemple de ce qu'est un vrai artiste. Philippe Sollers est un prophète : « si vous voulez en savoir plus [sur le sexe], en détail, lisez *Femmes, Portrait du Joueur, Le Cœur absolu, Les Folies françaises.* J'ai un peu d'avance sur les événements, c'est tout. On a cru que j'écrivais des livres "faciles", là où, au contraire, je décrivais une dissolution, une mutation en essayant de donner les clés pour comprendre. » Philippe Sollers est bon pour les hommes : « n'écoutez pas le préjugé biologique [...] (Cf. le scénario *Don Juan* de nouveau dans *Les Folies françaises,* petit catéchisme à apprendre par cœur.) Bon, j'ai fait et je continuerai à faire ce que je peux pour vous. Un avion m'attend, bonne chance. » Philippe Sollers s'y connaît en vagins et en clitoris : « j'appelle de mes vœux un moment historiquement pensable où on pourrait dire des choses qui n'ont jamais été dites, notamment sur la simulation. Ce qui n'est pas simulable, en revanche, c'est la jouissance clitoridienne. Que ce soit positif pour une femme, ce n'est pas douteux ; mais que ce soit aussi extrêmement inquiétant pour la surveillance métaphysique dont les femmes sont l'objet, ce n'est pas douteux non plus. » Philippe Sollers connaît les femmes : « le jour où les femmes aimeront les femmes... ça se saura ! » Philippe Sollers a compris ce que tous les autres n'ont pas compris : « aucun penseur d'envergure n'a compris Heidegger au XXe siècle. Il est très en avance. Ni Sartre, ni Merleau-Ponty, ni Husserl, ni Foucault, ni Deleuze, ni Derrida, ni Lacan, ni Althusser, aucun d'entre eux ne l'a compris. On pourrait montrer, pour chacun d'eux, les points qu'ils n'ont pas compris. » « *Une saison en enfer* est un texte qui, à mon avis, n'a jamais été vraiment lu. » Quant au *Nietzsche* du même

Heidegger, « ni Sartre ni Lacan ni Foucault, ni Deleuze ni Derrida ni Blanchot n'ont pris la peine de méditer à fond ces deux volumes ». D'ailleurs, c'est bien simple : « ça se démontrerait facilement au tableau noir. » On regrette de ne pas voir les croquis.

Ces formules grotesques induisent beaucoup de gens à penser que leur auteur est un simple guignol. On prend de moins en moins Sollers au sérieux. Pourtant, cette suffisance naïve est compréhensible. L'habitude de la flagornerie et du pouvoir finit par claquemurer les Danubes de la Pensée au fond de forteresses mentales où ils perdent le contact avec le réel. Ils pensent, néanmoins. Que pensent-ils ? Une autre caractéristique remarquable d'*Éloge de l'infini* est que la pensée y est sans cesse annoncée. Attention, je pense, ne cesse de dire l'auteur. Je m'apprête à penser. Je ne vais pas tarder à penser. Retenez-moi ou je pense. Si je voulais, je n'aurais qu'à penser. Écrire consiste donc à dispenser des signes de pensée, à piquer dans la prose des panneaux indicateurs de ce qui est censé être plein de signification. Philippe Sollers fait un abondant usage d'expressions telles que : « c'est prouvé », « c'est parfaitement vérifiable » (toujours préférables à une fatigante démonstration), « comme par hasard » (qui sert à montrer, négligemment, qu'il y aurait beaucoup à tirer de telle coïncidence, pour peu que l'on s'y attarde, que l'auteur sait bien, lui, de quoi il retourne, mais qu'il n'en dira rien, inutile de s'appesantir) :

> À mon avis, le fait que [Heidegger] mette l'accent sur Hölderlin ne vient pas du tout par hasard. Je comprends une telle insistance, puisqu'il s'agit de l'allemand et d'un moment absolument déterminant de la langue elle-même, comme par hasard lié à la question du mythe de la folie, qui surgit en 1806. Ce n'est pas non plus un hasard.

Plus fort que Sherlock Holmes, le Combattant Majeur décèle partout des indices. Du sens se cache par ici. On le suit tout pantelant : quand va-t-il enfin lui mettre la main dessus, au sens ? Par moments, les indices sont vraiment obscurs, lui seul parvient à les déchiffrer, il s'exprime par énigmes : « c'est très important [...] les femmes, les dates ! Les femmes sont des dates. Et toute date est peut-être d'une substance féminine à déchiffrer. » Mais le hasard, toujours lui, fait bien les choses :

> À la limite, cette maladie qui consiste à attendre toujours que des livres paraissent est porté [*sic*] à tel point sur le plan de la marchandise spectaculaire qu'on peut se demander quels désirs s'expriment là. J'ai pas mal travaillé ces temps-ci, sur Hölderlin et Rimbaud. Rouvrir ces dossiers, en termes historiques, l'un qui se déroule, comme par hasard, au moment de la Révolution française, l'autre

> comme par hasard au moment de la Commune de Paris (ce qui ne veut pas dire qu'il faut réduire Hölderlin à la Révolution française, ni Rimbaud à la Commune de Paris) on se rend compte à quel point les choses ont été recouvertes par des interprétations qui ne tiennent pas debout.

Il ne s'agit pas, dans cet ouvrage, de jouer au pion et de relever les coquilles. Mais l'amusant, dans ce cas précis, c'est que l'auteur d'*Éloge de l'infini,* cinq pages avant le passage qui précède, consacre un long paragraphe à la coquille. Il déclare qu'il lui accorde beaucoup d'importance, qu'il la considère comme symptomatique, et lui, Philippe Sollers, revendique la plus grande attention aux détails typographiques et orthographiques. On constate, hélas, qu'il se montre moins attentif à la syntaxe et à la cohérence du sens, car *une maladie porté* [sic] *sur un plan, des dossiers qui se déroulent,* et *rouvrir* [...] *on se rend compte,* dans la lignée du char de l'État naviguant sur un volcan cher à Joseph Prudhomme, ce n'est plus *Éloge de l'infini,* c'est *Illustration du bredouillis.*

« Mais oui » ou « comment donc » reviennent à tous les détours de phrase (avec l'idée, sans doute, que « comment donc » fait très XVIIIe, marquis insolent, etc.), ponctuation un peu radoteuse qui manifeste superbement que ce qui vient d'être dit n'a pas besoin d'être mieux étayé, puisque c'est l'auteur qui le dit. Il suffit de rapprocher un peu n'importe quoi de culturel, présentant une certaine ressemblance. À tous les coups, ça fait de l'effet ; Nietzsche et Proust, par exemple : « Le temps perdu, l'éternel retour, le temps retrouvé, ça peut se penser ensemble. » Mais oui. Mais comment donc.

La pensée de Sollers, dans sa dimension historique, consiste à dire qu'il y a eu de grands artistes au XXe siècle, ce qu'on ignore, et donc que le XXe siècle est un grand siècle artistique ; penser consiste alors à dresser des listes et à tresser des couronnes à des artistes célèbres :

> Le XXe siècle [...] a aussi été un très grand siècle de création antimorbide. [...] Il suffit de citer certains noms : Proust, Kafka, Joyce, Picasso, Stravinski, Heidegger, Céline, Nabokov. Et bien d'autres : Hemingway, Faulkner, Matisse, Webern, Bataille, Artaud, Breton [...].

> Gloire à Harnoncourt, Gardiner, William Christie, Herreweghe, Hogwood, Clara Haskil, Martha Argerich, Cecilia Bartoli. Mais gloire aussi à Paul Mac Cartney, dont je revoyais ces jours-ci, à Londres, le concert de 1990 : un garçon génial, voilà tout.

C'est passionnant. Ça a bien un petit côté conférence de musée pour université du troisième âge, ou toast pompeux de banquet IIIe République, mais quelle culture. Quelle sûreté, en outre, quelle audace dans le jugement.

Quelle subversion. Mac Cartney ? Géniâl, ce garçon, simplement géniâl. Et il reste encore beaucoup à apprendre, la richesse de la pensée du Combattant Majeur est inépuisable. À la judicieuse question posée par *Les Temps modernes* : « Et la contribution de Bataille à l'histoire du XXe siècle ? », il répond d'un trait foudroyant : « Éminente... Prodigieuse... Que d'avancées ! La part maudite, *Le Bleu du ciel*... très importants », avant de lever, encore une fois, les questions fondamentales : « Pourquoi Joyce écrit-il *Ulysse* ? Pourquoi Pound écrit-il ses *Cantos* ? Pourquoi Bataille reprend-il l'histoire de l'humanité depuis la préhistoire ? [...] pourquoi la musique fait-elle ce qu'elle fait ? Pourquoi y a-t-il Stravinski ou le jazz ? »

Eh oui, pourquoi ?

Mais pourquoi ?

L'autre volet de la pensée historique de Sollers consiste, on l'a vu, à jeter en toute occasion l'anathème sur le XIXe siècle. Ici, l'audace devient inouïe, car Sollers ne cesse en même temps de faire l'éloge de Rimbaud, Mallarmé, Balzac, Théophile Gautier, Cézanne, Monet, Verlaine, Hugo, Stendhal, Jarry, etc., bref, de tout ce dont se compose l'histoire littéraire du XIXe siècle. Le XIXe siècle est mauvais, sauf le XIXe siècle. Bien sûr, on attendait l'argument suprême : s'il y a eu de grands artistes au XIXe siècle c'est en dépit du XIXe siècle. Ce n'est pas le XIXe siècle qui les a produits, il ne l'a pas fait exprès. S'ils sont grands, c'est contre leur époque. Air connu. L'artiste échappe à son temps, on ne peut pas le réduire à son temps, etc. L'ennui, c'est que cette idée un peu courte est typique du XIXe siècle. Sollers démontre brillamment qu'on peut détester le XIXe siècle avec des idées du XIXe siècle. Se croire rebelle en brandissant de vieux arguments de bourgeois conservateurs. Le Combattant Majeur, qui sait tout, n'y a sans doute pas songé : *Le Stupide XIXe siècle* est un livre du réactionnaire antisémite Léon Daudet. Il y a des rencontres significatives.

Contre ces caricatures qui se veulent originales, on est obligé de réaffirmer certaines banalités nécessaires : le XIXe siècle a fait Rimbaud et Cézanne, comme ils ont fait le XIXe siècle. Et le XXe. Si un grand artiste est toujours plus grand que son temps, c'est aussi dans la mesure où il en concentre les contradictions. Ni uniquement en dehors, c'est l'illusion idéaliste de Sollers, ni uniquement dedans, c'est l'illusion positiviste. Parmi les illusions simplificatrices du XIXe siècle, Sollers en choisit une contre l'autre. C'est une constante de son mode de pensée : il ne cesse d'illustrer, de manière biaisée, ce qu'il dénonce par ailleurs.

Les errements inhérents à ce genre de pensée caricaturale se manifestent le plus nettement dans les textes consacrés à Mallarmé. On commence par le bon vieux coup de l'incompréhensible et de l'indicible. Encore un héritage d'un certain XIXe siècle et de son idéalisme : « Mallarmé, dans la société de son temps, est une énigme. » Bien entendu, pour appuyer cette thèse qui consiste à ne rien dire et à interdire qu'on puisse dire quoi que ce soit, Sollers s'empresse de réduire les explications historiques à leur caricature, la bêtise positiviste, selon laquelle « le poète est un malade maniaque (Baudelaire), un dépravé alcoolique (Verlaine) ». Comme si Max Nordau résumait tout éclairage historique possible sur Mallarmé. Sollers fait du réalisme l'« autre face » du positivisme. Il ignore l'existence d'un vieux couple beaucoup plus uni sous l'apparence des chamailleries : l'autre face de l'épaisseur positiviste, c'est le refus idéaliste de tout éclairage historique et de toute explication, fût-elle dépourvue de la prétention de rendre compte de l'œuvre dans son intégralité. Non, Mallarmé n'est pas totalement une énigme en son temps. Il le dépasse si l'on veut, mais il le quintessencie.

Dans « Le fantôme de Mallarmé », Sollers reprend l'antienne archiconnue de Mallarmé et le néant, Mallarmé et ses rapports avec les anarchistes, Mallarmé et « la poésie comme bombe à retardement », pour ne rien dire, sinon que personne ne veut en entendre parler, ou que Mallarmé est « le plus dangereux pour l'institution ». L'institution se porte très bien, et elle n'a pas le moins du monde souffert de Mallarmé.

Qui n'a rien fait sauter du tout. En revanche il a fait publier des milliers de pages de commentaires, dont celles de Sollers, vendues bon marché par Gallimard. Mais ne nous fions pas aux apparences, dit le Combattant Majeur. La société tremble, les banlieues se soulèvent à la lecture du « sonnet en yx », les Maîtres du monde, dans leurs repaires secrets, ourdissent un ténébreux complot visant à kidnapper tous les textes publiés et tous les manuscrits du dangereux terroriste afin de les détruire.

Donc, Mallarmé, c'est le Néant. Mais, dans « Le drame de Mallarmé », Sollers explique que « la bourgeoisie, après 1848, [...] a décidé une contre-révolution précieuse et ésotérique. [...] C'est le moment (qui dure encore) où les poètes deviennent des négativistes boudeurs. » Et nous sommes invités à croire que le Néant mallarméen n'a aucun rapport avec le nihilisme de la fin du XIXe siècle, que sa poésie n'a rien de précieux ni d'ésotérique. Étonnant. Pour quelles raisons ? Parce que c'est comme ça. Parce que le XIXe siècle, pas beau, et Mallarmé, grand écrivain. Donc son néant à lui, c'est forcément du bon néant, ses sonnets, il y a de vrais morceaux de néant dedans. Si l'on résume la pensée de Sollers, en écartant les fioritures, cela donne en somme : Mallarmé est grand parce qu'il est grand.

Et tout le reste, c'est le Grand Mystère de la Poésie.

Ce n'est pas que Philippe Sollers n'ait pas d'idées, ni même qu'elles ne soient pas justes parfois. Le problème ne se situe pas là. Mais le retentissement qui est donné à ces idées est totalement disproportionné avec leur importance et leur originalité. Lorsqu'il dénonce un système d'asservissement devenu d'autant plus dangereux et efficace qu'il est plus diffus et décentré, qu'il s'« autorégule », il a raison. Lorsqu'il montre que ce système, dont l'un des instruments principaux est la tyrannie médiatique, aboutit à une déréalisation générale, qui passe par une désincarnation, il a raison. Lorsqu'il voit dans la pornographie, non une libération du corps, mais une nouvelle forme de liturgie qui permet de s'en débarrasser au même titre que le puritanisme, il a raison. Lorsqu'il assure qu'on ne peut dépasser la métaphysique qu'en se l'appropriant, lorsque, insistant sur l'importance du corps, il précise qu'il n'entend pas par corps seulement un ensemble organique, que la sexualité a toujours été « une question spirituelle », lorsqu'il émet l'hypothèse que la voix pourrait contenir le corps, il n'a pas tort non plus. En tout cas, tout cela mérite d'être écouté. Lorsqu'il insiste sur l'importance de Heidegger, lorsqu'il oppose le néant au nihilisme, et identifie le néant à l'être, on lui emboîte volontiers le pas. Il y a, dans *Éloge de l'infini,* quelques formules dont il faut reconnaître l'efficacité :

Le spectacle, qui est « la reconstruction matérielle de l'illusion religieuse », nous tend ses deux réponses inlassablement ressassées. D'un côté, l'humanitarisme sociomaniaque qui permet à celui qui s'en déclare le représentant de prolonger la plainte des opprimés, de l'autre, tous les ersatz du marché spiritualiste.

La perturbation intervient toujours par rapport à une apparence qui se donne comme loi. Quelle perturbation puis-je faire intervenir dans un film pornographique scandinave pour le rendre vraiment érotique ? Voilà la question.

Le diable ne supporte pas le néant. Puisque c'est la même chose que l'Être. Le non-être n'est pas le néant. Et le diable, c'est du non-être qui voudrait être.

L'impossible, c'est le réel, en somme.

Seulement est-il besoin de Sollers pour apprendre tout cela ? Tout ce qu'il affirme, mélange, ressasse est déjà, pour l'essentiel, dans Nietzsche, Bataille, Heidegger et Debord, avec une tout autre puissance et beaucoup moins de complaisance. Il y ajoute, comme tout le monde, quelques vieux restes de psychanalyse, avec le verbiage qui va avec. Bref, il ne cesse de faire ce qu'il dénonce par ailleurs : il utilise de vrais penseurs pour les édulcorer. Le cirque Sollers exploite les vieux artistes. Le Barnum de la littérature met un nez rouge à Rimbaud et Artaud.

Parfois le numéro se laisse regarder. Parfois la bouffonnerie devient gênante.

Même si l'on concède une originalité à cette pensée, elle s'égare dans des milliers de pages verbeuses. Toute la pensée de Sollers tient à peu près dans, par exemple, les sept pages d'entretien avec Jean-Jacques Brochier et l'inoxydable Josyane Savigneau, publiées dans *Le Magazine littéraire* de février 1991. Ça ne s'appelle pas « Mickey contre les Rapetout » mais, beaucoup plus sérieusement, « Philippe Sollers contre la grande tyrannie ». Inutile de se procurer *Éloge de l'infini, La Guerre du goût,* etc., tout est là.

Ces idées, qui se donnent pour libératrices et généreuses, sont irrémédiablement gâtées par le délayage, le bavardage et la suffisance. La boursouflure est une maladie qui atteint les gens situés dans la position qu'occupe Sollers : assez intelligents pour avoir un peu conscience de leur manque d'épaisseur littéraire réelle, mais intellectuellement déformés par l'importance artificielle qui leur est donnée. Il leur faut donc souffler dans leurs idées pour les gonfler jusqu'à leur faire perdre toute forme et toute vérité. La bouffissure de Sollers n'est pas seulement quantitative : passé un certain degré, elle passe au qualitatif, la justesse se corrompt en n'importe quoi, la pointe acérée se transforme en excès de graisse. L'extension caricaturale des idées leur fait perdre toute efficacité et même toute vérité. Il y a une certaine vérité à affirmer que toute œuvre d'art, quelle que soit son idéologie déclarée, exerce une forme d'émancipation des consciences. Cela mériterait quelques nuances pour devenir convaincant. Mais le Combattant Majeur Sollers, pour se poser dans son propre rôle, a besoin de décréter que tout artiste véritable est obligatoirement un libérateur de l'humanité. Tout le monde est donc enrôlé de force dans les rangs de la libération. Il est déjà, en soi, assez amusant de voir un notable des lettres et un homme de pouvoir se réclamer à tout bout de champ de marginaux et de poètes maudits. Cela fait partie de la rhétorique habituelle, les notables aiment discourir sur les marginaux. Mais il n'y a pas que l'inusable Rimbaud à se retrouver une centième fois mobilisé dans l'armée d'opérette d'une guérilla pour rire. Pour le Combattant Majeur, La Fontaine est révolutionnaire, Théophile Gautier est révolutionnaire à la première d'*Hernani*, etc. L'idée initiale perd ici toute signification, dans la confusion totale des valeurs et de l'exactitude historique. Passons sur La Fontaine, dont les *Fables* et leurs morales prudentes, dont la fidélité à un financier richissime contribuent certainement à la lutte pour la liberté. Là encore, Sollers a raison, il y a complot : « y aurait-il, ici ou là, une volonté de ne plus rien connaître de la grande affaire de pouvoir du XVIIe siècle, l'affrontement Louis XIV-

Fouquet ? » Mais oui, mais oui. Attardons-nous plutôt sur Théophile Gautier.

Sollers rend compte, durant l'été 1996, d'une réédition assez quelconque de l'*Histoire du romantisme* de Gautier (pas un mot, nulle mention de l'importante édition « Bouquins » des récits de l'auteur du *Capitaine Fracasse,* qui venait de paraître, pourvue d'une belle préface et d'un riche appareil de notes). Gautier ? Encore un révolutionnaire. Pourquoi ? Parce qu'il a arboré un gilet rouge et des cheveux longs à la première d'*Hernani,* et s'est colleté avec les partisans des classiques. Les *Souvenirs du romantisme* de Gautier deviennent donc, d'emblée, « un tract pour aujourd'hui », et *Hernani* une « pièce révolutionnaire ». Sa représentation se résume à ce conflit manichéen : « les flamboyants contre les grisâtres ». *Hernani* est surtout un pénible et déclamatoire mélo. Mais il est généralement admis depuis 1830 que la pièce et sa représentation ont soudé les forces romantiques. Il faudrait donc croire que le romantisme, symbolisé par *Hernani,* est par nature révolutionnaire. Le romantisme, mais, souvenons-nous, surtout pas le XIXe siècle. Cependant, contre qui, au juste, cette bataille d'Hernani fut-elle menée ? Qui était l'ennemi, les « grisâtres » ? Pas seulement les « profiteurs et nantis de la Restauration », comme le prétend Sollers, parce qu'alors il faudrait y ranger Hugo lui-même, nanti de la Restauration, longtemps partisan du très réactionnaire Charles X, Hugo fondateur avec son frère du *Conservateur littéraire*. L'ennemi, c'est aussi le bourgeois sceptique et voltairien, le « classique admirateur de Voltaire » mentionné par Gautier. Voltaire, son doute, son ironie et ses tragédies néo-classiques, est le véritable adversaire esthétique du Hugo de 1830 et de ses partisans. Dans la logique de Sollers, *Hernani,* ce serait donc la liberté contre Voltaire.

Quant aux « flamboyants », parmi les Jeune-France chevelus qui soutenaient la pièce, on comptait un certain nombre de partisans du roi et du catholicisme. L'ennemi, là encore, c'était le XVIIIe siècle et l'esprit philosophique. Une bonne partie du romantisme est de nature réactionnaire. C'est le cas de Nodier, de Balzac. Ce que Sollers ignore ou feint d'ignorer. Pour quelqu'un qui se pique d'accorder autant d'importance aux dates (« les dates ! les femmes ! ») c'est un peu court.

Eh oui, c'est compliqué, les mouvements littéraires sont parfois un peu embrouillés. Les révolutions esthétiques ne coïncident pas toujours exactement avec les révolutions politiques. Mais il faut choisir entre la propagande et le souci d'exactitude historique. Le Combattant Majeur a choisi. Gautier, dans son *Histoire du romantisme,* évoque le « philistin » qui, même s'il n'a rien lu de lui, le « connaît au moins par le gilet rouge ». Certains s'intéressent aux idées, d'autres aux couleurs clinquantes. Pour Sollers, ce qui est intéressant, c'est la longueur des cheveux et la couleur des gilets. Le Combattant Majeur confond les paillettes journalistiques avec les lumières de la pensée.

Comme dans le journalisme, toutes les idées que Philippe Sollers reprend, prolonge, développe finissent sous sa plume par ressembler à de la publicité, ou versent dans le folklore, comme une bourrée dansée en authentiques costumes d'époque à l'usage des touristes de passage. Bourrée des libertés. Branle de l'érotisme. Polka du Néant. Ce dont il se tirera en se qualifiant de danseur. Mais les sabots sont un peu gros. La défense justifiée de l'expérience réelle tourne en verbiage sempiternel sur le corps, jusqu'à ce que cela ne veuille plus rien dire. Et tout finit par des truismes prudhommesques du genre : « le corps humain implique un rapport à la mort et au néant. » Le combat justifié contre le décervelage industriel contemporain se dégrade en obsession du complot, en rhétorique usagée du poète comme « gêneur ». Certaines déclamations sur ce thème peuvent encore impressionner quelque étudiant boutonneux ou quelque ancienne combattante de soixante-huit qui fait de temps en temps la révolution à l'apéritif :

Il n'y a pas de crise de la poésie. Il n'y a qu'un immense et continuel complot social pour nous empêcher de la voir.

Lady Di se retrouve recrutée, en compagnie de Rimbaud, dans le combat contre la tyrannie, car « cette petite lady était gênante ». L'œuvre de Proust a été refoulée, occultée, « tellement c'est gênant ». On finit par comprendre que qualifier une œuvre de « gênante », de « dangereuse pour le système » est un bon moyen d'éviter d'en dire quoi que ce soit. Il y a trente ans, cela tenait déjà lieu de pensée à de vieux hippies qui se vengeaient verbalement sur le « système » de leur propre impuissance. Ce verbiage périmé fait de Sollers un écrivain définitivement daté. Vieilles mythologies, mots d'ordre, folklore intellectuel, propagande simplificatrice, obsession du complot : tout l'arsenal culturel, en somme, des dictatures. Dans son entreprise de caricature généralisée de la pensée moderne, Sollers se fait l'auxiliaire efficace du système qu'il dénonce. Il rend inoffensifs ou grotesques Rimbaud, Heidegger ou Artaud, de même que la publicité, la télévision, le journalisme se livrent à un lessivage intégral de la pensée. Quant au *Monde des livres,* dirigé par Josyane Savigneau, il offre un bon exemple de collaboration avec la « grande tyrannie », pour reprendre l'expression pompière de la même Savigneau. Enfermé dans des questions d'intérêt, de vengeances et de manipulations, claquemuré dans une représentation irréelle du monde, il élabore un modèle de pensée obligatoire et contribue à l'étouffement des talents véritables. Car, contrairement à ce que ne cesse de dire le Combattant Majeur, il existe des poètes, il existe des écrivains. Mais il n'en parle pas, il ne les lit pas. Parler de Mallarmé, Rimbaud, Cézanne, Proust, c'est sans risque. Ce sont des valeurs reconnues. Ça n'engage pas. Reste la ressource de les faire passer pour dangereux.

Allons, Combattant Majeur, encore un effort pour être révolutionnaire, parlez-nous de jeunes poètes inconnus, d'écrivains négligés, il y en a, et ils ont beaucoup plus besoin d'aide que Proust ! Vous n'évoquez que Mallarmé, Picasso. Vous ignorez les Mallarmé d'aujourd'hui, tout comme les journalistes imbéciles du XIXe siècle ne cessaient de glorifier Voltaire pour mieux ignorer Laforgue. Vous déclarez que tout éditeur aujourd'hui refuserait Mallarmé ou Rimbaud. C'est vrai, et ça se passe tous les jours, chez Gallimard, chez Grasset, on refuse Mallarmé et Rimbaud. Dans les galeries, on éconduit Cézanne. Évidemment, s'intéresser à de jeunes écrivains implique un engagement, une véritable prise de risque. Ce serait mener un réel combat contre le système. Au moins contre cet aspect du système qu'est l'industrie éditoriale. Auriez-vous des intérêts à défendre dans l'industrie éditoriale, Combattant Majeur ?

Mais le Combattant Majeur a réponse à tout.

Première réplique, textuellement extraite d'*Éloge de l'infini,* et qui a beaucoup servi depuis quelques siècles : « de l'art, ben, y en a plus ! » Eh non, mon bon monsieur, et en plus il n'y a plus de saisons ; quant à la bonne viande, c'est simple, on n'en trouve plus. Seconde réplique : on ne peut pas prétendre échapper complètement au système. C'est vrai, et surtout cela permet de justifier beaucoup de choses. Le Combattant Majeur apparaît régulièrement à la télévision, parfois dans des émissions littéraires, parfois dans des variétés stupides. Il se prête de bonne grâce aux manipulations de cette servante dévouée de la grande tyrannie, de cette grande productrice d'imbécillité. Mais attention ! il faudrait être naïf pour croire qu'il s'agit réellement de lui : « ils me voient à l'écran et ils croient que c'est moi. Moi, pas une seconde je ne crois que c'est moi. » Sollers n'est pas là pour faire le malin, mais pour « étudier sur le vif la croyance sociale aux images ». La réplique fait songer à cette scène de la soirée chez la marquise de Sainte-Euverte, dans *Du côté de chez Swann* :

> M. de Bréauté demandait : « Comment, vous mon cher, qu'est-ce que vous pouvez bien faire ici ? » à un romancier mondain qui venait d'installer au coin de l'œil un monocle, son seul organe d'investigation psychologique et d'impitoyable analyse, et répondit d'un air important et mystérieux, en roulant l'*r* :
> « J'observe. »

En fait, dans la lignée du *Ceci n'est pas une pipe* de Magritte, il faudrait, pour que les choses soient claires, faire apparaître sur l'écran un bandeau : « Ceci n'est pas Sollers. » En d'autres termes, l'idée évidente selon laquelle une personne ne coïncide pas avec son image permet de justifier avec une bonne dose de roublardise sophistique le fait d'aller se prêter complaisamment au grand nettoyage médiatique du sens.

On pourrait en effet attendre du Combattant Majeur que, tant qu'à se compromettre avec abnégation, il utilise l'ennemi, et prononce des harangues révolutionnaires. Ce serait trop simple. Le Combattant Majeur est plus subtil. Il y a quelque temps, peu après la parution des *Particules élémentaires,* on le confronte à Michel Houellebecq dans *Bouillon de culture.* Houellebecq, très explicitement, est contre l'esprit soixante-huit, dresse le tableau des ravages de la révolution sexuelle, donne dans la mélancolie, choisit Schopenhauer contre Nietzsche, bref, sur tous les points, se situe à l'exact opposé du Combattant Majeur. Oui, mais voilà, Houellebecq est devenu quelqu'un d'important. Que fait le Combattant Majeur ? Habilement, il félicite Michel Houellebecq pour son talent. Fine stratégie. Quelques semaines plus tard, durant une émission nocturne de France Culture, un Houellebecq très éméché déclame en sanglotant des poèmes informes. S'offrant au ridicule et aux outrages, ce Christ pochard est aussitôt renié par saint Sollers, avant le chant du coq. C'est malin. Ce n'est peut-être pas très honnête, mais l'honnêteté n'est pas une qualité de Combattant Majeur.

Supposons un instant qu'*Éloge de l'infini* ait été signé, disons, au hasard, Belinda Cannone, alors, on aurait vu Josyane Savigneau ou Viviane Forrester (si elles n'avaient pas simplement ignoré ce livre) démontrer sans risque, en une demi-colonne sèche, qu'un tel amas de poncifs grandiloquents encombrait inutilement les librairies. Mais l'exercice de bassesse dithyrambique de Viviane Forrester, couvrant d'éloges grotesques dans *Le Monde* un important collaborateur du *Monde,* ne suscite aucune réaction. Pourquoi ? Pour les mêmes raisons, des gens intelligents acceptaient les théories esthétiques staliniennes. Par conformisme, par intérêt, par lâcheté. Et parce que pour pouvoir protester, il faudrait disposer d'un lieu de parole. Contrairement à ce que feint de croire Philippe Sollers, nous sommes libres, dans la France du XXIe siècle, de faire beaucoup de choses. Mais l'une des plus risquées est de critiquer Philippe Sollers. Je sais que, comme tout auteur qui s'attaque à l'organe officiel du Combattant Majeur, je risque, au mieux, les foudres de Josyane Savigneau ou d'un affidé quelconque, et plus vraisemblablement le silence total. Il en va de la littérature aujourd'hui comme du parti communiste soviétique dans les années trente.

On ne critique pas le petit père des peuples, ou bien on disparaîtra progressivement des photos officielles, on n'aura jamais existé.

Devinette : Soit un écrivain fin de siècle qui a traversé de multiples allégeances esthétiques, appartenu à bien des écoles, de l'avant-garde au racoleur, publié dans tous les genres; qui a exercé un grand pouvoir dans le monde littéraire par sa mainmise sur des périodiques importants; qui a fini comme une sorte d'écrivain officiel auquel les ministères font des commandes.

Réponse : Catulle Mendès, bien sûr.

Ou Philippe Sollers.

Philippe Sollers est un peu notre Catulle Mendès. Un écrivain de troisième ordre qui aura eu son importance dans la vie littéraire. Des érudits de la fin du XXIe siècle republieront certains de ses textes. On s'étonnera de la bassesse qui l'a entouré. D'autres Viviane Forrester se trouveront de nouveaux Sollers. Le nôtre et la nôtre auront disparu, il ne restera que le souvenir de leurs « écoles de soumission et de reptation ». C'est pourquoi, afin de résister au discours dominant diffusé sans relâche par les journalistes aux ordres, il est bon, au sortir d'un article du *Monde des livres,* de se représenter l'auteur d'*Éloge de l'infini* à sa taille réelle, c'est-à-dire Philippe Sollers en Catulle Mendès. Ce dont ne se doutent pas les Savigneau et Forrester, lorsqu'elles admirent Sollers admirant Mallarmé, c'est qu'elles choisissent Catulle Mendès contre Mallarmé. Contre les Mallarmé d'aujourd'hui, ceux que publient et défendent de petites revues et de petits éditeurs, grâce auxquels subsiste un peu de vie littéraire et un peu de résistance à l'omnipotence du Combattant Majeur et de ses semblables.

L'ÉCRITURE ROUGE

140 000 FRANCS
POUR CHRISTINE ANGOT
(Appel solennel)

> Une pièce du théâtre burlesque (1747-1754) porte le titre de « Madame *Engueule* ou les accords poissards ». Il faut reconnaître ici le nom de Mme Angot. Cette Mme Angot est « forte *en gueule* ».
>
> Marcel Schwob

Christine Angot est la preuve vivante qu'un écrivain sans concession défendu par un véritable éditeur peut se voir récompensé par le succès. Voilà une petite femme de rien du tout, sincère et vraie, devenue grand auteur à la seule force d'une écriture pleine d'exigence, en dépit du mépris du Faubourg Saint-Germain. Oui, le talent peut atteindre un large public. Des dizaines de milliers de personnes peuvent lire un ouvrage ardu, provocateur, écrit dans un style très personnel.

Toujours, des zoïles chafouins jalouseront les

triomphes mérités. Ils ont insinué que celui de *L'Inceste* n'était dû qu'à deux facteurs sans rapport avec la qualité intrinsèque de l'ouvrage : un sujet scandaleux monté en épingle par une habile stratégie promotionnelle, et quelques pugilats télévisés. Tant qu'à se rouler dans d'absurdes bassesses, ils n'ont qu'à prétendre que *L'Inceste* est un brouillon illisible, qu'acheter n'est pas lire, et qu'il a été lâché page 12 par les neuf dixièmes de ses acquéreurs, comme ces navrantes variétés télévisées que tout le monde voit d'un coin d'œil, mais que personne ne regarde. La méchanceté humaine n'a pas de limites. Christine Angot nous fait bien voir elle-même cette vérité profonde dans son dernier ouvrage, *Quitter la ville.* C'est une femme qui a beaucoup souffert de la cruauté du monde littéraire. Heureusement, comme elle le montre (cela constitue d'ailleurs le propos essentiel de l'ouvrage), elle a aussi beaucoup vendu, et ça, on dira ce qu'on voudra, c'est quand même une satisfaction. Une belle revanche.

Il importe de montrer, avant de nous avancer plus loin dans les délicats replis de l'œuvre de Christine Angot, que les allégations malveillantes de certains critiques n'ont aucun fondement. D'abord, l'inceste constitue un thème d'une nouveauté fulgurante. Le texte de Christine Angot tombe comme un aérolithe en flammes dans le confort ronronnant de notre culture. Qui aurait pu prévoir que ce brûlot susciterait la curiosité ? qu'une conspiration du silence ne s'ourdirait pas autour d'un livre qui ébranle les fondements même de la famille, de l'ordre social ? Le succès de *L'Inceste* était bel et bien imprévisible. Ce fut un risque à assumer, et un vrai courage de la part de l'éditeur. Que d'aucuns n'aient pu supporter une telle provocation ne doit pas nous étonner. Notre société est pleine de tabous. Sexuels, surtout. Qui, dans notre monde corseté de respectabilité bourgeoise, a le courage de s'exhiber, nu, devant le public ? On ne voit ça nulle part. Même pas à la télévision. Des sujets comme la pédophilie, le sadomasochisme, l'exhibitionnisme, la coprophagie, la gérontophilie, la sodomie chez les pitbulls condamnent *ipso facto* le téméraire qui les aborderait. *A fortiori* l'inceste. Silence dans les médias. Censure. On bâillonne la liberté. Christine Angot, elle, a la force de hurler sa vérité à la face de l'hypocrisie ambiante. Comme elle le remarque elle-même finement : « un tirage de 50 000 ce n'est quand même pas n'importe quoi pour je rappelle le titre : *L'Inceste.* » Et pas seulement l'inceste. Car il s'agit à chaque page, dans *L'Inceste* (audace laconique de ce titre !), de « sécrétions vaginales », de sexe qui sent « le poisson pourri », d'holocauste, de Viagra, d'homosexualité, de sida. L'auteur ne cherche pas la facilité. Si des sujets ne sont pas vendeurs, ni susceptibles d'attirer la curiosité, ce sont bien ceux-là. Alors, parler d'opération publicitaire, c'est la ruse suprême des pharisiens qui, dans l'ombre, tissent les fils gluants de leur cabale contre une femme seule.

Mais, par-dessus tout, Christine Angot, c'est un style. Un talent brut, sans concession. Absolument moderne. On aimerait en percer le secret. La tâche est ardue, tant cet art plein de force s'avère aussi, à un examen attentif, complexe et délicat. Essayons tout de même.

Christine Angot utilise avec brio la technique du collage, toujours très neuve depuis un demi-siècle. Une notable partie de *L'Inceste* et de *Quitter la ville* se compose du recopiage de divers textes, articles de journaux sur son œuvre, lettres de lecteurs, propos de table, *Dictionnaire de la psychanalyse* d'Elizabeth Roudinesco, dictionnaire tout court, *Œdipe Roi*, etc. (dans un esprit de solidarité, et dans le désir de participer, ne fût-ce que dans une infime proportion, à l'édification de cette œuvre majeure, une partie de cet article est prédécoupée afin que Christine Angot puisse l'insérer dans son prochain livre). Une fois muni de cette charpente solide, l'auteur divague au fil de la plume, nous entretient de tous les sujets qui lui viennent à l'esprit. Ce bavardage primesautier constitue un régal permanent, un feu d'artifice de l'esprit, où se bousculent trouvailles et concetti.

C'est ainsi que, dans un esprit toujours résolument moderne, Christine Angot fait un usage très personnel de la répétition :

> Il met des clémentines sur son sexe pour que je les mange. C'est dégoûtant, dégoûtant, dégoûtant, dégoûtant.

Déplorons ici un peu de timidité dans la redite. Une page, une page et demie de « dégoûtant » auraient donné à la phrase sa pleine puissance. Autres exemples (les cas sont innombrables) :

> Tous ces gens-là, c'est impossible, impossible, impossible, impossible, impossible de les appeler.

> J'accouchais Léonore Marie-Christine Marie-Christine Léonore Léonore Marie-Christine Marie-Christine Léonore Léonore Léonore Léonore Marie-Christine Léonore Léonore Léonore. Léonore Marie-Christine Marie-Christine Léonore. Léonore Marie-Christine. Marie-Christine Léonore.

On regrette d'interrompre un tel régal. Car cela continue. La prose ici se fait musique, on songe à « La fille de Minos et de Pasiphaë », du regretté Jean Racine, ou à l'alexandrin d'Alphonse Allais : « Jean-Louis François Mahaut de la Quérantonnais ». Et puis, c'est toujours une demi-page de remplie. Au prix où se négocie la demi-page de Christine Angot, elle aurait tort de se priver. D'ailleurs on sent la nécessité rythmique de la redite, la scansion puissante qui fait de cette prose un battement d'ailes lyrique :

> Excitation et excitation, joie et joie, et puis déception et déception et déception et déception et déception encore, et déception, déception, déception, déception.

C'est déjà très fort, mais intervient ici l'effet suprême, plus lourd de sens de se produire après un point :

> Déception.

Là, on ne peut que ressentir pleinement la déception.

Le brio de l'auteur devient étourdissant lorsque à la répétition s'associe le mélange des discours. Le lyrisme se met alors au service d'une imprécation satirique à la puissance rarement égalée dans notre prose :

> La Delator dit à Anne : et Jean-Marc Roberts qui a mis Christine Angot à l'hôtel des Saints-Pères, on n'est plus chez nous. On n'est plus chez nous. On n'est plus chez nous. Ils ne sont plus chez eux. Ils trouvent qu'ils ne sont plus chez eux. Il y a des centaines de chambres ils ne sont plus chez eux. À l'hôtel des Saints-Pères qu'est-ce qui se passe, ils ne sont plus chez eux. On n'est plus chez nous. Qu'est-ce qui se passe on n'est plus chez nous, c'est qui ? 45 kg, ou 50, 1 m 62. On n'est plus chez nous qu'est-ce qui se passe ?

etc. Et la ponctuation ? Voilà un terrain neuf, une friche du style. Encore une règle, un ordre, bref un fascisme. Christine Angot n'aime pas les fascistes. Donc elle goûte peu la ponctuation. Elle en use, certes, mais avec un brio qui déstabilise ce totalitarisme grammatical. Elle parvient à donner une allure toute neuve, une signification inouïe aux citations les plus éculées par un jeu avec le point époustouflant d'originalité :

> Si je suis consciente que ma fille va me lire un jour, est-ce que j'y pense, en êtes-vous consciente, ma fille, si j'en suis consciente. Science sans conscience. N'est que ruine de l'âme. Science sans conscience.

Aucun rapport avec la question, certes, mais c'est cela qui est très fort, chez Christine Angot, ce consentement héroïque au tout-venant du bavardage creux.

> Rasoir dans les murs de pierre prénom de mon père, sur cette pierre je bâtirai mon église, c'est la littérature, je l'entaille, un mur de livres, un mur de lamentations, inceste, folie, homosexualité, holocauste, démarrer fort, mon blouson, mes grosses chaussures, et mon rasoir.

On aura beau dire, c'est ça, la poésie, tous ces grands mots scandés sur un ton égaré. Ça c'est de la sincérité, ça c'est de la vaticination. Personne ne sait vaticiner si fort.

Pour vaticiner plus à l'aise, ne reculant devant aucun sacrifice, Christine Angot opère donc parfois celui de la ponctuation. Dépourvu de cet ornement poussiéreux, n'importe quoi prend alors une allure haletante, fiévreuse, intense, bref prend l'air *littéraire,* et c'est bien cet air qui nous importe :

> Amour avorté destin avorté peut-être est-ce cela et seulement cela mon destin Peut-être ne le dépasserai-je jamais Peut-être irai-je toujours de bras en bras à la recherche d'un geste d'un visage qui me parle vraiment d'amour qui m'adresserait une chose particulière à moi seule

Que l'auteur nous permette ici, malgré tout, une réserve : pourquoi ces traits d'union et ces majuscules, dernières traces de fascisme ? Allons, il faut aller plus loin encore. Car, plus audacieuse que Roland Barthes, pour qui l'orthographe était fasciste, Christine Angot considère que toute construction est carcérale. Elle en arrive à cette idée au terme d'une rigoureuse élaboration théorique :

> construit, construit veut dire enfermé, enfermé veut dire emprisonné, emprisonné veut dire puni, puni veut dire bêtise, bêtise veut dire faute, faute, erreur, erreur, faute, de goût ou morale ou très grave, moi je n'ai rien fait de

mal donc il n'y a aucune raison que je me construise une raison et une construction.

Alors, pourquoi pas la grammaire ? La syntaxe ? Sans doute, un jour, notre attente sera comblée. Gageons qu'emportée par sa hardiesse coutumière, appliquant les principes de la poétique de la bouillie dont elle se réclame explicitement, Christine Angot ne tardera pas à franchir le pas ultime, à écrire dans un charabia sans orthographe, puis à ne plus écrire du tout : car c'est le langage tout entier, cette construction écrasante, qui est fasciste. En attendant, réjouissons-nous de tout ce que, dans sa générosité d'artiste, elle nous livre à pleines mains.

Dans le désert culturel actuel, au cœur de leur solitude, les gens ont soif d'idées neuves, généreuses, ils veulent que l'on aborde de vraies questions. À lire *L'Inceste* ou *Quitter la ville*, nous nous enrichissons. Nous apprenons en effet que Christine Angot est belle, qu'elle vend plein de livres, qu'elle va dans des émissions à la télévision, et même qu'elle a cloué le bec à Jean-Marie Laclavetine (chacun de se réjouir, bicn fait), que Raphaël Sorin est un gros cochon, qu'elle a envie de quitter Montpellier, qu'elle souffre, que son psychanalyste et son acupuncteur rendent des diagnostics intéressants (« pouls très très profond, comme toujours en excès de ying et en excès de yang »), qu'elle connaît bien « la signification des signes du Michelin, la différence étoile, couverts », que son sexe est « bien étroit et bien frais », que « Nothomb on s'en fout », « même si elle vend six fois plus », que ses amis et relations se nomment Jean-Marc, Laetitia, Laurent, Emmanuelle, Frédéric, Hélène, Damien, Christiane, Jean-Paul, Fanette, Karim, Anne, Claude, Catherine, Jocelyne, etc., que tous les jaloux qui discutent son œuvre, elle ne les aime plus, que tout ce qu'on dit de mal sur elle, c'est même pas vrai. On ne peut qu'abonder.

(à découper et insérer dans le prochain livre de C. Angot)

Quelle richesse, quelle mine d'idées neuves, passionnantes, que d'émotions ! Dans *L'Inceste,* l'auteur stigmatise à juste titre son amie Nadine :

> Nadine est insupportable, et je ne suis pas seule à le dire [...]. Quand elle déballe à table ses problèmes de tournage, Catherine Decourt par-ci, Dupont par-là, Durand, Emmanuelle Vigner, qui lui a offert pour Noël de l'année dernière une montre à un prix fou.

Christine Angot, elle, a compris qu'il ne fallait pas « déballer » tout cela à table (quel intérêt ?) mais noir sur blanc, en deux cents pages, sous une couverture bleue estampillée Stock. Ragots et règlements de comptes deviennent alors, *ipso facto,* de la littérature. N'importe quoi n'importe comment, c'est ainsi qu'on écrit une œuvre libre et vraie. Il suffisait d'y penser. Comme Proust, Christine Angot fait de l'art avec des riens, transforme sa vie en œuvre, élève le récit jusqu'à la méditation philosophique. L'argumentation serrée de l'auteur sait emporter la conviction, lorsqu'elle discute les jugements négatifs que des béotiens se permettent :

> « Jean-Marc Roberts a permis à des journalistes de suivre le lancement interne du livre [...] pour créer une rumeur et cristalliser un effet de mode. »
> Non.

> « Elle a pris des leçons d'emphase et de terrorisme chez Marguerite Duras. Il n'est pas question de jugement littéraire dans cette affaire, mais de surenchère, de mise en spectacle d'un tempérament. »
> Faux.

Ou, plus classiquement, après une longue citation de lettres de lecteurs mécontents : « c'est tous des cons, et ils sont plus nuls les uns que les autres. » Comme elle a raison. Pas besoin d'argumenter : la qualité de l'œuvre, les termes de la dénégation parlent d'eux-mêmes, disent la générosité, l'intelligence. On est touché au cœur par la sobriété de la plaidoirie. Le dépouillement de l'idée frappe le lecteur à chaque page de

Christine Angot. Ses livres regorgent de ces formules denses et lapidaires faites pour passer à la postérité :

> l'amour c'est important

ou de ces tranches de vie à l'intensité déchirante sous l'apparente impassibilité :

> Claude m'installe l'imprimante, on dîne ensemble, je lis. Il part, on se dit à demain, j'embrasse Léonore, je me couche tôt, à onze heures, je prends trois quarts de Lexomil, il faut que je dorme. Je m'endors. Je dors, je rêve.

Quel talent. Mais tout cela ne constitue pas l'essentiel d'une œuvre telle que *Quitter la ville*, et ne saurait donner une idée de sa bouleversante originalité. Fait rare, elle crée un thème littéraire radicalement nouveau. Jean-Pierre Richard a étudié les rêveries matérielles de nombreux écrivains contemporains. Il trouverait chez Christine Angot une rêverie du chiffre, singulièrement du chiffre de vente et du montant des droits d'auteur, dont le caractère obsessionnel indique assez qu'elle domine l'imaginaire de l'auteur. Dès les premiers mots du livre, on plonge à des profondeurs inouïes :

> Je suis cinquième sur la liste de *L'Express*, aujourd'hui 16 septembre. Et cinquième aussi sur la liste de *Paris Match* dans les librairies du

> seizième. Je suis la meilleure vente de tout le groupe Hachette, devant Picouly et devant Bianciotti [...]. À seize heures il y avait mille cent ventes pour la province et en général Paris c'est plus. On allait avoir deux mille.

Après ce démarrage fulgurant, la suite ne fait qu'approfondir la rêverie, accentuer le vertige :

> Les chiffres sont en baisse aujourd'hui vendredi 18, mille cent. Mais c'est exprès les chiffres seront énormes lundi. Il n'en reste plus que neuf mille neuf cent soixante-dix à Maurepas. En tout on en a déjà vendu vingt-trois mille deux cent trente. La semaine prochaine j'ai l'ouverture de *L'Express, Télérama,* et quatre pages dans *Elle* d'entretien avec Houellebecq [...]. Pourquoi lundi les chiffres seront énormes ?

Le lecteur haletant, brûle en effet de savoir. Pourquoi ?

> Parce que c'est LDS, la grande distribution, qui s'approvisionne, les supermarchés, les Carrefour, qui jusque-là avaient fait moins de commandes. À France Loisirs, il paraît qu'on leur demande le livre.

Parmi des dizaines de pages semblables, fête permanente pour l'esprit, on ne résiste pas au plaisir de citer quelques passages particulièrement émouvants :

On en a vendu exactement vingt-trois mille deux cent trente. Le tirage actuel est de trente et un mille, dix mille couvertures nouvelles sont prêtes, on va voir. Hélène pense que ça va durer comme ça jusqu'en décembre. Damien l'espère. À la soirée de l'hôtel Costes, Jean-Marc n'avait jamais vu Christiane, depuis des mois, rire comme ça.

Le lecteur partage joies et peines, espère avec l'auteur, se réjouit avec ses amis, souffre avec des personnes si sympathiques du moindre signe de fléchissement des ventes. Heureusement,

> Sur une base de 50 000 exemplaires vendus, Jean-Marc et Philippe Rey ont calculé qu'ils me doivent, ayant déduit l'avance, environ 700 000 francs. Les droits d'auteur, les droits poche, 200 000, c'est beaucoup. Sans compter les droits poche pour *Léonore, toujours* 30 000. Ceux pour *Vu du ciel* et *Not to be*, que Gallimard publie, mais ce sera peu. Plus les droits étrangers. Einaudi, un contrat de 45 000 francs, un autre éditeur proposait 50 000, mais la diffusion aurait été, m'a dit Jean-Marc, moins bonne, ils ont privilégié la marque, Einaudi. L'Espagne et le Portugal, ça vient de se concrétiser, 50 000 l'Espagne, 13 000 le Portugal [...]. Avant j'avais des chiffres plus précis mais je les ai perdus.

Hélas. C'est en effet une lourde perte pour la littérature. Rêvons à ce qu'eût été ce livre *avec des chiffres plus précis.* Et stigmatisons au passage, avec l'auteur, la carence des institutions culturelles, qui ne savent pas encourager les écrivains démunis :

> le CNL a refusé son aide. Alors que. Je demandais une année sabbatique, pour être tranquille, 140 000 francs ils auraient pu me les donner.

Certes, le ministère de la Culture lui a proposé la médaille des Arts et Lettres, mais, aussi méritée qu'elle soit, une décoration ne fait pas vivre.

On le voit, cette œuvre, comme toutes les grandes œuvres modernes, est spéculaire : Christine Angot vend des ouvrages qui parlent de la vente de ses ouvrages. Cependant, *Quitter la ville* n'est pas seulement cela. Il s'agit d'un texte multiple, un livre-univers : traité de commerce, livre de compte, essai sur la création. Son caractère spéculaire n'empêche pas cette œuvre de revendiquer une action sur la réalité. Si Rousseau et Diderot ont bouleversé le sort de l'Occident, il est non moins vrai qu'après *Quitter la ville*, le monde ne sera plus jamais le même :

> C'est la vie des écrivains qui compte. Savoir ce que c'est. On entend le mensonge et on entend la vérité, on entend le dedans et on entend le dehors, on est en soi et on est hors de soi, hors de soi, oui parfois hors de moi, en moi et hors

de moi, pas folle, en moi et hors de moi, les deux, je prends la langue à l'intérieur et je la projette, dehors, la parole est un acte pour nous. C'est un acte dont on parle. Quand on parle c'est un acte. Et donc ça fait des choses, ça produit des effets, ça agit. C'est un acte, ce n'est pas un jeu, un ensemble de règles de toutes sortes. Ce n'est pas une merde de témoignage comme on dit. C'est un acte. C'est vraiment un acte.

Force de cette pensée. On entend déjà les flics de la littérature : révélation de ce qu'on sait depuis un demi-siècle et qui tiendrait en six mots. Flics. Flics. Même pas vrai. Parce que : ce qui importe c'est la façon authentique que c'est dit. Comme ça. Brut. Entier. Pas châtré par les fascistes de Saint-Germain. Authentique, c'est. Le pénis sadique-anal, entier. Merde. Et merde aux flics. Qui ne savent pas, qui ne comprennent pas, que quand c'est qu'on redit, et qu'on re-redit, c'est justement à cause que c'est vrai, que c'est vraiment vrai. Que cette vérité-là on l'a dans son cœur, à soi. Profond. Profond profond profond profond. Profond.

On s'abandonne volontiers à la puissance contagieuse de cette prose, qui vous étreint à tel point qu'on finit par l'imiter (maladroitement). Elle témoigne de l'effacement contemporain des frontières. L'auteur déteste, on l'a vu, tous les cloisonnements. L'obscurantisme culturel de naguère dressait des barrières entre la grande littérature et la littérature de consommation courante. Christine Angot vend comme grande littérature une bouillie verbale complaisante. En cela, elle est en avance sur son époque. Déjà Duras, vers la fin, penchait vers *Voici* et *France Dimanche.* Christine Angot accomplit ce que l'auteur de *Yeux bleus cheveux noirs* n'a pas eu le temps de réaliser : faire glisser la littérature vers la presse à scandale ou la variété télévisée. Elle en a le langage rudimentaire, les préoccupations minimales, les méthodes efficaces. Pour ce qui est du bouillonnement des idées, de l'élégance de la forme, les textes de Christine Angot ne peuvent se comparer à aucune œuvre littéraire actuelle. À la rigueur à *Ça se discute*, la brillante émission culturelle de Jean-Luc Delarue. Là aussi les intuitions neuves et généreuses jaillissent dans un sympathique désordre.

De petits esprits, interprétant tout de travers, prétendront que Christine Angot ressasse, dans un style approximatif, des vérités premières. Ils n'apercevront que la recension chagrine de bénéfices matériels ou de joies égocentriques. Un auteur qui se recroqueville sur ses petits chiffres protecteurs et met en scène son recroqucvillcmcnt. Rcccnsion ct rétcntion. Ils nc verront pas l'exploit : avec cela, faire de la littérature. Une telle leçon de médiocrité ne peut être donnée que par un pur artiste. Ce repli narcissique de vieille gamine desséchée par une avarice sénile dégoûte un peu, fait pitié un peu.

C'est là le vrai génie : un grand écrivain a l'audace de savoir nous écœurer. Angot est une sainte de la pauvreté d'esprit, que s'acharnent à crucifier quelques intellectuels haineux et bien nourris. Tant d'idiotie touche au sublime, pousse jusqu'au bout l'abnégation de l'artiste moderne. Christine Angot est à l'écrivain contemporain ce que le Judas de Borges est au Christ : personne n'a compris que, pour que le sacrifice soit total, il fallait que le rédempteur consente à être abject et haï pour l'éternité. Personne ne voit que, pour que l'écrivain accomplisse pleinement l'ascèse littéraire, il faut qu'il consente à sa propre nullité. Ce que Christine Angot a le courage de faire. Il est vrai que cela exige, aussi, des dispositions.

Voilà pourquoi cette étude est aussi un appel à la générosité publique. Aidons à l'accomplissement de cette œuvre. Pallions les carences de l'État. Que l'on ne dise pas que notre époque a laissé un grand écrivain dans le dénuement. Christine Angot a besoin, au plus vite, de 140 000 francs pour écrire. Que toutes les catégories sociales s'unissent dans cet acte de salut public, dans ce grand sauvetage culturel. Chômeurs, agriculteurs, infirmiers, instituteurs, universitaires, coiffeurs, soldats, envoyez vos dons (chèques uniquement), à l'ordre de Christine Angot, aux bons soins de M. Jean-Marc Roberts, éditions Stock, Paris. Merci à tous.

C'EST TOTO QUI ÉCRIT UN ROMAN : FRÉDÉRIC BEIGBEDER

Ami de Michel Houellebecq, Frédéric Beigbeder, avec *99 F,* publie une œuvre d'un genre voisin d'*Extension du domaine de la lutte* : thèse de sociologie et d'économie mise en fiction, utilisant les deux armes du didactisme et du rire. On tient là un auteur majeur du xxe siècle, s'il faut en croire la quatrième de couverture de l'édition de poche de son roman *Vacances dans le coma* : « Chamfort et Balzac étaient de la même trempe. » C'est d'ailleurs timoré, presque injuste : Radiguet, Cocteau, Crébillon fils, Laclos, La Rochefoucauld, Stendhal ont eux aussi un talent comparable à celui de Beigbeder.

Ce qui le caractérise, c'est la forme de son esprit, malin, caustique, brillant. Il fait figure, dans la littérature contemporaine, du gamin surdoué, l'œil vif, la mèche sur le front, le lazzi à la lèvre. Il vous bricole un roman comme certains préadolescents bricolent des programmes informatiques. Ce n'est pas Beigbeder qui, tel un tâcheron exténué de la littérature, bâtirait une intrigue sur des rebondissements invraisemblables, des péripéties gratuites, des ressorts psychologiques grossiers. On attend de lui qu'avec son insolence de jeune loup, il bouscule nos routines. Bougez avec moi ! Positivez ! Vivez intensément ! Fraîcheur de vivre ! Tels sont ses mots d'ordre esthétiques. La trame narrative de *99 F* est un modèle de fraîcheur. Octave est un jeune publicitaire écœuré par son métier. Il n'a pas le courage de démissionner. Il a quitté Sophie, la femme qu'il aimait, lorsqu'elle lui a annoncé qu'elle attendait un enfant de lui, parce qu'il veut être libre. Il préfère fréquenter une prostituée avec laquelle il ne veut pas de relations sexuelles. Au déchirement entre le devoir moral et l'intérêt se superpose le déchirement entre la maman et la putain. Tout cela est très neuf. On y croit, on s'attache au personnage.

Octave méprise les entreprises qui lui commandent des réclames idiotes et refusent ses réclames intelligentes. La réalisation d'un film publicitaire pour le fromage frais Maigrelette donne la charpente du roman. Au milieu du récit, coup de théâtre : à l'occasion du tournage en Floride, Octave se prend de haine pour les nouveaux exploiteurs capitalistes, les retraités américains vivant grassement de leurs fonds de pension. En compagnie d'un collègue et de la prostituée, devenue vedette du film, il pénètre au hasard dans une villa de Miami et massacre une riche retraitée. La scène répond à une triple nécessité ; nécessité psychologique : on y croit de plus en plus, l'évolution intérieure du personnage débouchant inéluctablement sur cette tragédie ; nécessité critique : l'ouvrage pointe un doigt vengeur vers les véritables maîtres du monde et, symboliquement, met en pièces l'oppresseur ; nécessité esthétique : une scène de violence est toujours la bienvenue pour délasser le lecteur. Il faut du sang partout pour que l'on comprenne bien qu'on n'est pas seulement dans un feuilleton sur le yaourt. On reconnaît le véritable écrivain à cette manière de condenser toute une richesse de sens en une scène.

À l'issue du tournage, re-coup de théâtre : Octave apprend qu'il bénéficie d'une promotion. Ensuite, il remporte un grand prix au festival du film publicitaire ; au moment même où on lui remet le prix, un commissaire lui passe les menottes sur scène. L'efficacité narrative et le sens du condensé sont tels ici (récompense et châtiment) qu'ils emportent l'adhésion. On y croit tout à fait. Que nous sommes loin des bas procédés feuilletonesques, que nous sommes contents de lire ça plutôt que de regarder une série télévisée. D'ailleurs les coups de théâtre se succèdent à un rythme serré, puisque tout le monde se suicide, ou tente de se suicider, Marronnier (un collègue d'Octave) et Sophie. On ne peut plus lâcher le livre, on se demande qui encore, dans ce monde crépusculaire de la publicité, choisira à son tour l'issue fatale.

En prison, Octave connaît la rédemption, et se met à aimer sa petite fille, qu'il n'a jamais vue. C'est du Dostoïevski, et le lamento du héros incarcéré, seul face à sa vie détruite, atteint des accents lyriques inouïs dans la prose française. Entre-temps, encore un coup de théâtre : ceux qu'on croyait morts ne l'étaient pas. Les deux suicidés vivent en fait une vie idyllique sur une île tropicale, en compagnie d'autres privilégiés faussement morts, Marilyn Monroe, Romy Schneider, la princesse Diana, etc. L'épisode est l'occasion de quelques descriptions lyriques de la nature tropicale, et présente l'avantage de citer beaucoup de noms célèbres. On hésite : s'agit-il d'un numéro de *Voici*, ou d'une parodie des faux idéaux de bonheur répandus par la publicité ? Cette hésitation est précisément le produit de l'habileté de l'auteur. Mais l'hésitation ne dure pas, car le message doit être clair : nouveau coup de théâtre, l'ami, ne supportant plus ce paradis vide, se suicide pour de bon, démontrant ainsi à quel point les fausses valeurs de notre monde sont meurtrières (symbole).

On a donc là un roman intègre, brutal, sans concession : de l'argent, de la violence, du sexe, et, à la fin, un enfant, qui vient sourire de toutes ses fossettes roses dans l'imagination du personnage principal, parce que, tout de même, il faut un peu de tendresse, on n'est pas seulement dans un monde de brutes.

Sur le plan narratif, un mauvais écrivain se reconnaît à son utilisation de bonnes grosses ficelles usagées. Frédéric Beigbeder est un bon écrivain.

Mais c'est surtout le style qui fait l'écrivain. Beigbeder invente un style qui nous montre les choses sous un jour totalement nouveau. Il sait tour à tour nous faire rire et pleurer. L'écriture est alerte, vachement jeune. À la suite de Queneau et de Céline, Beigbeder intègre la langue parlée dans la prose écrite, en fait un puissant instrument poétique. Des phrases comme celles-ci permettent de se rendre compte à quel point la langue orale peut être, elle aussi, le matériau d'une création authentique :

> Bon sang, ce que c'est compliqué, si on ne fait pas gaffe, on peut se faire avoir en moins de deux.

L'humour juvénile de l'auteur bouscule les représentations figées. Certaines de ses formules passeront à la postérité, telles que :

> Cabrioles en cabriolet.

> Je dépense donc je suis.

> Cette voiture ressemble à un suppositoire géant, ce qui s'avère pratique pour enculer la terre.

Je suis un caméléon camé.

Te voilà coq en pâte chez les poules de luxe.

Ne regarde pas la paille qui est dans la narine du voisin mais plutôt la poutre qui est dans ton pantalon.

Les Hauts de Hurlements.

On est trop sérieux quand on a 33 ans.

[il] opine du chef (normal, c'est lui le chef).

C'était à Méga-rail, faubourg de partage.

Les amants sont des aimants.

Il faut dire les choses telles qu'elles sont : un baiser est parfois plus beau que baiser.

On n'entend pas une mouche voler : normal, elles savent qu'elles risquent de se faire violemment sodomiser.

Grosso merdo.

Vous êtes des créatifs et moi je suis une créature.

Homme libre, toujours tu chériras l'amer.

« C'est trop éthéré. » « Oui mais c'est très hétéro. »

« Elle attend un enfant. » « Ça alors ! C'est drôle, moi j'attends un canapé. »

Quand elle tournait la tête les mecs avaient la tête qui tournait.

Elle s'est teint les cheveux mais ils ne sont pas blonds, non, ils sont oblongs (l'humoriste est tellement content de cette trouvaille qu'il la réitère à trois reprises).

Le village compte 110 habitants, sans compter les iguanes.

Ils végètent au milieu des végétaux.

Leur ventre pend au-dessus de leur bermuda qui se tient à carreaux.

Dans sa juvénilité, Frédéric Beigbeder fait revivre toute la tradition de l'esprit français, si fin, avec ses paradoxes profonds sous l'apparente légèreté, et *99 F* prend un peu l'allure d'un film hexagonal des années soixante-dix, avec de la fesse, du rire et des rebondissements, bref de ce qu'on appelait un spectacle familial, dans lequel Annie Girardot lancerait à longueur de dialogues les bons mots de Michel Audiard :

La seule chose que je ne pourrai jamais changer chez toi, c'est mon âge.
Tu n'es pas gentil d'être aussi gentil.

> Si les hommes font tant de peine aux femmes, c'est sans doute parce qu'elles sont tellement plus belles quand elles pleurent.

etc. Intarissable, le jeune surdoué. Où va-t-il chercher tout ça ? Qu'est-ce qu'il va encore nous inventer ? Pas seulement malin, mais cultivé, toujours à la plume une fine allusion littéraire, une citation indispensable à son propos, et très inattendue, le début de *Salammbô*, l'« homme libre » de Baudelaire, « Je pense, donc je suis », et bien entendu (car il est jeune, car il est libre) du Rimbaud. Un personnage ne peut pas se baigner sans qu'aussitôt notre auteur, avec la vivacité qui le caractérise, ne case adroitement, hop là, « et dès lors je me suis baigné dans le poème de la mer », en précisant, à l'usage de son cœur de cible, la ménagère de moins de cinquante ans, qu'il s'agit d'un texte de Rimbaud. Elle adore, la ménagère de moins de cinquante ans, les petits délurés qui savent caser du Rimbaud ou du Flaubert au bon moment. La fibre maternelle, sans doute. Il est si intelligent, regardez-le, comme il est chou. Et lui, heureux de cette tendresse admirative, en rajoute, se rengorge. Gad mman, gad mman, ma belle phrase, gad mman, il est beau mon roman. Souvent, dans le but évident de se rendre intéressant, le loustic profère des gros mots qu'il a entendu prononcer par ses petits camarades. Pour avoir l'air dessalé, il en lâche à jet continu : « fist fucking », « taille des pipes », « s'astique le clitoris », « se pisse dessus, se gouine et se branle », « pisser du sperme avec mon gland », « venir dans mon pantalon », etc. La maternelle ménagère glousse, fait semblant d'être choquée. Il est drôlement viril, son petit Frédéric. Il est si trognon, quand il prend des mines, et qu'il croit naïvement que ses *pipi caca prout zizi popo* vont offusquer les grands et lui donner l'air d'un homme. Bref, on l'adore. À la fin de la lecture, on a envie de lui offrir des sucettes, de lui moucher le nez, et de lui dire d'arrêter un peu de faire l'intéressant.

De même que Jarry a métamorphosé une blague de potache en chef-d'œuvre, Frédéric Beigbeder transforme en littérature de vieilles blagues de cour de récréation. C'est Toto qui écrit un roman. Souvenons-nous, nous qui n'avons pas le même génie insolent : depuis nos sept ans, nous avons toujours entendu les copains, à l'école, ressasser d'infinies variantes sur « opiner du chef », « enculer les mouches », « je (pisse, pète, poncc, pince) donc (j'essuie, j'la suis, je fuis, je cuis...) ». Plus tard, on retrouvait les mêmes bonnes vieilles blagues interprétées par le cousin charcutier éméché, à la fin du repas de noces de la tante Josette. Mais, dans les vieilles blagues comme dans la musique classique, il y a les instrumentistes médiocres et les interprètes de génie. Concettiste éblouissant, Frédéric Beigbeder est un peu le Paganini du comment vas-tu yau de poêle, le Glenn Gould du c'est ici que j'habite de cheval.

Car il ne faut pas se laisser prendre à ses airs canailles, voire à la basse vulgarité dont il se donne parfois le genre, comme les gosses de bourgeois qui veulent embêter papa et maman. Une vraie pensée se dissimule sous ces apparences. Le début de *99 F* donne le ton :

> Tout est provisoire : l'amour, l'art, la planète Terre, vous, moi. La mort est tellement inéluctable qu'elle prend tout le monde par surprise. Comment savoir si cette journée n'est pas la dernière ? On croit qu'on a le temps. Et puis, tout d'un coup, ça y est, on se noie, fin du temps réglementaire. La mort est le seul rendez-vous qui ne soit pas noté dans votre organizer.

Observons bien la savante construction de cette entrée en matière, l'art consommé du romancier : il fait alterner, phrase après phrase, une vérité première avec un concetto, un jeu de mots ou un aphorisme rigolo qui la rend tout à coup fraîche et pimpante. Bref, l'art de Beigbeder consiste à récupérer le vieux fonds de la sagesse des nations et à lui donner l'air sympa, cool, pas prise de tête. Philosophie de comptoir, certes, mais transcendée, tendance, à l'usage du cadre pressé ou de l'adolescent chébran. C'est un style qui pourrait faire école. On imagine les débuts de romans du futur :

Le fond de l'air est frais.
Beaucoup plus que moi, en tout cas, après la murge que je me suis prise hier soir au Roxy.

Tant qu'on a la santé.
Il faut en profiter pour la fuir. C'est précisément ce que venait de faire Jo le Toulonnais, en solo et en catimini.

Par ailleurs, notre auteur ne perd pas de vue qu'un bon roman devrait toujours apprendre quelque chose à son lecteur, mais pas de manière didactique et ennuyeuse, comme ces professeurs qu'il ne manque pas une occasion de critiquer. Il faut de l'habileté, de l'élégance pour glisser discrètement dans le texte l'information nécessaire. Ainsi voit-on, dans *99 F*, deux publicitaires renommés dialoguer pendant cinq pages, s'échanger des renseignements sur le monde de la publicité, en une brillante variation sur le vieux schéma des personnages se déclarant ce qu'ils savent déjà, pour la gouverne du lecteur. Si Shakespeare avait été Beigbeder (il en avait la trempe), il aurait pu écrire, par exemple : « Tu n'es pas sans savoir, cher Roméo, que nous vivons à Vérone. — Certes, Juliette adorée, mais n'oublie pas qu'il s'agit d'une riche cité d'Italie du Nord arrosée par l'Adige, lequel se jette dans l'Adriatique. »

Dans *99 F*, cela donne :

— [Colgate] offre des cassettes vidéo aux enseignants pour expliquer aux gosses qu'il faut se laver les dents avec leurs dentifrices.

— Oui, j'en ai entendu parler. L'Oréal fait la même chose avec le shampooing « Petit Dop » [...]. Tant qu'il n'y aura rien d'autre, la pub prendra toute la place. Elle est devenue le seul idéal [...].

— C'est terrible. Non attends, ne pars pas, pour une fois qu'on cause, j'ai une anecdote encore meilleure, (etc.).

Mais c'est à la fin du roman que notre auteur montre toute la richesse de sa palette stylistique : de l'aphorisme épatant, on passe au poème en prose bouleversant. Dans les films poétiques, les ralentis en contre-jour montrent qu'il faut pleurer. Chez Frédéric Beigbeder, ce sont les énumérations d'images très lyriques, avec du ciel, de l'océan, des citations de Rimbaud et de Lautréamont qui permettent au lecteur de comprendre que là, on ne rigole plus, c'est la minute d'émotion, le délire du poète dont le vent fait flotter les longs cheveux sur les épaules inspirées. Grandiose scène finale de la mort du héros (violons, flou, surexposition) :

sombrer; traverser le miroir; enfin se reposer; faire partie des éléments; des ocres propres aux rayons pourpres [...]; boire des larmes de rosée; le sel de tes yeux; leur bleu rigoureux; tomber; faire partie de la mer [...] crawler entre les anges et les sirènes; nager dans le ciel; voler dans la mer; tout est consommé.

Stylistiquement, on reconnaît souvent un mauvais écrivain aux efforts qu'il fait pour paraître avoir du style, à ses affectations de trouvailles qui le font fatalement écrire comme tout le monde. Frédéric Beigbeder est un bon écrivain.

Mais par-dessus tout, un grand écrivain, c'est une vision du monde radicalement neuve. On trouve dans *99 F* ce mélange qui fait les chefs-d'œuvre : modernité et éternité, mode et métaphysique, critique sociale et méditation sur l'homme. Pour l'éternité, on l'a vu, *99 F* nous apprend que le temps passe, que l'homme est mortel et que c'est très triste. Pour la modernité, il s'agit d'une satire sans concessions du monde contemporain. Personne n'est épargné. Tout figurant convoqué sur la scène est automatiquement affublé d'un adjectif qui permet de le définir une bonne fois. Le petit personnel romanesque se compose ainsi de « grosses assistantes », de « quadragénaires dépressives », de « gros tas boudinés », de « stylistes dépressives » et de « cost-contrôleuses liftées ». L'auteur a compris deux principes essentiels de l'art du roman :

a - Ne jamais faire apparaître un personnage sans le caractériser rapidement et concrètement.

b - Comme ce personnage est secondaire, le

caractériser toujours de manière négative, ridicule, afin que le lecteur éprouve une agréable sensation de supériorité.

Dire du mal des autres est le plus commun des plaisirs humains, il est normal que le roman l'exploite. Les noms des personnages obéissent au même principe. On trouve des Nathalie Faucheton et des Enrique Baducul. Le lecteur sait ainsi tout de suite à qui il a affaire. C'est bien pratique.

Récit engagé, *99 F* est aussi un roman de gauche. Ici, il faut saluer le risque pris par Frédéric Beigbeder, son courage de militant. Il ne se contente pas de dénoncer le capitalisme et le monde frelaté de la publicité. Une analyse politique d'une autre envergure soutient tout le complexe échafaudage théorique de cette œuvre : *les nazis étaient méchants*. Certains précurseurs de Beigbeder avaient, certes, abouti à des conclusions similaires, mais il n'est pas mauvais de rappeler les grandes vérités. D'ailleurs, l'analyse beigbederienne va beaucoup plus loin, opérant des assimilations audacieuses, mais convaincantes. Publicité = Goebbels, Annonceurs = Hitler, Société de consommation = IIIe Reich. Les vilains sont partout. Heureusement, il y a quelques résistants comme Beigbeder. Chantre de l'antiracisme, il manifeste tout son respect des « Blacks » (toujours dire « Black », attention, « Noir », c'est raciste), des « Beurs », des femmes, des homosexuels.

On le voit, cette œuvre sincère et dure nous change des fadeurs du politiquement correct.

Il est dommage qu'une catégorie importante de minorités opprimées ne soit pas représentée. Et les cultures régionales ? Les Bretons ? Les Corses ? Les Basques ? Voilà un sujet pour lui. On rêve d'une suite à *99 F,* où Octave prendrait à Saint-Flour, dans la perspective de la rédemption par l'air pur, la direction d'une boîte échangiste auvergnate spécialisée dans le *Saint-Nectaire fucking* (sodomie assistée par produits laitiers d'appellation contrôlée). Il tomberait amoureux d'une jeune fermière qui se prostituerait dans les foires agricoles. Mais les multinationales de la crémerie exigeraient la pasteurisation, Octave hésiterait d'abord, semblerait choisir lâchement le confort, puis, profitant d'un G8 des puissances laitières qui se tiendrait à Aurillac, il écrabouillerait les grands de ce monde à bord de sa moissonneuse-batteuse Harley-Davidson. Le roman se terminerait par une méditation bredouillante et nocturne du héros au sommet du puy de Dôme, le vent d'altitude faisant doucement onduler sa cravate Jean-Paul Gaultier.

Texte noir, donc, que *99 F,* et qui, dans le pessimisme, va aussi loin que *Voyage au bout de la nuit.* La noirceur y est cependant toujours tempérée par des lueurs d'espoir. L'auteur exprime sa foi en un avenir meilleur, où l'on pourra « utiliser le formidable pouvoir de la communication pour faire bouger les mentalités ». Enthousiasmante perspective. Libération. On éprouve l'irrésistible envie, le livre refermé, de danser en s'écriant : Bougeons ! Osons ! Soyons fous !

Les mauvais esprits, bien entendu, les éternels obscurantistes (Philippe Sollers, dans *Éloge de l'infini*, les désigne collectivement par l'expression *l'Adversaire* ; on aura reconnu notre vieil ennemi à tous, le Mal, tous ceux qui n'aiment pas Sollers, tous ceux qui ne comprennent pas la modernité de *99 F*), affecteront de ne voir en Beigbeder qu'un poupon narcissique, un sale gosse infatué de lui-même. On l'entend d'ici, l'Adversaire, les éternels grincheux, les « moralistes rancuneux » (comme le dit encore Sollers dans l'« avertissement » d'*Éloge de l'infini*), stigmatiser son œuvre comme le parangon littéraire de la culture jeune, cool, celle qui fait les livres et les films qui marchent, la drogue, l'alcool, le cul, le fric, les potes. Pure mauvaise foi. Lorsque Beigbeder a l'air de sacrifier à la bêtise et au cynisme, c'est pour mieux les dénoncer. Il nous montre qu'aucun d'entre nous ne peut prétendre échapper au mal, à la bassesse, à l'avidité, à la médiocrité, et ne s'exclut pas de cette analyse. Son livre « dénonce le mercantilisme universel », mais par honnêteté, sachant qu'il serait vain de prétendre échapper à « la marchandise » (Sollers toujours), sachant qu'un livre est aussi un produit comme un autre,

Beigbeder intitule son roman : *99 F.* Le narrateur, Octave, vit grassement du mercantilisme tout en le haïssant. Toute l'ambiguïté de Beigbeder est là, mais toute grande œuvre n'est-elle pas justement ambiguë, polysémique ? Énonçons le paradoxe beigbederien : C'est au moment où il est le plus nul qu'il est le meilleur. C'est dans la stupidité qu'il s'avère génial.

Ce paradoxe fait de Beigbeder le chantre de notre modernité culturelle. Non pas de la culture morte et rance des professeurs « bouffons », des universitaires « prise de tête » ou des bibliothèques remplies de vieux bouquins « telmors ». La culture vivante aujourd'hui, celle de l'immense majorité des gens, c'est la publicité, la musique jeune, les magazines *people,* les jeux télévisés.

Prenons ce dernier exemple, il est caractéristique de la manière dont Beigbeder incarne l'esprit du temps. Autrefois, l'animateur de jeux était un homme sérieux *(telmor),* convaincu assez ridiculement de détenir un rôle culturel. Il s'exprimait avec gravité, dans un langage châtié. Rien de tel de nos jours. L'animateur, qu'il exerce ses fonctions à la radio ou à la télévision, ne quitte jamais un sourire entendu. Il se dépense en allusions, clins d'œil, plaisanteries. Envers le candidat ou l'auditeur en ligne, il se montre à la fois gentil et vaguement ironique.

On ne sait jamais très bien s'il l'offre à la sympathie ou à la moquerie du public. D'ailleurs les applaudissements, les cris d'enthousiasme de ce dernier paraissent toujours forcés. Ils se tiennent à la limite de la huée, comme si une sorte de honte de l'enthousiasme les poussait à se nier et à se retourner en leur contraire. L'animateur lui-même ne se place pas en dehors de l'équivoque : il semble à la fois proposer ses calembours et ses blagues comme de l'esprit et comme de la stupidité. Bref, tout fonctionne au second degré. Mais, curieusement, ce second degré n'est aucunement une invitation à critiquer ce qui se passe sur scène ou à l'antenne, l'exhibitionnisme, l'aliénation à l'argent, la recherche à tout prix de satisfactions narcissiques rudimentaires, l'avilissement des êtres, leur réduction à leur propre caricature, leur réification. Il permet au contraire de les accomplir pleinement. Ce second degré, sollicitude ricanante, applaudissements moqueurs, fonctionne comme un *signe d'intelligence,* au double sens du terme. Au premier sens, celui de l'esprit, cela signifie : « Je ne suis pas aussi bête que j'en ai l'air. » Mais comme rien d'autre ne manifeste ce que pourrait être cette moindre bêtise, il permet de s'abandonner à la pure stupidité avec bonne conscience. Ainsi la vulgarité et la bassesse sont-elles plus intégrales et plus profondes lorsque, singeant les apparences de l'esprit (la distance), elles l'entraînent avec elles et le compromettent. Le second degré ne fait référence à l'intelligence que pour la faire disparaître plus complètement. Tout le monde est aussi bête que moi, puisque l'intelligence, voyez-vous, ce n'est que cela. *Signe d'intelligence,* dès lors, ce second degré, dans l'autre acception : signe permettant d'établir une complicité. D'abord, l'ambiguïté paraît simplement agressive. Mettant les gens en valeur, on les ridiculise. On dirait que, dans ce système, toute mise en public est à la fois glorieuse et grotesque. Elle se donne comme amour, elle est une destruction. N'importe qui est une vedette cinq minutes ou une heure, comme le voulait Warhol, mais une vedette vide. Tout vedettariat, qui se fait passer pour une assomption, est aussi un sacrifice et une dévoration. Tel est le prix à payer. Ainsi, n'importe qui devient différent de tout le monde en une cérémonie bouffonne qui consiste à le renvoyer à sa nullité, afin de satisfaire le narcissisme du public. Il peut ainsi voir dans le candidat, dans l'auditeur en ligne, une figure double : lui-même, dans son désir narcissique d'être différent, et l'autre, qu'il s'agit de renvoyer au rien. La vedette d'une heure devient la victime expiatoire grâce à laquelle la bêtise achète sa rédemption, et le droit de se perpétuer. La négation de la victime expiatoire (heureuse et souriante au cœur du sacrifice télévisuel) se révèle comme négation de soi. Le mépris de l'autre, de la victime, permet d'aller jusqu'au bout du mépris de soi, tout en feignant de s'en croire lavé parce qu'on l'a symboliquement universalisé.

L'esthétique de Frédéric Beigbeder, sa morale (lesquelles ne diffèrent pas : tout choix esthétique est un choix moral) est une esthétique de jeux télévisés. Tout son travail stylistique consiste à donner des *signes d'intelligence,* qui paraissent en permanence dénier sa bêtise. Mais ils ne font que l'affirmer et lui donner un alibi. Aussi son œuvre peut-elle être considérée comme l'épopée moderne du narcissisme de la bassesse. En manifestant son mépris de ses personnages, de son public, des êtres en général, l'animateur Beigbeder se vautre voluptueusement dans l'adoration méprisante de sa propre personne. Telle est la forme de son génie, tel est son titre à notre admiration.

*

Les qualités morales et intellectuelles de Frédéric Beigbeder lui permettent d'occuper une place de choix dans la critique littéraire et de juger les écrivains (dans *Elle, Voici, Lire, Le Masque et la Plume, Paris Première,* au *Figaro littéraire*). Des esprits lucides, reconnaissant la parenté spirituelle entre notre auteur et un animateur prépubère de NRJ à casquette à l'envers, lui ont confié la présentation du *Top 50* de la littérature du XXe siècle : *Dernier inventaire avant liquidation.* Personne n'était plus qualifié : « il est temps de réentendre la voix de ces hommes et femmes comme au premier jour de leur publication, en la débarrassant, l'espace d'un instant, des appareils critiques et autres notes en bas de page qui ont tant contribué à dégoûter leurs lecteurs. » En effet, voilà une éternité que nous subissons, on le sait, la tyrannie de la note en bas de page, voilà des lustres que les professeurs assomment les adolescents avec des torrents d'érudition indigeste. Il fallait que cessent ce scandale et ce gâchis. Car, si l'on y réfléchit bien, à quoi sert la note en bas de page, fruit d'années de recherches pénibles dans des lieux sinistres ? Qu'est-ce qu'on y trouve, dans ces fameuses notes en bas de page qui nous gâtent la lecture des grandes œuvres ? Rien. Des anecdotes sur la vie de l'écrivain, les gens qu'il a connus, aimés, des détails sur la vie matérielle et intellectuelle de son époque, l'identification de personnes mentionnées dans le texte, la définition de termes vieillis ou dont le sens a changé, bref un fatras, rien qui permette sérieusement de « réentendre la voix de ces hommes et femmes comme au premier jour ». Noble tâche, dans laquelle la méthode beigbederienne excelle, aussi efficace dans la critique que dans la création.

Chaque étude se présente de la même manière.

Le critique commence par parler de lui-même, pour regretter de ne pas faire partie du

Top 50. Second degré, se dit-on : en fait il fait semblant de regretter. Superficielle lecture ; celui qui a saisi toute la complexité beigbederienne, telle que nous l'avons analysée, comprend qu'en réalité, par une ruse sublime du narcissisme, l'auteur *fait semblant de faire semblant d'être narcissique*.

Dans un deuxième temps, on passe à l'analyse de l'œuvre. La méthode beigbederienne consiste *a priori* à résumer ce que raconte le livre et à en dire ce que tout le monde en sait déjà sans avoir eu besoin de le lire (il y a des dictionnaires et des manuels scolaires). Mais tout est dans la manière, dans le style. Quel vieux professeur rabâchant d'ennuyeux poncifs sur la littérature aurait songé à définir *L'Amant de Lady Chatterley* comme un « hymne à la sexualité amoureuse » ? Et cette analyse serrée, lumineuse, du « Pont Mirabeau » :

> De même, dans le vers : « Les jours s'en vont, je demeure », entend-on distinctement « je meurs ». Choc cataclysmique, lenteur de la vie contre violence du désir, vie contre mort, et le tout rédigé pour se taper Marie Laurencin, la même que dans « L'Été indien » de Joe Dassin.

La vie, la mort, l'amour. Partir c'est mourir un peu, mais rester aussi. Au fond tout est vie et mort. Et c'est cela la poésie. Il suffisait d'un peu d'attention pour le comprendre. Comme tout cela est à des années-lumière de l'académisme pompier des professeurs. Comme tout cela est cool. Comme il faut remercier M. et Mme Grasset de nous offrir une œuvre d'un tel niveau. Ah, si nous avions eu Frédéric Beigbeder pour nous parler de D. H. Lawrence et d'« hymne à la sexualité amoureuse », il est certain que nous aurions fait de brillantes études au lieu de perdre notre jeunesse.

On apprend beaucoup de choses nouvelles dans *Dernier inventaire avant liquidation.* Par exemple, que « *Tristes tropiques* est un des premiers essais tropicaux et savants qui s'intéressent à d'autres modes de vie que le nôtre. » Remettant audacieusement à leur place (c'est-à-dire dans le néant) toutes les recherches ethnologiques depuis le milieu du XIXe siècle, Frédéric Beigbeder considère, en un raccourci fulgurant, que le seul prédécesseur de Lévi-Strauss, ce n'est pas Morgan, ni Malinowski, ni Griaule, c'est Montesquieu avec ses *Lettres persanes.* Spontanément, on ne considérerait pas cette histoire de grand seigneur persan voyageant en France comme une étude sérieuse des civilisations lointaines. Beigbeder rafraîchit notre regard sur la littérature. D'ailleurs Montesquieu lui-même est remis à sa place : « un véritable sans-papiers critiquant la France se serait fait raccompagner à la frontière *manu militari.* » C'est encore vrai aujourd'hui : cheiks et autres sultans rasent les murs du XVIe arrondissement. Et puis, contrairement aux apparences, ce n'est pas du *politiquement correct* bas de gamme que d'évoquer le sort des sans-papiers à propos des *Lettres persanes.* La preuve : Frédéric Beigbeder dit que le *politiquement correct,* il est contre. Alors...

Mais toute la complexité de la pensée beigbederienne apparaît dans l'étude consacrée à Prévert. Après avoir reconnu que Prévert, c'est parfois un peu simplet, plein de vérités premières, de gentils poncifs et de facilités, l'essayiste s'élève malgré tout contre ceux qui le dénigrent. Il nous révèle en effet que, si la critique n'aime pas Prévert, ce n'est pas parce que sa poésie est faible, non, c'est parce qu'elle est populaire. La conclusion s'impose, elle est irréfutable : toute critique négative est faite pour de mauvaises raisons, jalousie ou snobisme, donc toute critique est irrecevable, surtout lorsqu'elle s'exerce à l'encontre de qui a du succès. Corollaire : toute critique à l'encontre de Frédéric Beigbeder lui-même est injustifiée, puisqu'il a du succès.

Chacune des études de cet ouvrage comporte un troisième temps, la chute, le trait final, la blague qui détend l'atmosphère après tant de contention mentale. Beigbeder conclut ainsi brillamment son exégèse de *Nadja* où Breton proclame que « la beauté sera convulsive ou ne sera pas » : « en refermant *Nadja,* il n'est pas impossible que vous soyez pris de convulsions inquiétantes. »

Mais l'humour n'est pas réservé à la chute, on le trouve presque à chaque ligne. L'auteur est tellement spirituel qu'il réussit à rendre, comme l'annonce la quatrième de couverture, « leurs couleurs à ces classiques parfois trop lointains ». Au sujet de Capri, cadre du *Mépris* d'Alberto Moravia, il renouvelle avec à-propos l'art de la mention plaisante de « Capri c'est fini » d'Hervé Vilard, blague que l'on n'osait plus faire parce qu'on la croyait usée depuis quinze ans. Beigbeder, comme Elkabbach, *ose.* Ici et là, un blanc : l'auteur feint d'avoir été censuré pour un mot ou un paragraphe leste (bonne astuce, qui nous fait nous esclaffer depuis les années soixante-dix, où elle fleurissait dans *Pilote*). Il recommande de ne pas confondre *Sous le soleil de Satan* avec « Sous le soleil exactement », évoque les romans « latino-épiques (et pique et colegram) » (quelle verve), révèle que Simone de Beauvoir « se transforma en castor (et par conséquent Sartre en zoophile) » (quel esprit), précise que Claude Lévi-Strauss « n'a rien à voir avec l'inventeur du jean 501 » (on s'étrangle), et que son parcours « l'a mené de la philosophie à l'ethnologie en passant, non par la Lorraine avec ses sabots, mais par le Brésil avec ses Indiens » (quel brio, on n'en peut plus). Il suffit d'ajouter à cela deux ou trois grivoiseries et le tour est joué, voilà les grandes œuvres de la littérature mises à la portée du grand public. Il ne faut pas lésiner, avec le grand public. La littérature est une dame un peu trop mûre, à l'air revêche et respectable. Beigbeder la relooke pour la rendre désirable. Elle apparaît dans *Dernier inventaire avant liquidation* comme une vieille putain ordurière, boudinée dans de la lingerie bas de gamme. C'est tout de même beaucoup mieux. Cela s'appelle démocratisation. Beaucoup plus fort que la littérature à l'usage de la ménagère de moins de cinquante ans, Frédéric Beigbeder a réussi le digest littéraire à l'usage des abrutis de tous âges et de tout sexe. La critique pour l'Idiot universel.

La littérature est ardue, parfois. On peut tenter de s'en servir pour aller un peu plus haut que soi, un peu plus loin. Cela exige de se défaire de quelques certitudes. Tout cela est fatigant, lent. Beigbeder, intrépide conquérant, va vite. La littérature, il s'en empare, il la marque de son sceau. Il en fait son territoire, avec les mêmes moyens que les félins délimitant le leur. Ou, plus exactement, comme l'enfant en bas âge, heureux et fier de sa déjection, qui éprouve le besoin de l'étaler un peu partout. Beigbeder pond sur les écrivains du XXe siècle un étron de deux cents pages. Le geste va loin dans le symbolique. Il signifie : voyez, ce n'est pas si difficile, tout cela est à vous comme à moi, tout cela est notre image, ces grands livres c'est vous, c'est moi, c'est de la bonne, de la suave, de l'intime, de la puissante, de la sublime merde.

MARIE DARRIEUSSECQ OU LA COLOSSALE FINESSE

Truismes est le premier roman de Marie Darrieussecq, publié par P.O.L, maison réputée pour privilégier la qualité, avec les risques qu'elle comporte. L'exigence qu'on a prêtée à l'auteur sur la réputation de l'éditeur n'a pas empêché *Truismes* de remporter un grand succès. On s'est arraché le manuscrit, puis, l'ouvrage imprimé, déluge médiatique, le Tout-Paris littéraire n'a plus parlé que de Marie Darrieussecq pendant trois semaines.

Truismes est une histoire simple, dans le genre de *La Métamorphose* : une jeune parfumeuse, niaise et soumise, chargée de faire reluire les clients de sa parfumerie un peu spéciale pour la moitié du SMIC, se transforme progressivement en truie. C'est aussi un roman d'anticipation, qui se déroule après-demain, dans une France où de vilains nationalistes, puritains par-devant et pervers par-derrière, ont pris le pouvoir. Après une première partie qui se veut grinçante, on s'élève jusqu'au lyrisme : la truie tombe amoureuse d'un loup-garou, qui se fait tuer parce qu'il mange trop de livreurs de pizzas. Du coup, la truie retourne à la terre avec ses frères les cochons évadés, se vautre dans la boue des forêts sauvages en mangeant des glands. Rideau, applaudissements, béances de mâchoires de journalistes épatés par tant d'audace et d'originalité. Il y a un côté péquenot chez les journalistes littéraires : le premier batteur d'estrade venu suffit à leur faire ouvrir des yeux ronds.

Truismes est une petite crotte desséchée, affectée de tous les tics de style contemporains. Ça se voudrait méchant, c'est très bête. Le sujet même est plein d'enseignement. Il est curieux d'observer, ces derniers temps, combien de jeunes femmes écrivains mettent en scène avec délectation l'humiliation de femmes idiotes. On dirait de la nostalgie. L'héroïne de Marie Darrieussecq accepte tout avec la même égalité d'humeur : sous-payée, humiliée, exploitée par son patron, par sa mère, sodomisée par le premier venu, trompée par son amant, torturée par les uns et bafouée par les autres, elle traverse la vie sans rien comprendre, répétant qu'elle ne connaît rien à la politique.

On pourrait penser qu'il s'agit d'un portrait cruel de l'aliénation, une fable sur le décervelage moderne. Rien de plus décapant que de promener un candide à travers les turpitudes du monde. Il faudrait distinguer cependant le candide et la parfaite imbécile. Il faudrait surtout que le portrait de notre monde, tel qu'il apparaît dans le regard de cette imbécile, soit juste, qu'il réveille les consciences. À l'inverse, la fable d'anticipation de Marie Darrieussecq ne permet de nourrir aucune analyse : elle imagine une république fasciste corrompue où les commandos anti-avortement et une SPA radicale auraient pris le pouvoir avec Le Pen, des orgies dont le style oscille entre Caligula et Salo, des gardes du corps abattant de pauvres enfants enlevés pour les besoins des ogres d'extrême droite. Qu'on ne se figure rien de grandiose ni de pervers : c'est juste complaisant, caricatural, tellement peu crédible qu'on n'éprouve aucune crainte de tels guignols, de même qu'on se trouve dispensé d'essayer de comprendre comment ils peuvent exister. Si ce texte est censé être une fable progressiste, il produit l'effet contraire, de même que ces films qui prétendent condamner la violence et prennent ce prétexte pour s'y vautrer. Mais un roman qui stigmatise les vilains fascistes du futur ne peut qu'être sympathique. Il a donné des gages de correction politique.

Le sang et la merde ont certes leur dignité littéraire, à condition toutefois qu'ils ne figurent pas dans le texte pour faire bien, qu'ils ne soient pas les alibis de petites-bourgeoises littéraires propres sur elles, qui cherchent à se donner des airs sulfureux et à permettre aux critiques de jouer la vieille comédie de l'effarouchement. *Augias* de Claude Louis-Combet manipule les mêmes matières, il va même beaucoup plus loin dans ce sens. Il inquiète, il fait rire. Il triture la matière cruelle du mythe. En revanche, le caca et le vomi dont Marie Darrieussecq tartine ses pages, ce n'est pas du Sade ni du Louis-Combet. C'est juste triste, c'est du caca qui vient de la tête, péniblement excrété par un cerveau constipé. Partant, c'est tout bêtement, tout platement immonde :

> Honoré avait égorgé mon petit cochon d'Inde et il l'avait mis dans la poche avant de ma blouse. Je n'ai pas pu reprendre la blouse. J'ai vomi. Il y avait du sang de cochon partout sur le palier, et du vomi.
> Quand j'ai vu les rillettes, je n'ai pas pu me retenir une seconde : j'ai vomi là, dans la cuisine.

> Je ne pouvais plus du tout marcher debout et je dormais dans mon caca, ça me tenait chaud et j'aimais bien l'odeur. [...] Il n'y avait plus aucun *psychiatre* parce qu'un jour les gendarmes les avaient tous embarqués et même certains de leurs corps pourrissaient dans la cour, on avait entendu des coups de feu. [...] Je suis allée renifler les corps dans la cour et ça m'a paru tout à fait bien. C'était chaud, tendre, avec de gros vers blancs qui éclataient en jus sucré. Tout le monde ou presque s'y est mis. Moi, tous les matins, je fourrais mon museau

> dans les panses, c'est ce qu'il y avait de meilleur. Ça fouissait et ça grouillait sous la dent, ensuite je me faisais rôtir au soleil.
>
> J'avais le ventre qui gargouillait de toute cette nourriture, c'était gênant, je serais bien rentrée sous terre. Heureusement pour moi il y avait une jeune fille pendue par les cheveux à un lustre et qui faisait encore plus de bruit, tout son intérieur dégoulinait par terre boyaux et tout, on s'était bien amusé avec elle.

Ad libitum. C'est ce qu'on appelle la littérature française de qualité. On aura noté au passage la kolossale finesse du gag : la jeune fille pendue fait plus de gargouillements que l'héroïne parce qu'on l'a éventrée. Il y a un côté littérature pour fête de la bière chez Marie Darrieussecq, c'est le même goût des *delicatessen* et de l'humour distingué. Si on y ajoute l'idéologie de la communication complètement cosmique avec la nature et les ancêtres, la fascination crapoteuse pour la torture et l'humiliation derrière la façade d'une apparente dénonciation, le tout forme une atmosphère empestée. On en sort avec soulagement.

Marie Darrieussecq, qui a fait de bonnes études et qui enseigne la littérature, fait parler une parfumeuse inculte. Ou plus exactement, c'est la truie qui raconte. La bêtise, la lâcheté, la passivité de l'héroïne font qu'elle se transforme en effet, tout naturellement, en truie. On n'est pas surpris. Et là, une fois la métamorphose accomplie, c'est le miracle, d'abord de l'amour fou, ensuite de la communication profonde avec le monde. La femme n'a rien appris, mais la truie sait tout d'emblée, sans avoir eu besoin de réfléchir. Intéressante leçon.

Rien de plus chic, quand on est une intellectuelle, que de manifester son mépris et sa honte de l'intelligence : faire parler l'andouille, se calquer sur le langage pauvre et bête qu'on lui attribue, que de pauvres filles sont censées avoir, c'est ne plus être cette conscience creuse et sèche que l'on prête à l'intellectuelle. C'est acquérir de l'authenticité, mais une authenticité pleinement consciente. On encaisse ainsi un double bénéfice : d'un côté on est l'écrivain, on est intelligent et on cause bien dans le poste. De l'autre on démontre qu'on peut se fondre dans l'épaisseur des choses, dans le cerveau obtus du peuple. On est la brute et l'esprit, Caliban et Ariel, et par là on dépasse toutes les brutes et tous les esprits. On est un génie. L'intelligence est toujours mal portée. Elle suscite le soupçon, elle engendre le doute. Faire la bête, c'est s'innocenter de tout. Il faut mépriser ce genre de stratégie littéraire et ces intellectuels honteux. Ils donneraient des arguments à la barbarie des Khmers rouges, qui les envoyaient gratter la terre. Marie Darrieussecq trouve que c'est une rédemption pour sa truie, de gratter la terre. Lorsqu'on dégrade sa propre intelligence, il ne faut pas s'étonner si d'autres un jour vous prennent au mot.

Faire parler l'andouille comporte également un avantage inestimable : inutile de se préoccuper d'écriture. On va imiter le langage rudimentaire de ces gens-là. L'expression qui caractérise Marie Darrieussecq, le tic de son écriture, c'est : « ça faisait comme », « ça me faisait ». On en relèverait des dizaines dans ce chef-d'œuvre de travail du style. Les imbéciles ne savent pas décrire ce qui se passe en eux, ils en sont au stade primitif de la sensation brute, mais tellement vraie, tellement authentique. Le « ça me faisait » manifeste que nous atteignons le point ultime, l'indicible, nous sommes à l'écoute du gargouillis. Il suffit de se laisser aller. Marie Darrieussecq ne s'en prive pas. Relevé de quelques verbes, sur une dizaine de lignes : *il n'y avait, les avait, on avait, on faisait, ça me faisait, je me disais qu'il fallait, on n'avait plus, ça allait.* Palme de l'élégance : *ça a fait comme si ça ne pouvait plus.* À quatre pages d'écart : *ça m'a comme qui dirait détendue et ça m'a comme qui dirait réveillée.*

Le plus insupportable arrive à la fin, quand Marie Darrieussecq, dans le but sans doute de démontrer qu'elle sait *aussi* faire autre chose, se met en devoir d'accomplir une démonstration de lyrisme panthéiste. Le loup-garou lance son hurlement à la lune :

Yvan a hurlé dc nouveau. Mon sang s'est figé dans mes veines, j'étais incapable de bouger. Je n'avais même plus peur, tous mes muscles et mon cœur semblaient morts. J'entendais le monde s'arrêter de vivre sous le hurlement de Yvan, c'était comme si toute l'histoire du monde se nouait dans ce hurlement, je ne sais pas comment dire, tout ce qui nous est arrivé depuis toujours.

L'affectation ici, car tout ça est affecté, pas sincère une seconde, appartient à un type de mensonge stylistique repérable et devenu assez courant, qu'on pourrait appeler le *lyrisme négligé* : on fait appel à des entités vagues et immenses, le monde, les ancêtres, la nature, le temps, la vie et la mort. On fait passer ça par quelques organes bien déterminés (mon cœur et mon sang), on emploie quelques formules bien grandiloquentes, et on prend garde à glisser dans le tout quelques maladresses, des lourdeurs du genre : « c'était comme si », « ça faisait comme », « je ne sais pas comment dire », chargées de manifester la sincérité de celui qui parle, l'émotion à l'état brut. On nous dit ces grandes choses en toute simplicité :

Yvan était gris argenté, avec un long museau à la fois solide et très fin, une gueule virile, forte, élégante, de longues pattes bien recouvertes et une poitrine très large, velue et douce. Yvan c'était *l'incarnation de la beauté* [...]. Les

> ruines du palais se brouillaient dans une vapeur jaune et ça faisait comme une poudre très fine qui se déposait, une poussière de lumière qui tombait doucement sur les choses [...]. Yvan étincelait, on ne pouvait presque plus le distinguer dans ce halo qui l'embrasait, qui l'effaçait, j'ai cru qu'il allait se fondre lentement dans mes bras et j'ai crié et je l'ai serré fort contre moi.

On a beau dire, la littérature, c'est quelque chose. « Une poussière de lumière », c'est très neuf, comme métaphore. Et le coup du contre-jour en halo sur le héros métamorphosé en bête sauvage ? Splendide ! On se croirait dans un documentaire de Walt Disney. Allez, encore un ou deux extraits de clips, dans le pur style commentaire lyrique de la vie des animaux. La truie, inspirée par les dieux, a des visions grandioses :

> Je lui ai fait la longue liste de tous ses frères morts, le nom de chaque horde. Je lui ai parlé des derniers loups, ceux qui vivent cachés dans les ruines du Bronx et que personne n'ose approcher. Je lui ai parlé des rêves des enfants, des cauchemars des hommes, je lui ai parlé de la Terre. Je ne savais pas d'où je sortais tout ça, ça me venait, c'était des choses que je découvrais très au fond de moi.

Marie Darrieussecq devrait changer de métier, depuis quelque temps son succès tend à fléchir. On la verrait très bien faire carrière comme parolière de Johnny Hallyday ou de Patrick Bruel. Elle sait exactement quand il faut dire « Bronx ». Elle a le sens du chromo et de la formule pour carte postale : « la force patiente des futures moissons », « j'ai respiré avec le croisement des vents », « mon sang a coulé avec le poids des neiges ». Elle fait aussi dans la belle page naturaliste, du genre de celles que nous infligent parfois les plus péniblement pompeux des écrivains de la fin du siècle dernier, l'appel de la race, l'instinct déchaîné et tout le tremblement :

> Dans mes artères j'ai senti battre l'appel des autres animaux, l'affrontement et l'accouplement, le parfum désirable de ma race en rut. L'envie de la vie faisait des vagues sous ma peau, ça me venait de partout, comme des galops de sangliers dans mon cerveau, des éclats de foudre dans mes muscles, ça me venait du fond du vent, du plus ancien des races continuées.

La truie ajoute un peu plus loin : « ne riez pas ». On comprend la précaution. On ne comprend pas en revanche que les éditeurs ne se soient pas esclaffés à cette lecture. Nous resterons sur ce mystère.

LE COUP DE LA MER ROUGE : OLIVIER ROLIN

Les deux romans d'Olivier Rolin : *Port-Soudan,* publié en 1994, *Méroé,* paru en 1998, présentent un cas littéraire assez curieux. Ils portent tous deux sur un sujet identique : un écrivain échoue dans une région oubliée du monde pour des raisons assez floues (dans les deux cas, il s'agit du Soudan : la côte de la mer Rouge pour *Port-Soudan,* la vallée du Nil pour *Méroé*). Le lecteur, habitué aux étranges motivations des personnages de roman, dont il sait bien qu'ils sont incapables de se comporter comme des individus ordinaires, n'éprouve pas trop de difficultés pour ranger les motivations de cct exil dans la catégorie traditionnelle : « désespoir romantique ». Quiconque a du chagrin part immédiatement au Soudan méditer sur les ténèbres et la vanité de ce monde, c'est bien connu. Dans *Méroé,* il s'agit plus précisément de dépit amoureux. On reconnaît sans peine une variante moderne de l'engagement du héros romanesque dans une quelconque unité d'élite exotique, spahi, zouave ou légionnaire. Mais l'aventurier contemporain n'a plus rien à voir avec Gary Cooper dans *Beau Geste,* ni avec le Frédéric des *Fruits du Congo* ou le Decoud de *Nostromo.* Il a vu les films d'Antonioni, il sait qu'il ne doit pas oublier d'être ennuyeux et compassé.

En dehors de cette similitude dans le choix d'un thème assez stéréotypé, la relation entre les deux textes est intéressante. D'abord, on a l'impression que le narrateur de chacun d'eux pourrait être un personnage de l'autre : le *je* de *Port-Soudan* fait penser au vague ami mort dont on mentionne l'histoire dans *Méroé.* Les amours de l'ami mort dans *Port-Soudan* évoquent de loin ceux du *je* dans *Méroé. Méroé* ressemble à un remords de *Port-Soudan,* et on se demande par moments si le livre le plus récent n'a pas été écrit contre le premier, ce que corroborerait l'ébauche de symétrie narrateur-personnage dans les deux textes.

Port-Soudan raconte donc une histoire de beau ténébreux, qui a émoustillé le jury du prix Femina. Le narrateur, après une jeunesse idéaliste, a échoué à Port-Soudan, sur la mer Rouge, qu'il décrit comme une succursale de l'enfer. Il y survit de petits trafics, y fait occasionnellement le maquereau. On aura reconnu ce qu'on pourrait appeler le « coup de la mer Rouge » : l'exil, l'ennui, la chaleur, les activités un peu sulfureuses dans un nulle part exotique. La damnation, quoi. Une aussi intéressante posture induit naturellement un style romantico-morbide. Du drapé, de la déclamation. Olivier Rolin n'y manque pas. Le lecteur a son content de grandiose, de facteur ayant « volé à la mort elle-même » la lettre qu'il apporte, de « j'écris ces lignes en tremblant », de « grand corps tremblant de l'Afrique » sur lequel baisse « un soleil rouge et tremblant ». Tant de tremblements en dix lignes rappellent, s'il en était besoin, que la mer Rouge est située sur une zone sismique.

Que peut-on bien faire faire à un exilé romantique pour produire une histoire ? Évidemment revenir en France afin d'essayer d'apprendre pour quelles raisons un ami d'adolescence, écrivain, s'est suicidé. C'est tout naturel. On obtient ainsi un double *topos* : l'enquête sur le mystère d'une existence passée, plus l'apparition chez les gens ordinaires du fantôme remonté de ses enfers. Il suffit de raconter ce genre d'histoire sur un ton ampoulé et on obtient de superbes clichés. À cet égard, *Port-Soudan* est une réussite qui force l'admiration. Par exemple, la reconstitution imaginaire des amours de l'ami mort et de sa compagne forme un petit scénario qui, convenablement filmé, permettrait de vendre beaucoup de café moulu ou de gomme à mâcher. La jeune fille court sur la plage, « cheveux flottants ». Après quoi elle tourne sur elle-même en faisant voler sa jupe autour de ses hanches (il y a des figures imposées dans la gymnastique lyrique). Pendant ce temps, des chevaux galopent au coucher du soleil « le long de la mince bande des brisants ». Après cette chorégraphie, les amoureux finissent la soirée au restaurant.

On fera remarquer que ces descriptions figurent en fait dans l'imaginaire d'une femme de ménage qui se confie au narrateur. Mais comme leur esthétique ne diffère pas sensiblement du reste du roman, il faudrait en conclure que l'auteur a un style de femme de ménage. Toutefois, il n'y a pas de raison d'attribuer nécessairement un lyrisme de pacotille à des femmes de ménage, profession respectable, qui a le seul défaut d'être peu romantique, contrairement à, par exemple, femme-soldat soudanaise ou archéologue allemande, espèces moins courantes, dont le narrateur de *Port-Soudan* ou de *Méroé* fait son ordinaire. Pour ce héros, la femme de ménage se range dans la catégorie « gens du peuple ». Il s'en exclut, du « peuple », pour un ex-révolutionnaire, avec une outrecuidance d'Ancien Régime. Il est vrai qu'avoir été révolutionnaire fait partie de la panoplie.

Il n'y a pas que des chevaux galopant sur la plage dans *Port-Soudan*. Le navire qui s'éloigne de la côte appartient lui aussi au trésor des images littérairement respectables :

> la façon qu'elle avait d'en parler me fit songer au lent engloutissement des feux de la terre

> lorsque le bateau s'éloigne d'un rivage nocturne : sorte de drame très lent et doux dont je ne m'étais jamais lassé, au fil des années passées à naviguer, et qui demeurait associé dans mon esprit [...]

Ici une comparaison musicale. Lorsqu'on a bien compris les recettes du lyrisme néo-romantique, on se doute que l'« engloutissement des feux de la terre » ne fera pas songer le narrateur au *Chou farci* des Charlots ou au *Twist du canotier* des Chaussettes noires (et c'est dommage). En effet :

> [...] demeurait associé dans mon esprit à une fugue pour violoncelle de Bach.

Plus loin, il s'agira de la « sonate pour piano et violon de César Franck ». Penser que faire usage de l'art confère un surcroît de dignité, prendre l'art comme alibi, Proust appelait cela de l'idolâtrie. Dans un même ordre d'idées, parlant de trahison, Olivier Rolin ne peut pas dire « Judas », mais l'« Iscariote », ce qui est plus propre à épater. Chez lui, on étrangle encore à l'ancienne, avec des « lacs », on ne fait pas platement sa toilette le matin, mais à l'« heure lustrale », etc.

L'homme de la mer Rouge, en quête de son ami mort, se rend dans des soirées parisiennes. On a beau être un damné, on en va pas renoncer au plaisir d'amour-propre qui consiste à montrer qu'on l'est. C'est l'occasion pour l'auteur de se livrer à un morceau de satire sociale éblouissant d'originalité. Les dîners sont peuplés de dames « à la pâleur copiée de tableaux préraphaélites », de « petits messieurs ». Il nous est révélé que dans ce monde superficiel, « la comédie [est] la règle », que ces gens sont médisants, et que finalement leur seule valeur c'est l'argent. Alors que le héros « rustique », « frais débarqué de [s]es déserts », a beaucoup lu, eux ne connaissent que les livres à la mode. On est content d'apprendre des choses pareilles, et on en reste révolté. On se précipite pour transmettre l'information à qui n'aurait pas lu *Port-Soudan* :

— Vous ne connaissez pas la dernière ?

— Quoi ?

— Les salons parisiens sont médisants et superficiels.

— Non !

— Je vous assure, c'est marqué dans le Femina ; c'est sûrement vrai, parce que c'est un jeune homme sincère et authentique, venu de la mer Rouge, qui le dit. Et il a été marin.

L'authentique, pour Olivier Rolin, se confond avec le ronflant. Les hommes sont pour lui « de grandes statues creuses » abritant, « sous la majesté muette du ciel », des « mugissements d'océan ». La littérature a « à voir avec la démence et la mort ». Bref, son personnage est un visionnaire, une espèce de prophète moderne tombé au milieu des hommes, albatros que ses ailes de géant empêchent de marcher :

> Il m'arrivait d'imaginer un rapport aussi aveuglant, bref et indescriptible que le tracé de l'éclair, entre certaines nuées de mots et les hauteurs vertigineuses de l'orage.

Tant de grandiose, tant de vertige et de nuit et d'éclairs impressionne. Le style contribue à l'effet monumental de l'ensemble. Olivier Rolin effectue une jolie démonstration de sa virtuosité dans l'emploi de la phrase complexe et de l'imparfait du subjonctif. Il grave dans le marbre :

> Je ne pouvais décidément croire que ses raisons eussent été toutes d'ordre sentimental, ou plutôt je ne pouvais m'empêcher de penser que, pour l'homme dont je me souvenais et qu'il semblait qu'il fût demeuré, les déceptions intimes ne pouvaient acquérir une force aussi terrible que lorsqu'elles redoublaient et approfondissaient vertigineusement des tristesses plus vastes et philosophiques.

Revoilà le vertige. Il suffit de quelques vocables essentiels et d'un peu de jonglerie syntaxique pour donner tout le ténébreux et le marmoréen qu'il faut à un texte. Pour un peu, on irait louer une cape, et on déclamerait. C'est l'article de luxe, toutes options : on a les

« beaux poissons couleur de nuit ou de lune », et la « voix brisée », et le « pauvre secret » et la « profondeur rayonnante de la vie », et « l'espoir fou », et le « un jour il advint que je me promenai dans le Luxembourg », et le « je l'ai menée par la main le long de grèves mouillées », et le « cela n'est que trop certain », et le manuscrit aux pages « tachées d'alcool, de sueur, et, je le crains bien, de larmes », et le cœur « battant au rythme de la grande pulsation des eaux ». Bouquet final :

> Tout cela, les dents d'un assassin, le brasier d'ordures, le pinceau du phare, la mer qui illumine le récif, les îles de feu dérivant dans l'immensité, n'est qu'affaire de proportions. Absurdement, les paroles de vieilles chansons de mon enfance tournent dans ma tête. Nous n'irons plus au bois, les lauriers sont coupés. Et puis encore : il y a longtemps que je t'aime, jamais je ne t'oublierai. Je ne me souviens plus de ce qui précède, ni de ce qui suit. Je ne me souviendrai plus de rien.

On pourrait songer à un canular. On admirerait l'auteur qui ferait le pari de publier le livre le plus pompier du monde, afin, tout en riant sous cape, d'écouter les critiques le louer sérieusement. Mais tout laisse croire qu'Olivier Rolin est sérieux, de même que Denis Roche, son éditeur.

Pour qui a subi les torrents de clichés de *Port-*

Soudan, son jumeau *Méroé* laisse donc perplexe. On retrouve exactement les mêmes éléments, et les mêmes tics d'écriture, parfois mot à mot. On tombe à nouveau, à la fin et non plus au début, sur « le grand corps tremblant de l'Afrique ». L'enflure est regrettable, car l'idée est séduisante d'un roman qui serait l'inverse d'un autre, le même dans un miroir. Derechef, on observe le personnage principal occupé pour l'essentiel à ne rien faire au Soudan, sinon à prendre les postures les plus artistiques possibles. En principe, cela devrait se traduire, si le cliché est respecté, par de grands ventilateurs, de grosses gouttes de sueur, de longues cigarettes, et, bien entendu, un narrateur écrivain. En effet :

> J'écris ces pages sous les ventilateurs de l'hôtel des Solitaires. Les gouttes de sueur qui tombent de mon front allument sur l'encre de délicates flammes bleutées.
>
> Et moi aussi, veilleur dans la nuit, attentif aux rarcs bruits de Khartoum, attendant je ne sais quoi, grillant à la chaîne mes Bringi filter avec ce geste mille fois répété de me masquer la bouche de la main gauche, clope serrée entre index et majeur, la droite tenant le stylo, j'écris, sous les ventilateurs qui font voler la cendre et frémir les feuilles de papier.

Tout y est, l'attente, le veilleur, la nuit, le poncif est parfait.

Le plus gênant, c'est qu'on voit tous les efforts accomplis par Olivier Rolin pour produire du bien écrit, de l'original, et en même temps tout est prévisible. On sait que, dès qu'il sera question d'amour, il se sentira tenu de se montrer torrentiel et échevelé, et d'expliquer en beaucoup de mots en quoi l'amour est indicible, violent, mortel. On n'est jamais déçu :

> Cette fille, penchée sur moi, que je regardais sans la voir vraiment [...], sans oser la regarder, devinant à l'aveuglette des lueurs de vagues sur du sable, une bouche prête à déferler, à l'aveuglette et dans un total affolement, cette violence incroyablement enfermée dans un corps frêle, cette audace de me prendre à l'abordage, de me sabrer d'un sourire, cette menue tempête vacillant sur ses touchants talons hauts allait m'emporter, m'essorer, me disloquer [...], ce mascaret dont je savais qu'il fallait qu'il s'écroule sur moi, me roule et m'ôte le souffle et la vie, pourquoi pas.

Pourquoi pas, en effet : la maison ne recule devant aucun sacrifice. Les romantiques flamboyants sont toujours très prodigues de leur vie, du moins sur le papier ; ce sont des gens qui parlent comme ça, se dit l'individu ordinaire, il ne faut pas y attacher trop d'importance.

Pour les amours néo-romantiques, nécessairement torrides, il n'y a guère en stock que deux possibilités de comparaison. Les amants en pleine action sont : a) des noyés qui sombrent (amours fatales et délétères), b) des guerriers qui se déchirent (amours paroxystiques). Dans *Méroé,* c'est la seconde comparaison qui est choisie : « je me jette sur elle, me cramponne à ses reins de clair-obscur, je la broie et la brise, elle me griffe et me mord jusqu'au sang, après nous sommes l'un contre l'autre, haletants, luisants de sueur comme des guerriers. »

On retrouve le même mélange d'intérêt de façade et de mépris profond envers les « gens du peuple ». Le narrateur est amoureux d'une femme exotique et peu cultivée. Double exotisme, donc. Quand on sent bon le sable chaud, on ne peut arborer que des femmes qui se nomment Dune, un douloureux Roméo n'aime que des Alfa, et non des Marie-Claude ou des Christiane. Le caractère valorisant de cet exotisme est renforcé par la fausse modestie : face à ces grandes belles filles simples, le narrateur peut prendre la pose de l'auto-ironie de l'homme cultivé qui connaît la vanité de la culture. Non seulement il est plus intelligent, mais en plus il est modeste. Non seulement il est cultivé, mais il aime le peuple. Quel homme. Cela dit, son mépris se dévoile lorsqu'il entreprend de faire l'éducateur. L'ignorance crasse qu'il prête à son amante-élève dépasse les bornes de la vraisemblance : « j'avais appris à Alfa qu'il s'était passé une chose terrible qu'on avait appelée, ensuite,

Première Guerre mondiale. Tant de férocité, elle n'en revenait pas. »

Le plus prévisible, dans cette suite de figures imposées, reste l'épilogue, le bouquet final. Là, il faut que ça pète. Bien entendu, le damné bascule dans la folie. *Port-Soudan* choisit, dans la garde-robe des démences littéraires, la panoplie « Ophélie », étoffe bigarrée, très seyante, douce au toucher : logorrhée, vieilles chansons sentimentales, fragments de souvenirs murmurés d'un air égaré. Mais l'article le plus simple, solide, classique, qui a fait de l'usage, ce serait plutôt la panoplie « Roi Lear », cris dans la lande et chevelure dans le vent. On se disait aussi que tout cela manquait un peu de hurlements :

> Je hurle dans le vent, au-dessus des Nils dont la fourche dessine d'immenses bois de justice, je hurle comme un démon [...]. Je hurle au-dessus du Nil bleu, et du blanc, du noir et du rouge et du vert, de tous les Nils qui descendent du Paradis ou des ténèbres pour ceinturer l'Enfer.

En dépit de cette accablante ressemblance avec son jumeau, *Méroé* est rendu plus supportable par quelques pauses dans le dantesque : on nous raconte l'histoire de la défaite de Gordon face aux mahdistes, et celle des derniers royaumes chrétiens du Soudan. La machine à déclamer calme un peu son vacarme, on a enfin le loisir d'écouter. Malheureusement, Olivier

Rolin a la rage de romantiser, la passion de la pacotille. On se demande quelle est la nécessité des changements qu'il fait intervenir « pour des raisons propres à l'économie du roman », comme nous en avertit le *post-scriptum.* Ce dernier explique qu'il n'y a pas de ruines médiévales à *Méroé,* mais « plus au nord », à Old Dongola. En revanche, il ne dit pas que le « Méroé » du roman, situé près de Bagrawia, au nord de Khartoum, ne correspond pas du tout à la ville actuelle de Méroé, à 250 kilomètres au nord-est. Quant à Gordon, l'interprétation « personnelle » mais « plausible » qui est faite par l'auteur de son histoire, c'est que sa défaite est un suicide déguisé. Cette interprétation rejoint la méditation sur les royaumes chrétiens du Soudan, et constitue au fond le propos de toute l'histoire : les gens intéressants (c'est-à-dire ceux qui présentent quelque dignité littéraire) sont des perdants, ou des assassins, ou les deux à la fois, *for each man kills the things he loves.* Cette surinterprétation de l'histoire des individus, expédiés à grands coups de scies néo-romantiques, tue radicalement l'intérêt, dissipe le mystère que l'auteur croit approfondir.

Comme dans toutes les bonnes bandes dessinées, le méchant est allemand, il n'est pas beau, c'est un savant fou et ricaneur, et de temps en temps un peu de patois germanique lui échappe (*ach !*). Il néglige de faire suffisamment étayer un site de fouilles. Comment accorder la moindre foi, le moindre début d'intérêt aux spéculations grotesques du narrateur sur le seul événement du roman (c'est peu en 230 pages) : la jolie archéologue reçoit sur la tête quelques tonnes de terre dans les ruines de Méroé (*Gross malheur*).

> C'est plutôt la surabondance des hypothèses qui me laisse perplexe. Celle qui s'impose le plus évidemment à l'esprit, c'est qu'il a tué parce qu'il ne supportait qu'elle prît la place de sa fille. Une variante un peu plus monstrueuse, c'est qu'il pouvait à la rigueur admettre de confier sa mémoire, celle de ses travaux, de ses découvertes, à sa fille, mais pas à une héritière illégitime, et que toute son histoire, même, séparait de lui. [...] Une troisième hypothèse, dérivée de la seconde et plus noire encore, fait de lui l'assassin non seulement d'Else, mais aussi de sa fille.

Bref, n'importe quoi. Et cela continue. L'inflation des motivations creuses est nécessairement engendrée par une histoire sans épaisseur, ampoule gonflée de grands mots. L'assassinat n'est plus qu'un postiche de mélodrame, derrière lequel on reconnaît l'acteur. Il est curieux que certains se laissent encore impressionner par ces poses théâtrales. Le relatif succès de *Port-Soudan* et de *Méroé* témoigne, s'il en était besoin, que le bovarysme est une maladie endémique.

Olivier Rolin, dans *Méroé,* manifeste une plus nette conscience du côté littéraire de ce décorum. Il mentionne évidemment Conrad, et *Lord Jim,* mais il n'y a pas de comparaison possible. Conrad, en vrai romancier, n'a cure de phraser. Il se préoccupe de la vérité de ses personnages et de la solidité de ses intrigues. Plus sobre, il est plus émouvant. L'auteur se doute aussi que ces guetteurs de frontières dont la profession consiste à se draper dans de somptueuses déclamations feront songer à Julien Gracq :

> Ce paysage déglingué me rappelait la Loire de mon enfance, et une phrase un peu enflée du *Rivage des Syrtes* [...] : « la barque qui pourrit au rivage, celui qui la rejette aux vagues, on peut le dire insoucieux de sa perte, mais non pas de sa destination » (je cite, évidemment, de mémoire). Je m'étonne un peu à présent, que ce genre de solennités m'ait engagé à écrire plutôt qu'à devenir, par exemple, agent de police ou cambrioleur.

Le côté ironique de la chose tient à ce que la phrase de Gracq est beaucoup moins enflée que la plupart de celles d'Olivier Rolin. Même s'il n'a pas beaucoup plus d'humour que ce dernier, Julien Gracq a au moins le mérite, à force de creuser le stéréotype, de retrouver l'archétype vivant. Rolin a beau tenter d'exorciser le spectre du ridicule en chargeant Gracq, bouc émissaire de service, du péché d'enflure, cela ne sert à rien. Olivier Rolin est à la littérature ce que Richard Clayderman est à la musique : du romantisme, ils ont surtout compris la chemise à jabot.

Cependant, le fait même que le narrateur se demande pourquoi ces « solennités » l'ont incité à écrire est symptomatique d'un changement dans *Méroé.* Ce livre, tout en tombant dans les mêmes travers que son double, se roule avec un peu moins de satisfaction dans la grandiloquence. Le narrateur éprouve le besoin, çà et là, de se justifier, par exemple après la grande scène obligatoire du coup de foudre : « tout ça, je le sais, je pourrais le décrire avec la sobriété de madame de La Fayette : "il suffisait qu'on la vît pour ne l'oublier jamais", ou quelque chose comme ça. » Ou bien il s'interrompt au milieu d'une tirade, comme lassé de son propre verbiage :

> ce qu'on a de mieux, c'est peut-être de grandes choses englouties [...]... d'intimes *Titanic*... paquebots couchés dans les abysses, avec leur magnifique chevelure de noyés que les poulpes se disputent dans la nuit... [...]. Allez renflouer tout ça, cette beauté, cette horreur... cette soudaineté, ces profondeurs... la vie surprise dans sa robe de bal, et puis quand on la noie, et qu'elle n'est pas moins la vie. *Apparent rari nantes*... Mon beau navire ô ma mémoire... cette précarité immense... Suffit.

De même, le style s'accorde parfois quelques termes dissonants qui font grincer la machine à produire du « bien écrit ». On tombe sur des gros mots ou des familiarités. Une tirade débouche sur une citation coupée par un rire : ici « mon beau navire... suffit », ailleurs « le cygne secouant cette blanche agonie, ah ah ». Surtout, la dernière phrase du livre est : « Cause toujours. » En un sens, elle résume, en effet, l'opinion que l'on se fait de ces deux romans. On les rangera dans la catégorie qu'Olivier Rolin crée lui-même à l'usage de Lamartine : « salades romantiques ». Mais elle n'en rachète en rien le vacarme creux. Elle tente de le faire passer pour autre chose. Elle sent par trop la ruse rhétorique. Dans *Port-Soudan,* le « snobisme parisien » est brocardé au nom d'une espèce d'authenticité rimbaldienne en toc. Plus subtilement, *Méroé* feint l'auto-ironie, mais on reconnaît immédiatement une autre posture : les « suffit » et les « cause toujours » sont des affectations de rictus douloureux. Ils se chargent d'une authenticité que trop de belles phrases risqueraient de compromettre. Bref, ils participent, eux aussi, d'une mise en scène de l'indicible.

Il y a, dans *À la recherche du temps perdu,* un personnage qui fait un peu songer à Olivier Rolin. Legrandin est une belle âme. Il tient au narrateur de splendides discours d'où il ressort que, retiré du monde, un peu sauvage, il ne s'intéresse qu'à l'art et aux couchers de soleil, et ne peut plus rien accorder aux vanités de la vie sociale. Le narrateur comprend, bien entendu, qu'il faut interpréter ces paroles en un sens précisément inverse. Qui se retire vraiment du monde ne songe pas à le proclamer.

Dans une période où la littérature « minimaliste » remporte quelque succès, on pourrait être tenté de lui opposer les flamboyances à la Rolin. Ce dernier se réclame d'ailleurs explicitement de l'antiminimalisme dans *Méroé.* Ce serait un faux débat, le genre ne préjugeant pas de la qualité. En outre, le minimalisme et le néo-romantisme de Rolin partent d'une même certitude : toute valeur repose dans le particulier. Pour atteindre le gisement, minimalistes et lyriques creusent dans deux directions opposées : les premiers vers l'infiniment petit (cette courgette est merveilleuse parce qu'elle est cette courgette) les seconds vers l'infiniment grand (par quelles clameurs d'ouragan pourrais-je dire l'indicible de cette passion semblable à nulle autre ?). Ces deux directions sont des voies express vers le grotesque. La croyance, très contemporaine, dans le fait que la particularité, le caractère individuel seraient en soi une justification et une valeur implique un double aveuglement : aveuglement sur l'authenticité du sujet ; aveuglement sur l'authenticité des objets, et le caractère absurde, injustifiable de leur particularité. Leurrés par leur croyance à l'authentique, c'est justement lorsqu'ils se réclament de celui-ci qu'ils prennent le décor du monde pour sa réalité. Les vrais écrivains problématisent la valeur et la particularité, au lieu de tirer celle-là de celle-ci.

L'amour correspond au sentiment exacerbé de l'injustifiable associé au nécessaire. C'est ainsi qu'il apparaît au XVIIe siècle, notamment chez Pascal ; Olivier Rolin évoque Mme de La Fayette. Chez elle, la *décence* de l'expression manifeste cette union problématique. Elle écrit par exemple : « il parut alors une beauté à la cour, qui attira les yeux de tout le monde, et l'on doit croire que c'était une beauté parfaite, puisqu'elle donna de l'admiration dans un lieu où l'on était si accoutumé à voir de belles personnes. » Un lyrique contemporain réagira contre ce genre de description, en partant du principe qu'on pourrait parler de la « beauté parfaite » de millions de femmes, et qu'il s'agit, pour l'écrivain, s'il veut être cohérent, de montrer en quoi cette femme-ci est belle, d'une manière unique, différente de toutes les autres. À objet extraordinaire, mots inouïs. La tâche, bien sûr, est impossible, puisque le langage fonctionne pour l'essentiel à base de généralité, et ne peut épuiser la particularité du moindre objet. S'il s'aperçoit de l'inanité de sa logorrhée, l'écrivain moderne n'a plus pour ressource que la rhétorique de l'indicible, il explique en quoi l'écrivain affronte une tâche démesurée, et cela lui permet de transformer en valeur l'erreur où il s'est de lui-même fourvoyé. Mme de La

Fayette indique bien qu'elle parle d'une femme très particulière, semblable à nulle autre. Mais elle se contente justement de l'indiquer, par la comparaison. « L'on doit croire », cela suffit. Ce contraste entre la singularité de l'objet et la grande généralité des mots servant à le désigner marque le lieu de la particularité sans en détailler la qualité. Il fait apparaître une particularité sans particularité, par conséquent il la problématise. Nous sommes d'emblée installés dans l'écoute d'un discours lucide, dépourvu de toute complaisance. La particularité des choses fait certes leur valeur, elle ne les justifie de rien. Et déjà, sans renoncer à l'aimer, nous l'avons dépassée.

Certes, la sobriété classique ne constitue pas, heureusement, la seule solution. Il y a d'autres manières de faire du style un instrument de lucidité, permettant de mesurer à quel point ce qui nous est nécessaire n'est pas nécessaire. Par exemple, mais Olivier Rolin ne le sait pas, l'humour.

VOILÀ, C'EST TOUT
(appendice à Olivier Rolin)

Le dernier ouvrage d'Olivier Rolin s'intitule *La Langue,* en toute simplicité. Il s'agit d'un dialogue écrit pour une émission radiophonique. On l'a fait suivre du texte d'une communication à un colloque (*Le Français et le cosmopolitisme*), communication intitulée « Mal placé, déplacé ». Cet accouplement un peu bizarre est justifié, nous prévient-on, parce qu'il s'agit en fait des mêmes idées, exprimées dans des formes différentes.

Olivier Rolin est un homme sympathique qui écrit des livres sympathiques pleins d'idées sympathiques et généreuses. Olivier Rolin est contre les lieux communs, les conformismes, qu'il pourfend héroïquement dans *La Langue,* et qui y paraissent sous les traits de la détestable radio, de l'affreuse télévision. Tout écrivain se dresse même par définition contre ce lieu commun des lieux communs selon lequel il représenterait un milieu, habiterait sa langue, bref disposerait d'un lieu. Bien au contraire, nous apprend Olivier Rolin, l'écrivain présente cette bizarrerie qu'il n'est l'homme de nulle part : « il est [...] de sa nature (de son étrange fureur) d'être un inclassable, un asocial [...], un dérangé, c'est-à-dire un pas rangé, pas rangeable du tout. »

Bien entendu, l'écrivain est tout de même, Olivier Rolin le reconnaît, l'héritier d'une culture, il a donc à la fois à la continuer et à la trahir. On se rassure : nous revoici dans la contradiction féconde, tradition et continuité, terre de contrastes, tout est dans tout et réciproquement. Les orateurs de banquets et d'inaugurations officielles aiment parler rébellion et marginalité. On attendait Rimbaud et on a Rimbaud, ça ne pouvait pas rater, Rimbaud opérant la subversion radicale qui consiste à ne rien dire du tout. Tout cela reste très inoffensif, et il n'y a pas à se gendarmer de ce que le centre Pompidou accueille des discours de distribution des prix. C'est un genre honorable, comme un autre. On retrouve ici, sous des formes habilement voilées, l'une des figures favorites de l'éloquence officielle, la prétérition. Car il y a bien une espèce de prétérition à trompeter qu'on part en croisade contre les clichés, puis à les exterminer à coups de tartes à la crème et de lieux communs.

Olivier Rolin n'aperçoit pas un instant que le conformisme consiste ordinairement à refuser le conformisme d'une certaine manière. Rares sont les conformistes qui ne se réclament pas de l'originalité, comme tout le monde. Il faudrait d'ailleurs consacrer une étude spéciale à l'usage de Rimbaud, du malheureux Rimbaud, comme figure tutélaire du confort intellectuel moderne, icône industrialisée de la révolte, grigri chargé d'exorciser chez le poète la pensée taraudante qu'il n'est, au fond, qu'un ordinaire raseur.

L'écrivain, donc, est un homme qu'on ne peut pas ranger. C'est ce qui fait sa particularité. *À part* parce qu'il n'est de nulle part. Éternel homme de l'ailleurs. On peut classer les autres hommes. Leurs différences se rangent dans une ressemblance globale. L'écrivain, lui, n'est pas pareil.

On aura reconnu la bonne vieille figure romantique de l'écrivain, toujours semblable en dépit d'avatars divers (le marginal, le voyant, le guide, le prophète, le clochard céleste, le maudit, etc.) ; ce n'est pas pour rien que Chateaubriand est invoqué dans la conférence d'Olivier Rolin. Bref, le poète nous parle d'inouï au coin du feu, dans les pantoufles éculées de la différence. Comme d'habitude.

Mais l'homme, lui ? Celui qui n'est pas poète ? Certes, l'homme ne remplit pas des feuilles de papier avec des lignes inégales. L'homme ne dépouille pas *Le Monde des livres* pour essayer de trouver une recension de son dernier roman. L'homme change bêtement à Réaumur-Sébastopol. L'homme aime le célerirémouladc de la cantine. L'homme gonfle sur les plages d'Arcachon des canards de baudruche. Et l'écrivain ? Aussi. Mais lorsque l'écrivain aime le céleri-rémoulade et change à Réaumur-Sébastopol, il se livre à toutes ces activités *en toute simplicité.* L'écrivain jouit de la simplicité des choses simples. Pas l'homme. Car si l'homme est pareil, l'écrivain, lui, est pareil que tous les hommes, et en plus, il n'est pas pareil, parce qu'il est écrivain.

En parlant de l'« étrange fureur » de l'écrivain, de son côté « dérangé », « pas rangeable » (et l'on sent ici la phrase tourner voluptueusement autour du poncif contemporain de « l'écrivain dérangeant », le dessiner en creux), Olivier Rolin ignore superbement que le pas rangeable en question, de nos jours, exerce généralement le métier de professeur, reçoit un traitement de l'État, rembourse le crédit de sa maison, inculque les beautés de la grammaire à des adolescents et puis leur décerne le baccalauréat, touche des droits d'auteur, prononce de temps en temps de belles conférences où, devant un parterre admiratif de notables et de dames mûres, il se drape dans la fureur et la barbarie. L'auditoire, bien entendu, loin de huer le dérangé, l'applaudira. Suivra un vin d'honneur.

Tant de candeur porterait au sourire indulgent qu'on accorde aux rodomontades puériles si, au fond, ce mythe ressassé ne finissait pas par infecter nos idées. Il perpétue une idée subtilement pervertie de la culture, que les fictions d'Olivier Rolin, débordantes d'universalisme, d'amour de l'humanité et de sollicitude envers les humbles, illustrent abondamment. Le texte de l'émission radiophonique en constitue un bon exemple. La situation est caractéristique, on la retrouve dans plusieurs romans du même auteur. « Dans un bistro désert » conversent une serveuse « venue de la campagne » et un client qui « semble être ce que l'on appelle un "intellectuel" ». Olivier Rolin adore faire converser une femme peu cultivée et un homme cultivé (rarement l'inverse). Cette répartition des rôles est déjà, en soi, un vieux cliché dont on ne finit plus de racler le fond depuis des lustres. Le côté conservateur et scrogneugneu de la situation est censé être repêché par les guillemets entre lesquels se voile pudiquement le mot « intellectuel ». Entendons par là qu'il ne s'agit que d'une appellation convenue, que les intellectuels ne sont ni plus ni moins cultivés que les gens du peuple, lesquels ont aussi leur culture, etc. Bref, d'un poncif l'autre, de Charybde en Scylla. Vieille tartine de la culpabilité contemporaine, qui règne dans les milieux de la culture, au ministère de l'Éducation, dans les lycées et collèges : on pense qu'il suffit de ne pas assumer son statut d'intellectuel pour respecter l'autre. On singe une égalité qui n'existe pas, ce qui permet de se passer de tenter de la réaliser. On reste enfermé dans ses respectables différences en faisant semblant de dialoguer. C'est ce semblant que met en scène Olivier Rolin. L'intellectuel parle au peuple, et vice versa, parce que tous les deux ont à se parler, contre la parole dominante, celle du pouvoir (*i. e.,* la télévision). On aura reconnu, là aussi, un vieux mythe gauchiste.

Le résultat est un improbable échange de tirades grandiloquentes, une espèce d'opérette maoïste représentant la séduction mutuelle des masses populaires et des lettrés. Contre l'affreuse télévision, les deux langages authentiques font assaut de poésie authentique. Les étoiles et la mer sont là pour la poésie, les tournures familières pour l'authenticité. « J'ai envie de puer tranquillement, comme une bête, d'être naturellement pas aimable, hirsute et puante, et belle et joyeuse aussi, et libre comme une bête. Que tout en moi signifie "pas touche" », proclame la femme du peuple, et elle ajoute : « mais sans faire de phrase, tu comprends ? » Elle ne cesse donc de faire des phrases destinées à bien montrer qu'elle est une rude femme du peuple qui ne s'en laisse pas conter par les mots. De même, la littérature telle que la pratique Olivier Rolin (voir *Port-Soudan* ou *Méroé*) consiste à employer les plus grands mots possibles pour dire qu'on est un rude aventurier taciturne et désespéré qui n'aime pas les grands mots. Pour achever sa tirade, la serveuse (taciturne et désespérée, du moins théoriquement) envisage cette fin sublime : « Et à la fin on me tuerait comme une bête. » On sent la vraie serveuse, étrangère au poncif oratoire.

« J'aime les femmes », proclame le bon intellectuel, comme on aime les Nègres ou les Juifs, comme on aime le peuple. Aimer les femmes ou ne pas les aimer sont les deux versants d'une même misogynie. Celui qui n'est ni raciste, ni misogyne considère qu'il y a des femmes ou des Juifs qui ne sont pas aimables, et que leur indéniable différence (ethnique, sexuelle) n'a de sens que considérée dans l'horizon de leur identité avec tout un chacun. Aimer le peuple et les femmes sous la forme de la serveuse de bar, c'est ne rien aimer du tout mais idolâtrer une image fabriquée. Tout amour général est vide de contenu. L'intellectuel selon Rolin apparaît ainsi comme celui qui, ayant créé une image, une illusion, se montre capable de l'aimer et de la comprendre. L'intellectuel est celui qui est différent parce qu'il comprend les différences (celles du peuple, de la femme, du Juif).

L'intellectuel de *La Langue* précise tout de même un peu son amour des femmes : « je les aime parce qu'elles sont toutes des Bovary. » Contrairement aux « cons » pour qui la morale de *Madame Bovary*, c'est qu'« il faut être de son temps, de son lieu », il y voit une illustration de la valeur absolue du rêve. Olivier Rolin fournit en effet un bon exemple de ce que peut être le bovarysme littéraire à l'état pur : avec une candeur étonnante, il croit encore aux vertus subversives du rêve, sans se demander un instant si les illusions sentimentales et creuses de Mme Bovary ne sont pas le pendant obligé de l'utilitarisme bourgeois. Leur autre face. Le gros notable apprécie l'éthéré en art et caresse l'idéalisme. Bref, l'idéologie d'Olivier Rolin, selon un modèle fort courant, consiste à perpétuer le vieux divorce de l'art et du réel. L'art peut ainsi, commodément, continuer à bavarder sans conséquences, c'est tout ce qu'on lui demande, tout en faisant semblant de s'intéresser à la réalité. Faire de l'écrivain un individu sans lieu n'est au fond ici qu'une figure lyrique qui consiste à le soustraire au réel.

Olivier Rolin se réclame d'« *Everything and nothing* », texte dans lequel Borges fait le portrait de Shakespeare en inconnu banal. Pour Borges, la différence de Shakespeare — son génie — tient à ce qu'il était absolument semblable aux autres hommes (alors que tous les hommes restent englués de différences et de particularités). Autrement dit, être écrivain, c'est tenter de dépasser la différence pour devenir personne. Rolin glose en apparence correctement l'idée de Borges, mais en réalité il la retourne subrepticement, en valorisant cette impersonnalité comme une *particularité* de l'écrivain ou de l'intellectuel. Dès lors, tout est faussé, on en revient aux postures oratoires et au bavardage, l'impersonnalité devient « un trou où souffle un vent terrible », et l'écrivain est doté d'une nature, d'une étrangeté, il est un « errant essentiel ».

On n'atteint jamais le silence et l'indifférence en en parlant, mais en parlant d'autre chose. Cette contradiction essentielle exige un art discret, et de l'humour. Toutes qualités qui font défaut à Olivier Rolin. Et par là, au lieu de se situer aux antipodes des convenances et de la culture officielle, comme il le croit, au lieu d'être ailleurs, il illustre parfaitement l'académisme contemporain.

« Voilà, c'est tout », conclut l'auteur, au terme de la présentation de son texte radiophonique. Que signifient ces quelques mots, détachés en un paragraphe ? Que la présentation est terminée ? La typographie l'indique suffisamment. Il s'agit plutôt d'insister sur la simplicité du dispositif (trois voix, un lieu banal). Mais la simplicité technique s'associe à une simplicité plus fondamentale : *Voilà, c'est tout* vaut aussi pour une marque de modestie invitant le lecteur à considérer que ce qui va suivre est bien peu de chose. Bien entendu, il s'agit de faire entendre le contraire, à la manière d'Oronte présentant son petit sonnet à Alceste. Le silence qui suit le « voilà c'est tout » prend un côté solennel, et l'affectation de petitesse, en retirant explicitement de l'importance à l'œuvre, nous invite à lui accorder toute celle qu'elle mérite. Mais, aussi importante qu'elle soit, en intervenant pour manifester le peu d'importance qu'il lui accorde, avec la légère désinvolture donnée par le côté oral de la formule (l'effet revient à plusieurs reprises dans le texte lui-même), l'auteur se donne comme supérieur à son œuvre. Pour lui, ce n'est pas grand-chose. Pour nous, qui l'admirerons, comme naturellement il le souhaite, ce sera beaucoup. Double retournement : prévenant notre regard critique, l'auteur se l'attribue ; faisant le modeste, il se retire dans la grandeur, ailleurs. Mais, pour dire qu'il n'est pas tout à fait là, il a bien fallu qu'il se dévoile, fût-ce à peine. Ce petit relâchement, cette intrusion de l'auteur pressé d'emporter notre adhésion avant même d'avoir vraiment pris la parole est caractéristique : Olivier Rolin a, comme beaucoup de ses contemporains, l'indiscrétion de la discrétion.

INTERLUDE

Le nouveau roman rose : Camille Laurens

> Je vais dire des évidences, des choses que vous entendez tous les jours, que vous savez, des banalités à longueur de temps, des récits qui traînent partout dans les livres, les magazines, les chansons, les romans, les journaux.
>
> Camille Laurens, *Dans ces bras-là*

> Qu'est-ce que vous voulez que je vous dise ?
>
> *Ibid.*

On dirait que ce serait une documentaliste de collège qui deviendrait écrivain. Alors elle aurait un sujet. Le sujet, ce serait l'amour. C'est un bon sujet. C'est bon, d'avoir un bon sujet. Un sujet de conversation. Un sujet de discorde. C'est incroyable ce qu'on trouve dans la langue, quand on cherche un peu. Dans la langue ou sur la langue. Sur le bout de la langue. La langue du père.

La langue des paires. La langue des paires, c'est l'amour. On y revient toujours. À l'amour.

Seulement voilà, l'amour, si c'est un bon sujet, ce n'est pas le tout : par quel bout le prendre ?

La documentaliste est bien placée pour parler d'amour. Pour parler de l'amour. D'abord, une documentaliste, c'est une femme. Ce sont toujours les femmes qui écrivent des romans sur l'amour. La femme, c'est l'amour. L'amour, c'est la femme. Ensuite, la documentaliste, elle a eu un mari, des amants, et ça, c'est bien utile pour parler d'amour. Et puis, la documentaliste, elle connaît des livres. Des livres qui expliquent des choses sur l'amour, sur la langue. Parfois, même, ce sont des livres avec des mots compliqués, écrits par des barbus. Ceux-là sont les meilleurs. Elle est donc bien documentée, la documentaliste.

Donc, l'auteur tiendrait son sujet : elle raconterait sa vie. Ses hommes. Son papa, son mari, ses amants, son éditeur. Mais elle appellerait ça roman, quand même, parce que raconter sa vie, ça fait écrivain du dimanche, pas capable d'imaginer autre chose, de parler d'autre chose. Il y en a des milliers comme ça, des écrivains du dimanche, racontant leurs émois amoureux. On ne les publie pas, heureusement. Alors ça serait un roman. Pour faire croire que c'est un roman, et pas juste un de ces trucs autobiographiques et tartes qu'on ne publie pas, elle aurait des bonnes idées. Elle est documentaliste. Elle connaît des mots comme *autofiction, psychanalyse, nouveau roman*. Elle dit « tous les hommes sont imaginaires ». Elle se souvient qu'il y a trente ou quarante ans, dans des romans complètement modernes, l'écrivain jouait à se montrer en train d'écrire et de bâtir sa fiction. Il employait le conditionnel. Ça, ça lui avait plu, à l'époque, c'était très amusant, et ça ne faisait pas tarte. Alors elle ferait pareil, et du coup, ses confidences sentimentales, ça serait comme si c'était de la littérature :

> Ce serait un livre sur les hommes, sur l'amour des hommes : objets aimés, sujets aimants, ils formeraient l'objet et le sujet du livre.

> Je ne serais pas la femme du livre. Ce serait un roman, ce serait un personnage.

Comme l'auteur est documentaliste de collège, ça ressemblerait parfois à une dissertation, ou à un sujet de rédaction, un peu barbant donc, mais ce ne serait pas grave, parce que ça ferait sérieux :

> Je serais donc aussi ce personnage, on peut le penser, bien sûr, puisque j'écris, puisque c'est moi qui laisse épars entre nous les feuillets où je parle d'eux. Difficile d'y échapper tout à fait.

Mais la question de la vérité ne se posera pas. Il ne s'agira ni de mon père, ni de mon mari, ni de personne ; il faudra qu'on le comprenne. Ce sera une sorte de double construction imaginaire, une création réciproque : j'écrirai ce que je vois d'eux et vous lirez ce qu'ils font de moi — quelle femme je deviens en inventant cet inventaire : les hommes de ma vie. Le cliché est à prendre au pied de la lettre : les hommes de ma vie, comme je dirais : les battements de mon cœur.

Et, pour rendre ces confidences encore plus intéressantes, elle ferait comme si elle les dispensait à un psychanalyste, un homme attentif et silencieux qui serait comme son lecteur et comme l'homme de sa vie.

Mais le sujet n'est pas tout. Il y a le style. Un écrivain, ça a du style. La documentaliste connaît plusieurs manières, pour une femme, d'écrire l'amour, de le décrier, de le crier.

Il y a la manière cochonne, où l'auteur dit toujours qu'elle suce très bien, c'est obligé, avec des quantités d'autres précisions techniques, et puis des gros mots de temps en temps.

Il y a aussi la manière durassique, où il faut redire toujours les mêmes mots, mais pas dans le même ordre, avec des « oui » partout, pas beaucoup de verbes, une grande abondance de points et de virgules mais jamais de guillemets. On ne sait pas pourquoi. C'est comme ça. Le durassique c'est ça.

Il y a la manière barbaracartlandienne, avec des phrases simples et partout des mots comme « marin » (dans le durassique aussi) ou « aviateur » (mais pas « homme-grenouille ». On ne sait pas pourquoi). Et aussi des mots comme « vie », « homme », « femme », « cœur », « nuit », « vent », « aimer », « libre », « merveilleux », « yeux », « regard », « silence », « loin », « murmure », « robe » (jamais « pantalon ». On ne sait pas pourquoi).

Il y a enfin la manière freudolacanique, où il faut toujours poser des questions, décomposer les mots, faire des calembours significatifs, dire souvent « la langue », « le corps », « ça » et « le nom du père ».

Elle hésiterait, la documentaliste, et puis elle déciderait que la manière d'écrire un grand livre sur l'amour, un vrai livre d'amour, ce serait de mélanger tout ça, surtout les trois derniers.

Le durassique donnerait l'air moderne, bien écrit, lancinant, poétique :

> Je ne dis rien pour que vous disiez oui, voilà, c'est tout, je fais silence pour vous entendre, vous ne dites rien, sinon, et j'ai envie que vous parliez, que votre voix me rejoigne, que votre voix me touche. J'attends que vous disiez oui comme la dernière fois quand j'ai cessé de parler, au bout d'une ou deux minutes vous avez dit oui d'une voix merveilleuse, *oui*, je ne sais pas le redire mais je me le rappelle, oui comme un homme qui aime une femme, oui comme si

vous veniez me chercher là où je suis, si loin que je sois vous venez, c'est ça que je veux, que vous le disiez et redisiez jusqu'à ce que je le croie.

Et, de fait, ça continue, elle n'arrête plus de redire qu'elle veut qu'il le redise mais il ne le redit pas alors elle le reredit. Eh oui. Et c'est cela, cela même, si on y revient, si on se penche dessus, si on récapitule : toujours les mêmes mots, avec de petites variantes. Beaucoup de oui. C'est bien durassique. Mais en plus, homme, femme, silence, merveilleux, loin, c'est barbara-cartlandien. Les deux bien mélangés. On dirait les téléfilms américains de l'après-midi où un monsieur et une dame se disent des choses en regardant par la fenêtre, on ne comprend pas bien de quoi ils parlent, mais ils font des figures sérieuses, ça a l'air très important, alors on se sent l'envie de fredonner chabadabada en balançant doucement la tête.

Parfois, c'est encore plus fort :

Tout à fait mon genre : celui qui vous prend dans ses bras comme le marin embrasse l'horizon. *(marin)*

C'était lui. Aux battements de mon cœur je ne pouvais pas me tromper. Je sais que c'est difficile à croire, cette soudaine certitude, mais voilà. *(cœur)*

N'écrit-on pas quelquefois pour rattraper les fautes et les billets d'amour emportés par le vent ? *(vent)*

Votre monde est-il plus vaste que le silence où je crie ? *(cri)*

Dans les téléfilms américains du dimanche après-midi, il y a beaucoup de silences, aussi, quand les dames et les messieurs ont fini de dire des choses en regardant par la fenêtre. Ça sert à faire encore plus sérieux. Il faut dire « belle-sœur » ou « automobile », et puis plus rien, pendant trois minutes. Et surtout ne pas rire. C'est difficile. La documentaliste sait comment on fait des silences dans un livre. Un silence, c'est quand on va à la ligne :

Je t'aime.
Je ne t'aime pas.

L'amour n'est traduit qu'en silence ou en cri, dans la solitude des corps, il n'a jamais connu de loi. Il faut chasser le père de l'amour.

Vous ne dites rien.

Évidemment, c'est parce qu'il sait bien le faire, il a compris qu'il fallait ne rien dire, là. Et aussi :

Le père pose Camille dans son berceau. Il marche dans la rue, c'est le 10 novembre. Le voici deux fois père. Père de deux filles.
L'aînée s'appelle Claude.

Un an plus tard, le père appelle. C'est une fille. Il a trois filles.

Le compte est bon.

Mais quand on sait vraiment faire un livre sur l'amour, il faut recopier des quantités d'expressions avec les mêmes mots, et des blancs partout. Ça ne veut rien dire, mais ça a l'air de dire tellement de choses qu'on est content. La documentaliste connaît beaucoup d'expressions :

L'homme de Dieu, l'homme de paille, l'homme de peu, l'homme de rien — un milieu entre rien et tout.
L'homme à abattre, l'homme à gages, l'homme à bonnes fortunes, l'homme à femmes.
L'homme et la femme.
L'homme né de femme.

Et il y en a beaucoup plus. Des pages entières d'expressions. C'est ce qu'on appelle du travail de documentation. Ce qui est très amusant aussi, comme jeu, quand on écrit un livre, c'est de faire des listes de contraires, comme dans *Okapi* :

La mer et la rive, la force et la douceur, la puissance et l'obéissance, le chasseur et la tendre bête, [...] le maître et la servante, l'aile et le lit. Le mâle et la femelle : c'est la nuit et le jour.

Ou alors on joue à faire un méli-mélo :

Elle se relit — c'est-à-dire elle le relit, elle relit ce qu'il a dit, elle relit ce qu'elle a écrit, qu'il a dit.

Je viens parce que j'ai rendez-vous — je viens pour avoir rendez-vous, parce que j'ai besoin de vous. Je viens parce que j'ai rendez-vous et que je m'y rends, je me rends à vous, c'est tout.

La fin, quand c'est fini, comment le sait-on, comment fait-on, comment ça finit — le livre, l'analyse, l'amour ?

La documentaliste a l'habitude des élèves. Elle sait qu'il faut bien expliquer tout et répéter, alors elle répète, elle met beaucoup de synonymes : « ce mec, ce type, est-ce que je l'aime encore, cet homme, cc mec-là, mon mec, avec lui c'était bien, au début c'était bien, c'était formidable. » Comme ça, on est sûr d'avoir compris, et puis on apprend du vocabulaire. Elle explique que « formidable », ça voulait dire, avant, « une grande peur, une terreur stupéfaite, un étonnement, un saisissement d'effroi ». Là aussi, on a bien compris. Ça enrichit le langage, comme lorsque l'institutrice demande aux élèves de recopier les synonymes dans le dictionnaire.

Parfois, parfois, lorsqu'on répète beaucoup, on dirait de la musique, c'est très beau. La documentaliste redit juste un mot, façon Angot. Cela suffit, c'est de la poésie :

Oui oui oui oui

Si si si si

Oui, de la poésie, et elle aurait pu faire encore mieux, même : Vent vent vent vent. Amour amour amour amour. Femme femme femme femme. Merveilleux merveilleux merveilleux merveilleux. Tout un livre ainsi. Un livre très poétique.

Mais il ne faut pas oublier que la documentaliste a des freudolacaneries dans son CDI (CDI veut dire que c'est l'endroit où il y a des livres dans le collège, et une dame, la documentaliste, qui fait « chut » quand les élèves parlent trop fort). Elle en met dans ses durassicobarbaracartlanderies. Ça fait intelligent. Profond. Le texte de la documentaliste ressemble alors à de la littérature pour de vrai. Pas à des livres de la collection Harlequin. En réalité, c'est la même chose, mais en plus long et en plus ennuyeux.

Par exemple, pour faire sérieux, il faut dire « pourquoi », « où allons-nous », et la documentaliste, elle est très sérieuse, comme une bonne documentaliste. Elle arrive à faire un chapitre entier avec trois lignes et une question, c'est très très fort. Très très très très :

> Si j'ai des amies femmes, des femmes qui me soient proches ? Non, aucune. Je n'ai jamais eu vraiment confiance, je ne sais pas, je ne me suis jamais confiée à une femme, jamais.
> Pourquoi ?

Ou alors :

> Pourquoi êtes-vous si loin, toujours ? Pourquoi toujours emporté vers ailleurs, vers quel ailleurs ? Pourquoi ?
>
> Où allez-vous ? Où êtes-vous ? Qui êtes-vous ?

Mais enfin, tout de même, les freudolacaneries ça peut être amusant. Quand on fait des jeux de mots idiots, comme dans une cour de récréation. L'ennuyeux, c'est que ce sont toujours les mêmes jeux de mots. Elle n'en connaît pas beaucoup, la documentaliste. Ou alors de pas très drôles :

> Tu te souviens du thé à l'amante ?
>
> Faire l'amour, faire un enfant, c'est un peu la même chose, logiquement, non ? — c'est le même syntagme. Ou désirer : désirer un homme, désirer une femme, désirer un enfant :

> vous voyez comme la grammaire peut être choquante, quelquefois, mais révélatrice aussi.

Là, on aimerait bien être choqué, mais on ne comprend pas du tout ce qu'il y a de choquant.

La documentaliste fait toujours des blagues avec des histoires de zizi, comme dans la cour de récréation, mais en moins réussi :

> Il est puceau. C'est pire que d'être roux, à vivre. Mais ça dure moins longtemps.

Une qui fait rire, quand même, c'est celle du trou, parce qu'elle est vraiment idiote. Tout un chapitre, la documentaliste explique qu'elle voulait dire quelque chose, et qu'elle l'a oublié. Déjà, c'est drôlement amusant. Mais après elle dit que ce qu'elle a oublié, c'est la différence entre les hommes et les femmes. C'est vraiment idiot. Elle fait comme si elle ne le savait plus, et à la fin elle dit :

> C'est perdu, ça ne me reviendra pas.
>
> J'ai un trou.

Et là, on comprend que le trou, ce n'est pas seulement le trou de mémoire, mais aussi le trou des filles.

Qu'est-ce qu'on rit.

C'est toujours comme ça, la freudolacanerie : on oublie quelque chose, et puis on se souvient.

On se souvient de « zizi » ou de « trou ». En tout cas, la documentaliste sait drôlement bien le faire, et dire tout le temps : « la langue du père » et « sa langue paternelle » et « faire exister dans la langue conformément à la loi ».

On apprend beaucoup de choses, dans le livre de la documentaliste. De la philosophie : « attendre quelqu'un, n'est-ce pas un moyen d'être avec lui ? » (on n'y aurait jamais pensé) ; « la vérité est tout ce qui s'écrit ». Et donc, on comprend que même les bêtises, c'est vrai. C'est bien pratique. De l'instruction civique : « c'est si bon d'aimer. » Ça, c'est sûr. De l'arithmétique : « dans un couple, on est deux, je ne vous le fais pas dire et je ne vois pas le rapport. » Du français : « Je ne sais pas si vous connaissez, Saint-John Perse ? » Des sciences naturelles : « L'homme, la femme : barricades mystérieuses. » La documentaliste aime bien classer. C'est normal, c'est son métier. Elle classe les hommes : « Il y a l'homme qui part acheter des allumettes et qu'on ne revoit jamais. » Elle les définit. « Les hommes ne parlent pas d'amour — ni "ma chérie", ni "mon amour". » « Tous sont esclaves. » Elle le connaît bien, l'homme. Elle sait qu'il « ne ferme pas les placards », « ne sait pas où sont rangées les casseroles, les assiettes, les fourchettes à huîtres », « ne trouve pas le beurre dans le frigo », « préfère promener bébé que changer sa couche ». Bref, « c'est ça les hommes ». « Ils sont ainsi faits — c'est leur nature. » Il y a les gens qui savent. Camille Laurens sait. C'est normal, elle est documentaliste. Elle est informée. Elle véhicule un message : depuis la nuit des temps, l'homme est l'homme, et il sera toujours l'homme. L'amour sera toujours l'amour parce que c'est l'amour de l'amour qui est l'amour. C'est beau. Et rassurant. On a envie de le chanter en chœur en se tenant par les épaules avec d'autres gens aussi bien informés. C'est ça, la grande littérature. Celle qui dit les vérités éternelles. Celle qui commence par « depuis toujours ». Celle qui dit ce qu'on sait déjà et ce qu'on a envie d'entendre. Camille Laurens est un écrivain d'aujourd'hui et un écrivain de toujours. Elle appartient à la race des grands littérateurs. Elle a la classe, elle a la stature, elle possède l'envergure des grands littérateurs de naguère, Adolphe Belot, Marcel Prévost, René Maizeroy ou même Paul Bourget. Ils savaient parler de l'homme et de la femme. Avec style. Bien sûr, ils ne connaissaient pas encore la freudolacanerie, alors ils se débrouillaient avec ce qu'ils avaient, la psychologie, la psychiatrie, la morale, la physiologie. Ça faisait bien aussi. À l'époque. Ça plaisait aussi. Ils vendaient beaucoup de livres. Ils recevaient beaucoup de lettres de leurs lecteurs. Camille Laurens est notre Marcel Prévost. Notre René Maizeroy. Avec une pincée de psychanalyse. Mais ça ne change pas grand-chose, c'est pour faire joli. L'amour, dans leurs œuvres, était déjà le même. L'homme, pour eux, était déjà le même que pour la documentaliste, un être égoïste, brutal, hypocrite et surtout infantile. Leurs lecteurs sans doute étaient les mêmes que ceux de Camille Laurens tels qu'elle les montre dans sa nouvelle « J'ai envie de vous connaître » : des maniaques obsessionnels, des pervers, de gentils naïfs, des matrones moralistes, de vieux enfants. Et l'on se dit qu'en plus de toutes les vérités éternelles généreusement dispensées par la documentaliste, une vérité supplémentaire se dégage de son œuvre : on a les amours et les lecteurs qu'on mérite.

L'ÉCRITURE BLANCHE

LA LITTÉRATURE SANS ESTOMAC

Une part notable de ce qui se publie aujourd'hui correspond à un hybride de littérature traditionnelle, ou de certains genres populaires (le roman policier) et de roman expérimental. Jean Echenoz pervertit le roman d'aventures (*L'Équipée malaise*), d'espionnage (*Lac, Le Méridien de Greenwich*), joue avec leurs conventions. Il manipule avec une désinvolture distanciée les péripéties et coups de théâtre du récit traditionnel, personnages perdus, puis retrouvés dans des situations inattendues, intrigues enchevêtrées, le tout truffé de jeux de mots servis sur un ton pince-sans-rire. Dans *Nous trois,* un récit à la première personne alterne avec un récit à la troisième personne, jusqu'à ce que le narrateur à la première personne se révèle être un personnage du récit à la troisième. On peut s'agacer de ces artifices, de cette manière d'envisager la littérature comme une pyrotechnie, on peut y voir un symptôme d'épuisement. Mais l'œuvre d'Echenoz fournit un bon exemple des ressources créatrices que peut tirer la postmodernité de la parodie, du second degré, de l'humour. Les histoires modernes de fantômes peuvent être à la fois drôles et émouvantes. Il est difficile de surpasser dans ce genre *Le Monstre des Hawkline* de Brautigan (et, pour la manipulation du genre policier, *Un privé à Babylone*). Mais Echenoz, avec *Un an,* renouvelle l'histoire de fantômes dans un style plus sobre que d'habitude, assez dépouillé pour que les préciosités n'y paraissent plus qu'un élégant pli de l'étoffe textuelle. La légèreté de sa manière trouve là son accomplissement. On pourrait également citer, dans ce genre, *Le Congrès de fantomologie* ou *Le Démon à la crécelle* de Georges-Olivier Châteaureynaud.

Les techniques nouvelles, les idées inédites présentent un intérêt à la mesure de leur fécondité, de leur capacité à essaimer hors de leur lieu de naissance. Cela n'implique pas nécessairement affadissement ou compromission. Mais l'effacement des genres, la dissipation des personnages, l'éclatement de la narration au profit de la solitude de la voix narrative servent souvent aujourd'hui d'alibis à la simple absence d'exigence et de talent. Le second degré, le détournement, l'absence de récit véritable deviennent des signes d'intelligence et de littérarité qui se substituent à l'invention.

Quelques écrivains contemporains ont ainsi

hérité de certains traits du nouveau roman : de Robbe-Grillet, le goût des choses, du petit détail minutieusement décrit, associé à la quasi-absence de métaphore. De Duras, la petite phrase sèche et le lexique dépouillé. Duras a engendré une postérité où grouillent des auteurs d'une étonnante stupidité, comme Emmanuelle Bernheim (dont Philippe Sollers recommande la lecture) ou Pascale Roze. En revanche, ces écrivains ne refusent pas la narration traditionnelle et les personnages. On raconte toujours une histoire. Mais l'origine des personnages doit rester floue, et le dénouement équivoque. Le réalisme, avec ses toponymes, ses noms de personnages, ses descriptions, est esquissé à petites touches, mais tellement appuyées qu'elles deviennent burlesques. La bizarrerie gratuite dans le réalisme fonctionne alors comme alibi littéraire, touche d'originalité.

On trouve fréquemment de tels écrivains aux éditions de Minuit. Cette maison tend à se tourner progressivement vers le roman psychologique, comme en témoigne la présence à son catalogue d'auteurs tels que Jean-Michel Béquié *(Charles)* ou Caroline Lamarche *(La Nuit l'après-midi)*. Mais la spécialité Minuit est aujourd'hui le petit récit vétilleux, sans guère d'événements, qui creuse des objets et des situations ordinaires au moyen d'une langue pleine d'affectation, en prenant un air délicatement hébété. La vétille devient un genre. Les livres de

Christian Oster ou de Tanguy Viel ne manquent pas d'intelligence. Ils manquent d'intérêt. Ils sentent la littérature morte, le sous-Beckett exténué. Tanguy Viel parvient à écrire un roman, *Cinéma,* uniquement en racontant son film préféré, qu'il assortit de quelques commentaires :

> Mais ici c'est différent, il y a une histoire dans l'histoire mais c'est toujours très clair, toujours une histoire après l'autre, dans le plus grand respect du spectateur, et c'est pour cela que Milo est venu le samedi déposer des indices qui confondent Andrew, ce qu'on n'apprend normalement que vingt minutes plus tard étant donné que la première fois qu'on voit le film, à cet instant précis on croit toujours que Tindle est mort et si je le précise tout de suite, c'est simplement parce qu'il est impossible de tout raconter à la fois, et il faut bien que je me repère aussi dans le film et sa chronologie.

Passionnant. Les libraires font bien de parer l'ouvrage d'une jaquette proclamant « Attention talent », on aurait pu ne pas remarquer. Du même jeune homme talentueux, *Le Black Note,* dont le titre seul odore puissamment l'œuvre mode et le calembour en première page de *Libération,* raconte les malheurs des jeunes membres d'un groupe de jazz :

> Son nom à lui, le batteur, c'était Elvin, et l'homme à la contrebasse, Jimmy, comme

Jimmy Garrison. En vrai, c'était Georges à la contrebasse, celui-là qui vient me voir quelquefois, c'est lui qu'on appelait Jimmy. Et Elvin, en vrai, qui passe ses journées maintenant sur le solarium, Elvin c'est Christian. Mais on ne s'appelait jamais en vrai, ni Paul : c'était toujours John. Pour Georges, on avait hésité longtemps avec Charlie, comme Charlie Mingus. Mais pour finir on avait choisi Jimmy, car pour finir on avait respecté son choix personnel, et il avait de l'admiration pour Jimmy, plus que pour Charlie. Aussi c'était à cause de Paul, à cause du quartette de Coltrane, alors il voulait qu'on ait les musiciens du quartette, les vrais des années soixante.

C'est ennuyeux et c'est mal écrit. Mal écrit pour, apparemment, reproduire l'oralité du monologue intérieur du personnage. Mal écrit surtout, et ennuyeux, pour faire littéraire.

À de tels auteurs, la modernité a appris que la littérature n'avait rien à dire. Barthes leur a montré la « fatalité du signe littéraire, qui fait qu'un écrivain ne peut tracer un mot sans prendre la pose particulière d'un langage ». Il a appelé à une « écriture blanche », « innocente » par son « absence idéale de style ». Ils ont retenu la leçon, d'autant plus facilement qu'elle a l'avantage de permettre aux plus dénués de talent de se prendre pour des écrivains. Ils fabriquent donc des romancules qui ne s'engagent pas et qui n'engagent à rien. On les aborde et on les quitte sans émotion. On n'a parfois rien détesté, mais on n'a rien aimé. Ils rencontrent un certain succès critique, en raison même de leur vacuité. On se contente de la simple apparence qu'ils *pourraient* avoir quelque chose à dire, agrémentée d'une lisibilité rassurante. Les fadeurs d'Oster, de Viel, Toussaint ou Redonnet permettent de se donner l'impression de goûter un peu de modernité allégée. Ces écrivains sont parfaitement représentatifs du roman *light* contemporain. Se pencher d'un peu près sur leur prose de ces dernières années est instructif : on y repère les grands traits d'une esthétique du vide.

LES AVENTURES DE CONNIE : MARIE REDONNET

Marie Redonnet a eu l'obligeance d'épargner du travail à la critique en présentant, dans le numéro 2 de la défunte revue *Quai Voltaire,* une exégèse de ses propres œuvres. Écrivant sur les décombres des valeurs, après la mort de Dieu, elle fait appel à la parabole, au conte, « dans des hors-temps et des hors-lieux », pour redonner « histoire, mémoire, corps et voix à ce qui était blanc, pour renouer avec le temps, le monde et son histoire présente. Pour tenter de reposer la question du roman, au moment même où il tente de devenir, via les médias, le bouche-trou de la perte et non son dévoilement... » Lorsquc Marie Redonnet déclare que pour elle « écrire redevient un acte engagé, qui n'a plus rien à voir avec l'engagement sartrien », on se sent tellement plein de bienveillance *a priori* pour ses œuvres qu'on lui pardonne un peu de grandiloquence et qu'on s'y plonge incontinent.

Le « conte » intitulé *Silsie* se recommande de Kafka et rapporte les non-aventures d'une institutrice nommée dans un pays perdu, agrémenté (on s'y attendait) d'un château englouti. Si l'accomplissement d'un artiste se mesure au fait qu'il dit toujours la même chose, Marie Redonnet est un immense auteur. Dans *Forever Valley,* déjà, c'étaient, dans une syntaxe identique, les mêmes ingrédients, vallée au bout du monde, barrage, village submergé, obsession des jolies robes, immanquablement tachées ou déchirées à la fin. Dans les deux romans, l'héroïne est une cruche absolue, qui se laisse chevaucher par tous les mâles de passage (dans *Forever Valley,* les trois douaniers en file indienne, le stagiaire en dernier comme il se doit). Passons sur l'épaisse misogynie de ce genre d'imagination, qui ferait hurler si l'auteur était un homme. Sur ce fond dont la riche teneur symbolique n'échappera à personne, l'institutrice de Marie Redonnet passe son temps à se préoccuper de sa garde-robe, de ses mouchoirs en dentelle et de ses jolies robes brodées au pensionnat. Elle constate, après diverses frasques, que sa « chemise de nuit est toute tachée ». Des notations telles que : « plus on va vers Noël, plus les jours sont courts » ou encore : « le pantalon fuseau, ça fait sport avec un pull-over jacquard, et ça fait habillé avec un body noir » sont là pour mieux faire ressortir les audaces comme le passage où l'héroïne remet la culotte et les socquettes d'une petite fille assise sur des toilettes de train : « je lui ai demandé de sortir parce que moi aussi j'ai très envie d'aller aux cabinets. » Et le lecteur d'être d'autant plus émoustillé que ces ébouriffantes aventures constituent le parcours initiatique d'une niaise échappée de pensionnat. Ce n'est plus Kafka, c'est Bécassine raconté par Duras.

Candy Story pourrait soulager par son côté policier. En réalité, Marie Redonnet y mouline les mêmes obsessions dans le même style ahuri. Le titre, toujours d'allure anglo-saxonne (*Splendid Hotel, Forever Valley, Seaside,* etc.), annonce quelque chose de durassien, de *cheap,* d'artificiel et d'un peu écœurant, comme une glace américaine sucée dans un Disneyland. Encore des considérations de garde-robe (aucune robe à pois, nulle jupe longue ne nous est épargnée), encore des étoiles qui se reflètent dans la mer, comme si Marie Redonnet voulait vraiment donner envie de frapper à coups de pelle son héroïne-narratrice : « le jaune, c'est ma couleur préférée quand je vais à la mer parce que je trouve que ça s'accorde avec le bleu et que ça boit toute la lumière. » Dans ce récit grouillent des personnages à l'improbable nom monosyllabique, dans un système de relations et de ressemblances aussi mouvantes et compliquées que dénuées d'intérêt. On assiste à une sarabande de silhouettes plates qui se confondent. La phrase type du roman se présente dans ce genre : « Madame Irma était la sœur de Madame Aima chez qui Ma était venue vivre après la mort de Madame Irma. »

Dans ce « poème d'amour » (comme le proclame, très sérieuse, la quatrième de couverture), qui ressemble plutôt à un gag à répétition, il y a aussi une Erma, une Mia (c'est l'héroïne, que tout le monde appelle Candy dès qu'il s'agit d'avoir des « rapports » avec elle, comme elle le dit avec élégance), il y a un Lind, un Li et une Lina, une Lize et une Line qui ne ressemblent pas à Marion, un Lenz qui fait la connaissance de Lize en la prenant pour Lill, tandis que Line rencontre Will, Rotz profite de la mort de Witz pour lui succéder et concurrencer Curtz, contrairement à Wick, ou vice versa, peu importe, Lou et Dilo sont dans un bateau, ils se noient, Yell a un cancer, Trak descend Kell, et à part ça tout le monde finit à la clinique gérontologique. Marie Redonnet n'hésite pas à dédier ce petit remue-ménage de pantins « à la mémoire du juge Giovanni Falcone ». On ne saurait rêver plus d'impudeur alliée à plus de mauvais goût.

On s'étonne que, parmi tous ces diminutifs d'allure américaine, l'auteur n'ait pas songé à celui qui est le plus approprié au caractère de ses héroïnes : *Connie* s'imposait.

Imperturbablement s'entassent, dans ces textes, les répétitions hallucinantes, où le complément renversé en sujet revient comme un culbuto à sa place de complément dans la phrase suivante (« ça n'attire pas le trafic, que ce soit un chemin de pierres sans issue. Le trafic, c'est pour la vallée d'en bas. Je n'aime pas le trafic »). Très vite, le lecteur épuisé s'égare dans le moutonnement aride des phrases sablonneuses s'éboulant sans fin les unes sur les autres. Les petites formules sèches mécaniquement débitées sur le canevas sujet-verbe-complément, l'absence de métaphore, le choix constant des termes les plus plats (les verbes « être » et « avoir » par exemple) participent d'une volonté de désinvestissement. Il s'agit de se situer dans un au-delà de la littérature, dans cette zone pure, sans fautes et sans compromissions, où le langage demeure invulnérable. C'est, à l'exact opposé des déclarations d'intention de Marie Redonnet, ne s'engager ostensiblement en rien afin de mieux paraître tout. L'écriture blême contemporaine n'en finit pas d'imiter Camus et Kafka, sans invention, sans fantaisie, elle s'avère incapable d'amuser, de donner du plaisir ou de donner à penser. Comme l'avait bien vu René Girard, l'écriture blanche n'est que du romantisme dégradé :

> l'esthétique du silence est un dernier mythe romantique. [...] Dix ans ne passeront pas avant qu'on reconnaisse dans « l'écriture blanche » et son « degré zéro » des avatars de plus en plus abstraits, de plus en plus éphémères et chétifs des nobles oiseaux romantiques.

Ils ne veulent pas la solitude, mais qu'on les regarde en proie à la solitude. Ils ne choisissent le silence que comme marque d'honorabilité littéraire, l'insignifiance n'est chez eux qu'une ruse de l'impuissance, qui l'utilise comme apparence d'un sens mystérieux. Dans cette littérature intoxiquée de romantisme frelaté, personnages et objets ne cessent de produire machinalement des signes, précis, scrupuleusement notés, corsages à fleurs, rougeurs subites, mais signes d'on ne sait quoi, signes de rien, signes du fait qu'on est en littérature :

> Monsieur Codi a sorti de son sac de voyage une bouteille Thermos et une boîte de biscuits. Il a voulu que je partage son petit déjeuner. Dans la bouteille Thermos de Monsieur Codi, il y a du chocolat tout chaud. C'est la première fois que je bois du chocolat chaud le matin au petit déjeuner. Il a un goût amer, parce qu'il n'est pas assez sucré.
>
> Les biscuits sont craquants. Monsieur Codi a beaucoup d'appétit. Les biscuits s'émiettent et tombent par terre.
>
> Le train est vieux. Il a une mauvaise suspension. Il a freiné brusquement juste après être sorti de la gare de Sian. J'ai renversé le chocolat sur la couverture de Monsieur Codi. Ça fait une grande tache noire sur les carreaux rouges et verts.

La « grande tache noire sur les carreaux rouges et verts » constitue un bon exemple de construction d'alibi littéraire. L'insignifiance ostentatoire du passage fait converger tous les détails gratuits (chocolat, train) vers le point focal qui les justifie et se donne comme le lieu du sens, ce que suggèrent aussi le jeu des couleurs et le motif éminemment symbolique de la tache sur une jeune fille qui boit du chocolat pour la première fois le matin, le tout retombant sur un silence qui en dit long. Mais la tache noire sur le blanc du sens n'est que la condensation fatale du rien qui la précède, du vide d'une littérature qui fait semblant. Ces gros procédés doivent vouloir dire quelque chose de grandiose, dans le genre : « j'écris par-delà le silence et la mort des valeurs. » La critique (*a fortiori* l'autocritique) d'une œuvre en termes purement symboliques leurre sur sa valeur réelle. Le style seul dit la vérité.

IL EST BEAU LE QUI QUI : JEAN-PHILIPPE TOUSSAINT

Jean-Philippe Toussaint, à qui *La Salle de bain* avait constitué un pécule d'estime mérité, que *Monsieur* et *L'Appareil photo* n'ont pas dilapidé, a publié en 1991 *La Réticence*. Le principe est en gros le même que chez Redonnet : on garde le cadre (narration traditionnelle, personnages, effets de réel) mais on le vide de son contenu. Le personnage-narrateur, certes, s'inscrit dans la tradition des désœuvrés s'ennuyant dans un hôtel de bord de mer, mais, nouveau père, il est encombré d'un bébé qu'il trimbale dans une poussette, mélange intéressant de réalisme sociologique et de saugrenu. Voilà déjà bien de l'originalité. Une bonne partie de la tension romanesque repose sur les hypothèses suscitées par la présence d'un chat crevé dans le port, décrit avec force détails et variantes minutieuses destinées à faire naître le soupçon. On fixe l'attention sur un point nul pour qu'il paraisse fascinant : l'illusion d'optique tient lieu d'ouverture du sens.

À part ça, le vacancier du roman passe son temps à se demander si des amis qu'il connaît sur l'île y séjournent aussi ou pas, et dans ce cas s'ils se cachent et le surveillent, à pénétrer chez eux sans y trouver personne, mais on ne sait jamais, etc.

L'ennui engendré par cette histoire et ce réalisme déréalisé est tel qu'il faut bien, comme chez Redonnet, faire tache, disposer quelques traces dans la steppe. L'auteur s'amuse à conclure des descriptions oiseuses par de petites incongruités. Surtout, il adopte, en guise de style, une espèce d'afféterie syntaxique, un *truc,* tellement exploité, surexploité, ressassé qu'il finit par provoquer la nausée. Ce truc consiste à éloigner la relative de son antécédent. Au lieu de se contenter de l'ordre sujet-relative-verbe, on reporte la relative en fin de phrase. Des pages entières sont en proie à ce procédé : « La route était toujours déserte en face de moi, qui s'était enfoncée dans un bosquet... » ; « L'homme ne m'avait toujours pas vu, qui continuait de ratisser... » ; « Le parc était très sombre en face de nous, dont les grilles étaient ouvertes au bout de l'allée de gravier... » ; « L'homme m'avait vu maintenant, qui cessa de ratisser... »

Pour ne pas avoir l'air trop plat, Toussaint fait dans la phrase complexe et le précieux bon marché, l'équivalent contemporain du « me font vos yeux beaux mourir, belle marquise, d'amour ».

Ces *qui qui*, il y en a en permanence un tel engorgement que cela tourne au galimatias :

> Mon fils était réveillé maintenant, que j'entendais gazouiller derrière moi dans la chambre, et je me retournais de temps à autre pour le regarder jouer dans son lit de voyage, qui s'amusait avec la vieille sandale en plastique que nous avions trouvée sur la plage quelques jours plus tôt, qu'il était en train d'essayer de plier en deux sans succès...

Dans l'hypothèse optimiste, on suppose qu'il faut trouver amusant ce fils essayant de plier la plage en deux.

Si Marie Redonnet affecte de rédiger de pimpantes rédactions de sixième, Jean-Philippe Toussaint se relâche, bavarde, bafouille. On appellera ça désinvolture, ça fait chic.

Dans *Télévision*, le personnage principal entreprend de se désintoxiquer de la télévision. Toussaint a réussi, lui, à se désintoxiquer des *qui qui*. Il y a tout de même des rechutes pénibles :

> La règle, une fois de plus, semblait se vérifier, que je ne m'étais jamais encore formulée clairement, mais dont la pertinence m'était déjà bien souvent apparue en filigrane, qui voulait que les chances que l'on a de mener un projet à bien sont inversement proportionnelles au

temps que l'on a consacré à en parler au préalable.

En dehors de ces élégances, il s'agit d'un roman engagé. Engagé contre la télévision. On y trouve des remarques de cette force :

> Mais, à peine notre esprit, alerté par ces signaux, a-t-il rassemblé ses forces en vue de la réflexion, que la télévision est déjà passée à autre chose, à la suite, à de nouvelles stimulations, à de nouveaux signaux tout aussi stridents que les précédents, si bien qu'à la longue, plutôt que d'être tenu en éveil par cette succession sans fin de signaux qui l'abusent, notre esprit, fort des expériences malheureuses qu'il vient de subir et désireux sans doute de ne pas se laisser abuser de nouveau, anticipe désormais la nature réelle des signaux qu'il reçoit, et, au lieu de mobiliser de nouveau ses forces, en vue de la réflexion, les relâche au contraire et se laisse aller à un vagabondage passif au gré des images qui lui sont proposées. Ainsi notre esprit, comme anesthésié d'être aussi peu stimulé en même temps qu'autant sollicité, demeure-t-il essentiellement passif en face de la télévision.

La théorisation verbeuse engendre inexorablement la tarte à la crème sociologico-journalistique : la télévision favorise la passivité. Et désormais, grâce à Jean-Philippe Toussaint, nous savons pourquoi. On se demande tout de même si la révélation justifiait un roman. Les articles de *Télérama,* sur le même sujet, sont plus clairs, et ils ne se donnent pas pour de la littérature.

Pour être honnête, on ne peut pas dénier à ce texte certaines réussites dans le genre humour pince-sans-rire, clownerie imperturbable. Mais le problème de *Télévision* est d'ordre économique. Ces quelques facéties exigent une longue préparation, la description minutieuse de détails oiseux. Toussaint reste ici fidèle à lui-même, à sa manière de faire vaciller insensiblement la réalité dans l'incongru. Hélas, il lui faut à présent deux cent soixante-dix pages et d'interminables descriptions pour y parvenir.

AMOUR ET PIZZA : EMMANUELLE BERNHEIM

Le vertige saisit parfois le lecteur devant les abysses que font béer sous ses yeux maints produits de l'industrie éditoriale, comme *La Surface de réparation* de François de Cornière, ou *Le Chasseur Zéro,* de Pascale Roze, prix Goncourt 1996. Les Bovary modernes de l'écriture sont nourries à la lecture assidue des articles de *Marie-Claire* ou de *Biba.* Le Homais littéraire préfère logiquement le foot et la conversation de bistrot. Dans la prolifération actuelle de cette littérature molle, Emmanuelle Bernheim peut faire figure de chef de file. Les titres des ouvrages de cet auteur qui monte (prix Médicis 1993, trois romans repris en collection « Folio ») témoignent de l'intensité heideggerienne de ses préoccupations : *Un couple,* ou *Sa femme.*

Gérard Genette a indiqué ce résumé possible de *À la recherche du temps perdu* : « Marcel devient écrivain. » C'est assez juste, mais on sent qu'il manque quelque chose. Si l'on appliquait la même méthode à *Vendredi soir* d'Emmanuelle Bernheim, cela donnerait : « Laure couche avec Frédéric à la veille d'emménager avec François. » Or, dans ce cas, on s'aperçoit que tout y est : la signification entière du livre tient miraculeusement dans ces onze mots (il est vrai que le volume n'en contient guère plus). Pourquoi ne pas publier ce type de romans sous cette forme condensée ? Personne n'y perdrait rien. Un feuillet suffirait. Belle économie.

Mais Emmanuelle Bernheim est un écrivain, que diable ! Le sens de son travail réside dans les détails. Par exemple, un code se cache sans doute dans le choix des prénoms masculins : Frédéric, François. Frédéric François. L'allusion musicale cryptée désigne l'artiste dont les airs constituent le fond le plus apte à entrer en harmonie avec les subtils accords égrenés par Emmanuelle Bernheim.

On découvre, dans *Vendredi soir,* des notations de cette puissance : « Il alluma une cigarette. Sa bouche ne se crispait pas sur le filtre, elle le serrait à peine. Laure remarqua, à droite, sur sa lèvre supérieure, une petite trace de nicotine. Sans doute avait-elle un goût amer. » On y trouve aussi des récits haletants :

> Il releva le col de sa veste.
> Elle mit ses gants de laine.
> Il lui prit le bras.
> — Marchons.
> Ils marchèrent.

L'auteur fait preuve d'un sens aigu de l'observation : « Elle ne voyait rien que le visage de Frédéric qui grandissait lorsqu'il s'approchait du sien et rapetissait lorsqu'il s'en détachait. » Certaines questions métaphysiques nous bouleversent (il s'agit d'un chauffeur de taxi) : « Son siège est recouvert d'une housse de billes de bois. Laissent-elles des marques sur sa peau ? » Le suspens érotique est insoutenable. L'héroïne déshabille le héros et s'apprête à l'action. Une question essentielle l'arrête : « Par où commencer ? »

Puis le récit s'emballe, la passion se déchaîne. Magnifiée par l'amour, après une bonne fellation sur préservatif, Laure s'abandonne à tous les excès, comme en témoigne cet épisode brûlant : à la pizzeria, on apporte les *antipasti* aux deux amants.

Laure lui tendit son assiette.
— Je veux de tout.

Alors ce récit austère et dépouillé, dédaigneux de la métaphore, s'élève jusqu'au symbole, dont les éléments sont fournis par la pizza brûlante comme la passion unissant Frédéric et Laure : « Le cuisinier enfournait deux pizzas, exactement pareilles, les leurs. » Enfin, culminante audace, la pizza devient emblème de la joie : « Avec en son milieu un anchois presque horizontal, sa pizza, telle une bonne grosse figure, paraissait lui sourire. »

Là, on regrette presque un manque d'ambition. Métaphysiquement parlant, il y aurait encore beaucoup à tirer de la pizza, ce grand thème moderne également traité par Marie Darrieussecq. Il faudrait interroger la tomate, fouiller le lardon. Espérons que dans son prochain ouvrage, Emmanuelle Bernheim creusera le sujet. Conseillons-lui la variété dite *calzone,* sans doute la plus riche de résonances quant à ses thèmes de prédilection.

Vous n'avez rien à dire. Rien à raconter, à part une histoire banale et inepte. Vous ne savez pas écrire, sinon sous la forme d'un plat compte rendu. Vous voulez être un écrivain ? Rien de plus simple, rien de moins fatigant. Apprenez à faire résonner la platitude.

Mais comment ?

L'alinéa ! Écrivez, comme vous savez le faire, une phrase bête et creuse. Au lieu de poursuivre, allez à la ligne. Écrivez une autre phrase bête et creuse. Tout à coup, ça vous prend une autre allure : ça vibre, c'est lourd de sens. Tout le blanc se charge d'intensité émotive, de non-dit furieusement significatif. Moins on en dit, plus on laisse supposer qu'on en a à dire. L'opération est tout bénéfice : d'un côté, on peut se targuer de ces qualités très françaises : sécheresse du style, laconisme de bon goût, concentration des effets ; de l'autre (dans le blanc de l'alinéa), le sens accourt comme un seul homme à votre appel. *Vendredi soir* ne s'en prive pas : toute nouvelle phrase, ou presque, entraîne un nouveau paragraphe. Le tirage à la ligne répond aussi à une nécessité très concrète : son absence sidérale de matière oblige l'auteur à étirer au maximum le très peu dont elle dispose. On découvre, avec Emmanuelle Bernheim, ce mystérieux objet de l'espace littéraire : le livre constitué d'antimatière, particules de moins que rien dérivant dans le vide absolu.

Toutes les fins de ces romans se ressemblent : il faut en conclusion, avant le silence le plus définitif, placer le détail le plus oiseux, qui paraîtra ainsi richement symbolique tout en restant bien concret :

> Elle se rendrait près de l'arbre et là, elle retrouverait Frédéric.
>
> Peut-être.
>
> Elle étendit ses jambes, ferma les yeux.
>
> Et, du plat de la main, elle lissa sur ses cuisses sa jupe rouge.

Que faut-il penser de ce détail final ? Rien, bien entendu. Il suffit amplement qu'il paraisse donner à penser.

gées accordent souvent un seul homme à [illegible] [illegible] chaque nouvelle phrase, ou presque, entraîne un nouveau paragraphe. Le retour à la ligne répond aussi à une nécessité très concrète : son absence sidérale de matière oblige l'auteur à étirer au maximum le très peu dont elle dispose. On découvre, avec Emmanuelle Bernheim, ce mystérieux objet de l'espace littéraire : le livre constitué d'antimatière, particules de moins que rien dérivant dans le vide absolu.

Toutes les fins de ces romans se ressemblent et il faut en conclusion, avant le silence le plus définitif, placer le détail le plus obscur, qui paraîtra ainsi richement symbolique tout en restant bien concret :

> Elle se rendrait près de l'arbre et là, elle retrouverait Frédéric.
>
> Peut-être.
>
> Elle replia ses jambes, ferma les yeux.
>
> Et du plat de la main, elle lissa sur ses cuisses sa jupe rouge.

Que faut-il penser de ce détail final ? Rien, bien entendu. Il s'agit simplement qu'il puisse donner à penser.

LE RAVI DE LA CRÈCHE : CHRISTIAN BOBIN

Le minimalisme, dans ses formes les plus pathologiques, peut aller jusqu'à la mystique. La pauvreté littéraire ne pouvait qu'être franciscaine : entrée, yeux pudiquement baissés et sandales de moine, de Christian Bobin. Philippe Muray, dans « La littérature à dormir debout » (*L'Atelier du roman,* n° 3, novembre 1994), a brillamment analysé le monde bobinesque, pays de cocagne plein de jolis sentiments et de sucreries moralisantes, « petit monde doux, lent, sérieux, rustique », où « les enfants apprennent la musique », où « on parle à la lumière », et nous ne nous attarderons pas. Christian Bobin écrit des litanies à la gloire de la Sainte Trinité. Depuis qu'il a découvert le Verbe, il continue à s'émerveiller qu'on puisse y associer le Sujet et le Complément. Alors il réitère la formule, comme on fait tourner un moulin à prières. Belle ascèse. Appliquez l'écriture bébête de Marie Redonnet à des sujets religieux, ajoutez un zeste de réminiscence de Péguy, vous obtenez *Le Très-Bas* : « c'est une phrase qui est dans la Bible. C'est une phrase du livre de Tobie, dans la Bible. La Bible est un livre qui est fait de beaucoup de livres, et dans chacun d'eux beaucoup de phrases, et dans chacune de ces phrases beaucoup d'étoiles, d'oliviers et de fontaines, de petits ânes et de figuiers [...]. » Merveilleux progrès, car du coup, le niais dans le biblique, ça fait petit frère, moine simplet, proche du Seigneur. Appelons cela le style « ravi de la crèche ». Le ravi de la crèche, comme tous les adeptes de l'écriture blanche, aime bien mettre des points un peu partout et construire des phrases nominales. Il ne dit pas : « Lise et Albe ne se quittent plus », mais, comme dans *La Femme à venir* : « Lise et Albe. Elles ne se quittent plus. » Le point marque le moment du ravissement. Il convient de s'arrêter devant ce spectacle adorable : Lise et Albe. C'est elles, c'est bien elles. Un sourire angélique se dessine sur la face du ravi, il croise ses petits doigts boudinés et se fige dans une extase rituelle. À tous les coins du discours, les points immobilisent des essences. Ce monde enchanté grouille d'en-soi, et l'en-soi, c'est bon.

Chez Christian Bobin, les objets de comparaison ont toujours une grande qualité poétique, ce ne sont qu'étoiles, fleurs et orages. Les amants se donnent rendez-vous dans des phares abandonnés, les femmes portent toujours des robes blanches toutes simples, comme dans les feuilletons télévisés sentimentaux (« ainsi vous ai-je vue avancer dans la poussière d'été, toute légère dans votre robe toute blanche »). Ce fétichisme de la petite robe blanche a ses obsessions et ses rituels. Comme chez Redonnet, la robe blanche doit nécessairement, à un moment donné, recevoir une tache symbolique :

> Elle est dans les cuisines. Un garçon lui tend une serviette humide. Elle ne remercie pas, ne voit que la main, prend la serviette, remonte un peu sa robe, oh très peu, pour mieux voir, deux taches, c'est malin. Elle frotte la robe, avec trop de force. Le rouge devient rose. La tache s'élargit, le cœur s'agrandit, il prend toute la place, qu'est-ce qui se passe, elle lève la tête, enfin elle le voit. Immobiles tous les deux. Immobiles dans la passion à venir, déjà là. Tyrannie de l'amour.

Tyrannie de l'amour, certes, cependant même les amants volages sont fidèles et polis, chez Christian Bobin. Lorsqu'ils ont envie d'aller voir ailleurs, ils ne disent jamais : « je m'ennuie, j'ai envie d'aller voir ailleurs », mais, plus noblement :

> Il y a des chemins en moi, des impatiences. Je dois les épuiser. Il y a des enfances en vous, d'autres visages dans votre visage. Laissez-les venir au jour, fleurir et se faner. Je ne vous demande pas de m'attendre. Il n'y a pas d'autre attente que de vivre.

Chez le ravi, tout cst beau, noble, pur, gentil. Méfions-nous toutefois des gens qui paraissent si dépourvus de méchanceté. Les simples ne font pas les simples, les vertueux ne font pas les purs. Gardons-nous des messieurs qui nous parlent des petits ânes d'un air pâmé. Certains individus en apparence inoffensifs s'avèrent plus dangereux que de franches ordures : ils parviendraient à vous faire haïr la bonté, la douceur, la sérénité, cependant si désirables, comme ces dames patronnesses au sourire figé sur une charité machinale. Christian Bobin est à la littérature ce que sont les paires d'individus en bleu marine qui sonnent à votre porte en vous demandant si vous voulez connaître la vérité. On sait qu'on ne se laissera pas embobiner. On connaît par cœur leur discours, on n'espère pas les sortir de leur inflexible hébétude. La seule chose à faire, c'est d'essayer de les éconduire gentiment.

LE ZÉRO ABSOLU : PASCALE ROZE

Le prix Goncourt 1996 est très significatif de l'évolution de la littérature pour amateurs éclairés vers le créneau vendeur. *Le Chasseur Zéro,* de Pascale Roze, représente le croisement parfait entre deux espèces, l'écriture blême post-durassienne et le folklore psychologique de grande consommation. Cela ne pouvait qu'être couronné dans le temple du mitigé, le Saint des Saints du ni chèvre ni chou installé chez Drouant. *Le Chasseur Zéro,* c'est l'enfant mort-né de la modernité et du roman-photo. Le nom de l'héroïne est significatif : *Laura Carlson.* On ne pouvait imaginer meilleur intermédiaire entre Aurelia Steiner et la dernière fiancée de Johnny dans *Voici.* Le devenir-roman photo de la modernité, comme aurait dit Deleuze. Penchons-nous un instant sur le cadavre. Nous apprendrons peut-être comment ces petits monstres se reproduisent.

On est d'emblée frappé par la dégénérescence de la plupart des organes : intrigue, personnages, syntaxe sont exsangues et rabougris. Le symptôme est clair : rachitisme intellectuel et créateur. La chose est toute petite (cent soixante pages, gros caractères) et dépourvue de toute espèce d'ambition. Une jeune fille qui a perdu son papa raconte son enfance coincée chez ses grands-parents, son adolescence coincée, la découverte de son corps, la manière dont elle arrive quand même à coucher avec des garçons et devient une grande jeune fille coincée qui rate son suicide et ça continue, la dernière page relance le suspense. On reste sur cette angoisse : deviendra-t-elle une femme mûre coincée ?

Le style devient vite crispant tant il est prévisible, dans l'emploi du détail significatif, par exemple. L'héroïne a des problèmes dans sa tête. Elle tente d'assassiner sa grand-mère en ne prévenant pas son grand-père qu'il risque de lui verser (sur la grand-mère) une casserole de lait chaud sur les cuisses. Accablée de remords, elle sort. Il pleut. Et c'est le choc, brutal, cruel : « Je me tordis la cheville dans un caniveau. Une eau boueuse me gicla sur les jambes et s'écrasa en étoile au bas de mon manteau. » fin du paragraphe, deux lignes de blanc. Quelle violence retentit dans le silence qui suit cette explosion de boue ! C'est aussi sec que la réalité, aussi précis (« en étoile »). Ça n'a pas l'air symbolique mais ça l'est tellement, la macule, l'étoile, la culpabilité après la pureté (le lait, bien sûr). Terrible. Tache de chocolat, tache de vin, tache de boue : les exégètes du futur vont se régaler. On imagine les essais : *Le Roman au XXe siècle. Histoires de taches.*

La petite phrase sèche, qui n'a l'air de rien mais qui en dit beaucoup, se porte bien en ce moment. Pascale Roze applique scrupuleusement la recette. Elle ne présente que des avantages : d'abord ce n'est pas fatigant pour l'auteur. Ensuite c'est confortable à la lecture, on ne risque pas de déraper dans les subordonnées ou de buter sur un mot difficile. Rien de tel qu'une suite de petites phrases pour faire intense, pour faire voix entrecoupée, dans une scène d'amour par exemple : « Il vient sur moi. Je ne sais plus qui est là. Il devient fou. Il s'acharne. Il cogne pour entrer. Il va rentrer. Je lutte et tout d'un coup j'entends un hurlement suraigu. Et ce hurlement me pénètre, me traverse » (tout y est, folie, hurlements, il entre, il va entrer, il n'est pas encore entré, il ne va pas tarder à entrer, il tire la chevillette, etc.), ou encore, lors d'un accès d'inquiétude : « C'est plus fort que moi. C'est ma famille. C'est inscrit au fer rouge dans ma chair. Je n'y peux rien. Je m'enferme dans ma chambre. L'air vibre d'un ronronnement sourd. On dirait qu'il se cogne aux murs, au plafond. On dirait un marteau-piqueur. Cette fois, j'ai peur. J'ouvre la fenêtre. »

Ici, on espère un saut libérateur. Malheureusement, nous ne sommes qu'à la page 42, il nous faudra patienter, l'héroïne ne se suicide pas tout de suite.

Bien entendu, il fallait autre chose que l'éternelle histoire de la petite fille qui a eu des problèmes dans les années cinquante avec sa famille et qui finit par découvrir la vie. Il faut, pour que ce soit tout à fait de la littérature, le petit truc un peu bizarre ou exotique qui va légèrement décoller de la platitude, et en même temps donner à ce récit anonyme sa couleur, son identité. Ce que les rockers appellent un *gimmick,* un bidule sonore qu'on place pour retenir l'attention, pour faire pop. Un *advertising gimmick* est une trouvaille publicitaire. Cette trouvaille donne son titre au roman de Pascale Roze : *Le Chasseur Zéro.* Car le papa américain de Laura s'est fait tuer durant la guerre du Pacifique, sur un cuirassé attaqué par un kamikaze dans son fameux *Mitsubishi Zéro.* Et Laura a des bourdonnements. Elle a un kamikaze dans les oreilles (vrrrrrr). Il pique vers le navire pour mourir, et la tête de la pauvre Laura explose (boum). Symbole, ou Allégorie, on les aura reconnus. Allégorie de l'angoisse, de la mort, de l'absence du père, puisqu'il s'agit d'un roman sur l'absence du père. Notons le détail significatif qui jette une certaine lumière, je crois, sur ces graves problèmes identitaires : *Roze* est l'anagramme de *zéro.*

Du côté du symbole, Pascale Zéro n'épargne rien à son lecteur. Les amateurs de clichés sont largement servis.

Cliché 1 : la libération de la jeune fille coincée grâce à la nature découverte en colonies de vacances. C'est l'occasion de la figure obligée dite de l'« extase panthéiste » : « Ma maladresse avait disparu. Je me sentais devenir un buisson, un sapin, un oiseau, un caillou, un nuage. » Le sujet pris d'extase panthéiste s'identifie toujours à un nuage ou à un oiseau ou à un caillou (les deux premiers pour le céleste valorisant, le dernier pour l'humilité de bon goût). Jamais à rien de très précis. On a beau être panthéiste, il y a des limites. Jamais à une crotte de chevreuil, à un lépisme ou à un *satyre puant,* lesquels, d'un point de vue panthéiste, sont pourtant d'une égale dignité. Ce doit être que le panthéisme littéraire exige le flou et l'honorable.

Cliché 2 : la jeune fille découvre son corps (et sa beauté) en se savonnant sous la douche (voir à ce sujet une grande quantité de films et de feuilletons américains, dont on ne doute pas que Pascale Zéro se soit inspirée). Elle a de longues jambes (on l'aurait parié), des seins lourds (on en était sûr). « J'étais troublée. Car qui étais-je : celle qui lavait ou celle qui était lavée, celle qui donnait ou celle qui recevait les bonnes frictions savonneuses ? À me poser ces questions, je vidais la réserve d'eau chaude. Il y avait un miroir dans le couloir des douches. Je ne pouvais pas m'y regarder toute nue. Je m'y arrêtais longtemps drapée dans mon peignoir et je dévisageais mon image en répétant doucement : "Laura, Laura Carlson." J'étais moi et une autre jusqu'au vertige. » Voilà une image fabuleusement neuve, que celle de l'adolescent qui répète son nom devant le miroir. Mais il faut reconnaître que décrite dans ce style impressionnant d'originalité et de finesse, à coups de « bonnes frictions savonneuses », l'antique scène du miroir assortie des rituels « Qui suis-je ? Où vais-je ? » prend un relief extraordinaire.

Cliché 3 : tout recommence à la fin, encore la même chose mais on fait comme si ce n'était pas la même chose, on fait semblant de ne pas voir ce qui est évidemment là, vieille ficelle des récits d'angoisse. L'héroïne repose à l'hôpital après son suicide : « Mes affaires sont rangées, maman va venir. On entend ici un curieux ronronnement. L'infirmière dit qu'il provient du radiateur. »

On ne s'attardera pas trop sur les clichés de détail, du plus pur style collection Harlequin, il y en a trop dans ce genre : « Ce fut pendant que j'étais assise à côté des étudiants [...] que je sentis les premières atteintes du désir » ; si on subit toujours « les premières atteintes » du désir chez Pascale Zéro, on est aussi forcément « inondé de larmes, de sueur, de sang, de joie » lorsqu'on fait l'amour. Quant à la discipline, elle n'est pas de zinc, elle n'est pas de tungstène, non, la discipline est « de fer ». N'oublions pas l'indispensable « ça », accessoire obligé de tout lyrisme du corps : « Ça hurle. Ça rugit. Ça me traverse, me révulse. » L'épreuve passée, gare : « Je prends mon élan. Je deviens forte. Je vais boire un verre de sangria et je danse avec n'importe qui. Je crie ma joie en dansant. » On en reste impressionné. Quant à « cette blessure secrète » pour les règles, on peut y voir un vieux relief d'« écriture des femmes » achevant de rancir dans les magazines pour salon de coiffure.

Il y a certes peu d'honneur à tirer de l'extermination des insectes. On se sent d'abord porté à abandonner les Bernheim et les Roze à leurs préoccupations infimes. On les regarde grouiller distraitement. On s'amuse à observer comment leurs petites forces, leurs microscopiques intelligences se mobilisent pour véhiculer d'insignifiants fétus. Mais aucune œuvre n'est complètement dépourvue de conséquences. Il s'agit d'une question plus grave que la nullité de tel ou tel auteur. L'invasion de ces niaiseries étouffe la littérature française. Celle-ci se confond de plus en plus avec cette nouvelle forme de dignité bourgeoise, le roman décoratif : petit récit, histoire de famille, d'éducation, rencontre amoureuse, mettant en scène un petit personnage sans identité trop définie, protagoniste de petits événements sans trop de poids, le tout rapporté dans un langage pas trop compliqué, encombré de clichés. L'édition produit, la critique défend, sous le masque de l'exigence, de la littérature bas de gamme.

INTERLUDE

Projet de machine à poésie

> On peut dire qu'il ne demeure dans la pratique majoritaire du vers libre commun que ce que Réda appelle très justement le « poteau : ATTENTION POÉSIE ».
>
> Jacques Roubaud,
> *La Vieillesse d'Alexandre*

Il y a un siècle, alors que le sonnet faisait fureur en France, Georges Auriol avait eu l'idée de rationaliser la création poétique. Il s'agissait de passer de l'âge artisanal à l'âge industriel. On standardisait la fabrication des voitures, pourquoi pas celle des vers ? Auriol avait donc inventé la Manufacture Nationale de Sonnets. Cette utile institution produisait ce genre de texte :

Quand la tomate au soir, lasse d'avoir rougi,
Fuit le ruisseau jaseur que fréquente l'ablette,

J'aime inscrire des mots commençant par des j
Sur l'ivoire bénin de mes humbles tablettes.

Parfois, je vais errer sur le vieux tertre où gît
Le souvenir dolent des pauvres poires blettes,
Et puis je m'en reviens, tranquille, en mon
[logis
Où mon petit-neveu tranquillement goblette.

Alors, si le dîner n'est pas encore cuit,
Je décroche un fusil et je mange un biscuit
Avec mon perroquet sur le pas de ma porte ;

Je laisse au lendemain son air mystérieux,
Et mon esprit flâneur suit à travers les cieux
Le rêve qui troubla l'âme du vieux cloporte.

Cela ne voulait rien dire (les poèmes néo-mallarméens publiés à la même époque dans *La Phalange* n'avaient pas l'air non plus très clairs) mais c'était amusant. Malheureusement, la Manufacture Nationale de Sonnets, conçue pour produire *ad libitum* de la poésie, n'a pas eu le succès escompté.

Si le précurseur n'a pas été compris, son idée, pourtant, était bonne. Il suffirait de quelques ajustements, d'une petite modernisation, et on pourrait la reprendre utilement. De nos jours, trop de poètes encore produisent, au prix de veilles épuisantes, d'angoisses dont on n'a pas idée, de tortures mentales inouïes, une quantité somme toute assez restreinte de textes compte tenu de l'énergie dépensée. Ces œuvres, ces gouttes de sang extraites par le poète de ses veines, vont se dessécher dans des plaquettes et des revues confidentielles achetées (mais tout de même pas lues) par la femme du poète, la mère du poète et parfois le collègue du poète. En termes économiques, c'est une perte sèche. Du point de vue humain, c'est inadmissible. L'invention de la machine à laver a débarrassé les femmes d'une lourde tâche (lorsque les femmes seules se chargeaient du linge). Le poète est un être fragile et délicat. Inventons-lui la machine qui lui rendra la vie plus légère, sans nous priver de notre indispensable ration de poésie.

Notre tâche sera facilitée par le fait que beaucoup de poèmes s'élaborent selon des recettes identiques. À chaque époque son académisme. Vers 1830, lacs, nacelles, cascatelles proliféraient. Il fallait des larmes, de l'éloquence, du flou, de l'apostrophe (Ô !), des cheveux bouclés, une bonne muse et une grosse potée d'alexandrins. Lamartine avait sévi. De nos jours, l'académisme n'est plus le même. Certains poètes semblent considérer que la poésie est forcément quelque chose de compassé, vague et un peu triste. On doit s'y ennuyer de manière distinguée, en écoutant de jolis mots et quelques métaphores de bon goût. Alain Veinstein est le modèle du poète académique contemporain. Il sait distiller l'ennui par une abstraction assortie d'images discrètes, avec du corps quand même, pour donner un peu de gras. Écoutons son chant, tel qu'il s'élève entre les pages de *Tout se passe comme si* :

Faire le vide aussi bien,
tout reprendre à la base
comme s'il n'était plus question de dalle...
S'appuyer sur une poignée de mots,
Les rayons d'une roue...
Tout ce que j'écris avec ces pauvres mots
Est si proche, et en même temps si lointain...
Si c'était vrai ce que je dis —
appuyé là sur un coude
dans l'obscurité,
main tendue une poussière de seconde,
main tendue
dans le sifflement des mots

Le poète académique a compris qu'on n'est pas poète sans absence ni obscurité. Alain Veinstein en possède d'importants stocks :

Dans la terre, il y a des traces de pas
De plus en plus profondes —
Mais perdu ici, dans l'absence,
J'attends le premier venu

Parmi les divers sous-modèles académiques qui se portent en ce moment, l'amateur peut trouver le caillouteux-métaphysique. Courte méditation sur un bout de montagne. Fulgurances à la campagne. S'écrit en velours côtelé et chapeau de feutre. Arbres, pierre, lumière, ciel, silence, visage, secret. Gilles Lades :

Contre l'œil
La forêt

Mémoire pauvre

Un secret de tristesse se perd loin de la face

Et dans le brou de lumière disparaît
Même le visage natal
Même soi, sueur et cendre

Bernard Vargaftig fait preuve d'un peu plus d'audace peut-être dans l'incompréhensible, dans la superposition du concret et de l'abstrait. S'il affectionne les mots en -ment, il connaît la nécessité, lui aussi, du silence, du cri et de la déchirure, aucun des accessoires obligatoires ne manque à sa panoplie. On doit ne pas savoir de quoi on parle, mais éperdument, comme en témoignent ces extraits de poèmes publiés dans *Conférence* n° 10-11, printemps-automne 2000 :

Respiration tout à coup
Renversement changé en distance
Quand le déchirement se fait
La clarté l'aveu toujours si insoumis
Auquel chaque instant impatiemment
[ressemble

La peur et le début l'image
Que les glaciers précipitent
L'ensoleillement n'est-il qu'un cri

Le frémissement existe
Avoir vacillé craque toujours
Où s'accentue la promptitude
À quoi le désastre éperdument consent
La nudité de l'insistance un ravin

Et ce sont, ainsi, des « effleurements » et des « dessaisissements », des « consentements » et des « pressentiments », des « réitérations » et des « stupéfactions ». On ne s'ennuie pas une seconde.

Le métaphysique-imagé-sérieux est un modèle qui exige une vraie maîtrise. Veston, chemise ouverte. Lumière, souffle, visage, miroir, vent, masque, vide, silence et ciel. Bernard Noël est un grand maître contemporain :

La vie est une cascade
Le désir la remonte
tout acte proclame notre liberté
puis l'action se perd dans la multitude

le monde n'est pas fini
et quand le vent se lève
notre visage est différent
l'amour défait l'amour
pour devenir plus que lui-même
qui va mourir
sait que la beauté est inexorable

je regarde ton souffle
l'obscur du temps est un ongle
derrière l'œil
il faudrait tenir sa langue
jusqu'au commencement du monde
la lumière est terrible

Mais les petits maîtres, comme Jean-François Mathé, ne déméritent pas :

déjà tombe à travers la lumière
toute une vide avalanche d'au-delà
qui me laisse debout
enfoui dans la clarté

je n'ai à avancer qu'en moi-même
en poussant sans la déchirer
la mince paroi du souffle

Et tout cela, forcément, en vers libres. Comme le dit Jacques Roubaud dans *La Vieillesse d'Alexandre,* à la question « Qu'est-ce qu'un vers ? » le vers libre répond : « Aller à la ligne. » Et quand va-t-on à la ligne ? Lorsque la phrase ou le membre de phrase est fini. Le vers libre standard, celui qui se pratique couramment, s'adonne ainsi à ce que l'on appelait autrefois l'« analyse logique », par le découpage syntaxique. Cela facilitera le travail des lycéens du futur. On ne comprend pas toujours bien, mais qu'est-ce que c'est beau. Quel besoin de comprendre, d'ailleurs ? Demande-t-on à comprendre la poteric de Vallauris que l'on pose sur le buffet de la salle à manger ?

La fortune souriant à l'audacieux, j'ai eu la chance de tomber par hasard sur le paradigme de la poésie académique moderne, harmonieusement compassée. Celui qui pourrait servir de moule à une standardisation de la production. Le moule en question se trouve en dernière page du n° 13 de la revue trimestrielle *Chroniques de la Bibliothèque nationale de France*. Une référence culturelle. Cette livraison — voyons là un heureux présage — est celle du tournant du millénaire : décembre 2000 — janvier-février 2001, qui sera aussi, si le conservatisme ne l'emporte pas sur l'esprit de novation, celui du renouveau total du mode de création poétique. Je me contente, avant de satisfaire la concupiscence de l'amateur de lignes inégales, de recopier les précisions dispensées par cette gazette digne de confiance sur l'auteur de la merveille :

> Patrick Tudoret, né en 1961, est l'auteur de trois romans publiés aux éditions de la Table ronde : *Impasse du Capricorne* (1992), *Les Jalousies de Sienne* (1994) et *La Nostalgie des singes* (1997).

Je demande à présent au lecteur de bien vouloir respecter le silence le plus absolu, car voici la chose :

Mousson

L'Orient au loin dessine une fleur d'ambre
La nuit calque ses pleurs et ravit les mémoires
Elle s'ouvre encore
À des sillages
Où des moussons intimes
Ont jeté leurs pluies noires
Il reste un peu de vent
Des parfums alanguis
Où meurent trop de visages
Des enfants égarés
Des femmes évanouies
Il reste un peu de jour
Où passent en souffrance
Un amour
Et des yeux sans regard
Et des croix de silence

Ce petit chef-d'œuvre suffirait à lui seul à ruiner l'axiome inaugural de Gombrowicz dans *Contre les poètes* : « Presque personne n'aime les vers, et le monde des vers est fictif et faux. »

Pour le thème, on a là quelque chose comme « Nuit de Chine, nuit câline, nuit d'amour » (même si c'est l'Inde ou la Thaïlande), en plus pathétique, mais le poète académique contemporain se doit d'être légèrement pathétique, comme on l'aura observé (pathétique ou sentencieux, ou les deux). Les détails importent peu et n'apportent guère d'autres informations. Mais enfin, l'expression diffère, et c'est elle qui nous importe, si nous voulons parvenir à nos fins, augmenter la production tout en libérant le poète de ses souffrances.

Nous avons compris le principe du vers libre. Il nous reste à assimiler le fonctionnement sémantique, syntaxique, lexical de la chose, et le tour sera joué. Heureux détenteurs de la formule du Coca-Cola lyrique, nous pourrons inonder le monde de nos produits.

Sémantiquement, rien de très neuf : chaque vers doit contenir une impropriété qui puisse avoir l'air d'une possible métaphore. La métaphore est par excellence ce qui fait poétique. L'impropriété consistera donc à réunir un substantif et un verbe, un substantif et un adjectif, un verbe et un complément, etc., qui ne vont pas ensemble normalement : « L'Orient dessine ». « La nuit calque ». « Calque des pleurs ». « Des croix de silence ». Du moment que ça ne se peut pas, c'est bon. Ce n'est quand même pas la peine de faire de la poésie pour parler comme tout le monde.

Une syntaxe poétique élargit à la phrase l'impropriété sémantique. Quelques subordonnées, pas trop, généralement relatives, associeront des propositions sans rapport évident du point de vue du sens. On préférera la relative en *où*. N'importe quoi, aujourd'hui, doit pouvoir se représenter en termes d'espace. *Où* permet d'associer à peu près tout ce qu'on veut. Le petit texte de Patrick Tudoret en est un exemple parfait : toutes les subordonnées sont des relatives en *où*. Il y en a trois en seize vers. On se représente d'ailleurs malaisément, à la lecture, des visages mourant dans des parfums ou des croix passant dans le jour. *Où* donne simplement une agréable impression de continuité, sa fonction est de faire cohérent, de lier la sauce poétique.

Lexicalement, il importe que l'impropriété n'accouple que des termes honorables. Pas question de calquer les harengs, de vélomoteurs de silence ou de croix de brocoli. Nous en arrivons à ce qui fait de *Mousson* un rare joyau : le lexique. Tous les termes de ce texte sont jolis. Ils confèrent au poème un air de dignité un peu grave extrêmement seyant. Cette allure permet au premier venu de reconnaître le caractère poétique de l'objet : la voilà bien, la poésie. Si nous extrayons de ce poème tous les substantifs ou les adjectifs qui font référence à un objet un peu trop spécial (il n'y en a que deux : *mousson, orient*), il nous reste tous les ingrédients verbaux nécessaires à un poème parfait. On pourrait presque se contenter de recueillir les mots à la rime (si l'on peut s'exprimer ainsi), tant ils sont caractéristiques. Il nous faudra donc des fleurs, de la mémoire, de l'intime, du noir, du vent, des visages, des enfants, de l'évanoui, de la souffrance, de l'amour, de la nuit, du regard, et, bien entendu, c'est l'excipient, mais il est indispensable, du silence. Le cas d'« alangui » peut se discuter. Lui aussi est un terme très poétique, mais son petit côté fin de siècle risque de paraître maniéré et un peu obsolète. On préférera s'en passer, de même que d'« égaré », qui pourrait nous faire dériver, inversement, vers un genre Artaud-échevelé qui n'est pas notre propos pour cette fois. On notera que Patrick Tudoret a sagement écarté « oiseau » et « étoile », démodés depuis plusieurs décennies. Il a bien senti en revanche l'importance poétique actuelle de « mémoire ».

Les verbes sont moins importants que les noms et les épithètes. Eux aussi jouent un rôle d'association, souvent spatiale. « Passer », « rester » sont parfaits : tout ce qui passe est poétique. Ce qui reste aussi. On pourra préférer « demeurer ». « Mourir » est évidemment indispensable. « Ouvrir », « fermer », « ravir » font toujours bien.

À présent, notre méthode de fabrication :

A – trouver un contexte quelconque, de préférence spatial. Cela n'est pas indispensable. Mais on peut remplacer l'Orient par, mettons, le faubourg (banlieue ferait trop social, trop précis pour être poétique. Faubourg a quelque chose d'intemporel et de modeste en même temps).

B – faire des lignes inégales, chacune contenant *grosso modo* une proposition.

C – Associer dans le désordre les mots recueillis ci-dessus, en ajoutant des termes neutres ici et là, quelques verbes, « clore », « recueillir », « monter », « descendre », et surtout « attendre ».

D – lier le tout avec des *où* (dérogation possible pour *qui, quand* ou *dont,* afin de varier).

Il ne reste plus qu'à lancer les machines :

Rues

Clore les fleurs de la mémoire
Quand s'ouvrent des pluies douces
En nous, et que l'intime
Où passent les vents noirs
Recueille un peu de pleurs
Et les visages évanouis
Où meurent des regards
Demeurer dans le cœur du faubourg
Parmi les enfants perdus
Les souffrances mortes
Et les amours ravies
Aller seul dans la nuit
Où perle du silence

Ce poème a été rédigé absolument au hasard, sans douleur aucune, en deux minutes et trente secondes. On a là un produit tout à fait remarquable compte tenu des conditions de fabrication, sensible, vibrant, indiscernable du produit ordinaire. Certes, il y a peut-être encore un peu trop de clarté. On pourrait peaufiner, mais je n'ai pas voulu tricher. Remarquons au passage qu'on y retrouve le léger filigrane social qui agrémentait le poème de Patrick Tudoret, mais dans un contexte différent. On voit bien l'avantage de la formule : avec un matériel limité et très peu de fatigue, on peut produire une quantité quasi illimitée de textes. Il serait aisé d'informatiser la chose et de laisser faire l'ordinateur. Mais le public préférera sans doute les poèmes authentiquement écrits à la main par l'artiste. Avec notre méthode, ce dernier a les moyens de décupler sa production sans douleur. Et puis, si un jour il y a surproduction, on ira déverser les tonnes de poèmes invendus devant la Bibliothèque nationale.

L'ÉCRITURE ÉCRUE

L'objet authentique

En baptisant *Moins que rien,* dans la *Nouvelle Revue française* de janvier 1998, un petit groupe d'écrivains contemporains caractérisés par une apparente modestie de propos et d'esthétique (courts textes, sujets minimes), Bertrand Visage laissait entendre que la pauvreté littéraire aurait à voir avec une forme de fraternité. Se pencher sur les sensations que tout le monde a pu éprouver, sur les objets les plus communs (le verre de bière pour Delerm, les albums de Bicot ou le penalty pour Cornière, le vieux poêle et les champignons pour Holder) contribuerait à rétablir, par la littérature, un lien social : « chaque gorgée de bonheur privé introduit en secret une soif de lien collectif, une interrogation sur la façon dont les hommes vivent ensemble », déclarait le rédacteur en chef de la *NRF.* Parmi tous les problèmes que pose cette affirmation hâtive, qui règle à peu de frais la question du passage du particulier au collectif, l'un des plus évidents pourrait se formuler ainsi : comment une « gorgée de bonheur privé » peut-elle susciter une « interrogation » à caractère social ?

Le *Moins que rien,* c'est vrai, nous propose ses productions en toute modestie. Il paraît nous dire, avec un léger sourire : oui, il ne s'agit que de cela, je sais bien que ce n'est pas grand-chose, mais la vie, la vraie vie, n'est-elle pas faite de ces pas grand-chose ? Dans le *pas grand-chose* décrit par le *Moins que rien* gît le petit trésor d'une vérité dont il semble qu'on ne peut vraiment la tenir avec certitude qu'à raison de son caractère réduit. Les vérités trop grandes ne sont à personne en particulier. Cette petite vérité à la fois très particulière et collective constitue le sens de ce que l'on pourrait appeler *l'objet authentique*.

Qu'est-ce qu'un *objet authentique* ? Comment peut-on en bricoler ? L'objet authentique se caractérise par sa banalité. Il ne fait pas partie de ces bibelots rares que les collectionneurs s'arracheraient. Il n'a pas de valeur marchande, ne se signale *a priori* par rien de particulier. L'objet authentique est un objet de série, ou fait partie de ceux que n'importe qui pourrait trouver. Pourquoi ? Parce qu'il s'agit de démontrer que la rareté habite le cœur de nos vies, qu'un peu d'attention suffit pour cueillir cette fleur dans le grand pré uniforme du monde. On aboutit à ce paradoxe : tout est rare, tout est extraordinaire et savoureux, sauf, justement, les objets extraordinaires. Comment un tel miracle est-il possible ? C'est que la valeur n'est pas dans l'objet, mais dans son usage, dans les savoirs très spécialisés mobilisés pour le reconnaître, le manier, en jouir. Ainsi, l'objet authentique idéal sera lié à un usage quotidien. D'où l'importance du thème météorologique, à qui un chapitre de *La Belle Jardinière* est consacré : rien de plus subtilement différencié que ce qui se passe tous les jours, sans cesse, dans le *temps*. L'objet authentique représente la synthèse idéale de l'unique (ma vie, mon usage) et du commun, par conséquent crée aisément l'illusion d'une communion. Le *Moins que rien* paraît s'ingénier à rendre à tout un chacun ce qui lui appartenait déjà sans qu'il le sache.

Pierre Autin-Grenier ou la philosophie de comptoir

On comprend que cette démarche puisse séduire. Mais la critique a tendance à prendre les principes esthétiques pour la réalité du texte. Les généralités émises par Bertrand Visage ne correspondent pas toujours aux mots, et certains *Moins que rien* tombent dans le piège qu'ils se sont tendu à eux-mêmes : la synthèse du général et du particulier, la recherche du dénominateur commun font courir le risque du propos de comptoir érigé en littérature. Associer le banal et le cosmique peut donner des textes drôles et bouleversants. C'est ce que ne cessait de faire Vialatte dans ses chroniques. Les préoccupations les plus quotidiennes, jardinage, soins de beauté, y prenaient des dimensions métaphysiques. Mais les *Moins que rien,* à partir du même principe, inversent la démarche de Vialatte. Le cliché y devient une réponse toute faite, alors que Vialatte le prenait comme matière première, le travaillait jusqu'à le transformer en autre chose, une invention, une question.

Contrairement à ce que dit Bertrand Visage, chez certains des auteurs publiés dans le même numéro de la *NRF,* la banalité tient lieu d'inventivité, l'interrogation se fige en poncif. Lorsqu'il parle du Lagarde et Michard, François de Cornière ressort les inusables plaisanteries sur les couples de noms, « Boule et Bill », « Boileau et Narcejac ». Il oublie Roux et Combaluzier, Jacob et Delafon. Pierre Autin-Grenier nous informe de la « réelle vacuité de nos existences », de « la fragilité du Bidochon ». Nous apprenons que « notre pouvoir de décider ne vaut pas tripette ». L'expression familière toute faite tient lieu d'audace stylistique. Du moment que l'écrivain s'exprime comme le premier venu, c'est sûr, il resserre le « lien collectif » autour de quelques vérités premières. L'homme, notons le caractère novateur de la métaphore, est une « infime particule de poussière » qui s'acharne « à un joyeux hara-kiri ». S'agit-il de création, ou de conversation à bâtons rompus sur le zinc du bistrot ?

Inévitablement, ces intéressantes considérations se poursuivent autour d'un plat « authentique » (gibelotte de lapin), servi par une dame anonyme, mais dévouée, dont le rôle se réduit à remplir les assiettes et à recueillir inquiétudes cosmiques et trouvailles du philosophe narrateur. Ce dernier l'entretient de « Copernic, Darwin et Freud », dont on apprend que « c'est quand même pas les Pieds nickelés ». Dans le genre métaphysique et gros rouge, les *Brèves de comptoir* recueillies par Jean-Marie Gourio font preuve d'une créativité nettement plus convaincante.

Éric Holder et son œil à craterelles

Il y a plus ennuyeux. En fait d'intérêt envers le « collectif », on s'aperçoit que la littérature envisagée de cette manière ne fonctionne plus que sur le localisme, et en grande partie sur ce comble du localisme qu'est l'égocentrisme. Éric Holder, dans *La Belle Jardinière,* fournit un bon exemple du localisme extrême pris comme valeur. Il faut un *quelque part* : ce sera la Seine-et-Marne. En Seine-et-Marne, le petit coin à nul autre pareil (en dépit bien entendu de son apparente banalité, mais il faut savoir regarder) :

Thiercelieux. Formules typiques : « ici, on... ». Pour que l'extraordinaire du banal soit complet, il importe évidemment qu'on ne puisse « chercher ce nom sur une carte » (cliché et rodomontade : voir la carte Michelin au 200.000^{e} n° 61. L'auteur de ces lignes, il le confie en toute modestie, connaît et pratique Thiercelieux depuis longtemps). Enfin, à Thiercelieux, les zones bien particulières, coins à champignons par exemple. D'où une spécialisation extrême, qui fait de chaque individu un concentré de particularités répondant aux particularités de la nature : « J'aime y aller [aux champignons] avec G., qui est dessinateur : il a un œil à cèpes. Je l'ai, pour moi, à craterelles. »

Ce passage est le plus significatif de ce petit livre. Le narrateur a l'œil à craterelles : cela signifie en réalité qu'il n'a d'œil que *pour lui.* Ayant l'air de parler des choses, on ne parle que de soi, de sa fine et admirable capacité à accueillir le monde. Le monde n'est au fond que la traduction des aptitudes et des capacités de l'auteur, nanti d'un œil à craterelles, d'une main à courgettes, d'un nez à choux-fleurs. L'écrivain de l'objet authentique fait la roue en toute modestie. L'incipit de *La Belle Jardinière* est révélateur, dans sa fausse ironie, de cette vraie fatuité : « Je suis l'écrivain le plus connu de Thiercelieux. » Cette obsessionnelle préoccupation de soi, conséquence logique du localisme, se retrouve partout : lors d'une séance de striptease agricole, le narrateur, au départ simple comparse, s'avère unique objet des désirs de la belle : « Elle ne cessait pas de me regarder », « — C'est toi qu'elle veut. — Je sais ». Il nous explique que construire un mur, c'est faire un portrait, tout le passage se terminant par ces deux mots : « le mien »; il raconte comment il a été choisi, « au nom d'une certaine idée de la littérature française », par un grand critique élitiste pour qui la littérature « était affaire d'honneur et de goût ». Hélas, le « goût » du Holder écrivain se contente bien souvent de telles pauvretés : « Il n'est pas étonnant que certains champignons soient hallucinogènes. Ils sont déjà hallucinants. »

La quête de l'objet authentique menace naturellement de verser dans l'autosatisfaction, et plus encore dans la satisfaction en général. Le minimalisme a vocation à devenir une variété microscopique du pittoresque. De même qu'il y eut une littérature cosmopolite, Larbaud et Morand, voici la littérature *microcosmopolite,* qui nous envoie des cartes postales touristiques du potager du coin. Ce n'est pas tellement le potager qui est en cause, mais la carte postale : l'esthétique de la couleur locale, assumée sans ironie et sans interrogation. Les choses sont ce qu'elles sont, tout est bien. Les gens ont raison d'être comme ils sont. L'objet authentique est bourré d'être jusqu'à la gueule, abominablement confortable. Comme le dit Éric Holder, « ces dimanches-là, nous savons bien qui nous sommes, et où nous sommes. » On peut rêver pour la littérature d'autres ambitions que de se faire le matelas des siestes postprandiales.

Le *je* de Holder affiche sa qualité d'artiste, d'écrivain, en même temps que les symptômes de son authenticité, le lieu perdu, le vieux poêle, le savoir-faire, l'intuition des choses de la nature. Les deux instances de cette double identité s'emploient, dans *La Belle Jardinière,* à se passer la rhubarbe et le séné : l'écrivain recueille l'authentique, le fait passer dans le langage, car l'authentique ne consent pas à se dire, il a autre chose à faire, sa tâche à lui c'est d'être. Et quand on est, on n'a pas besoin de le dire. De son côté, l'authentique attribue à l'écrivain cette intensité, cette communion avec les choses qui fait défaut au banal homme d'écriture. Le langage trouve sa rédemption dans l'authentique, l'authentique accède à la conscience de lui-même par le langage.

Sans doute, tout écrivain vise un objectif semblable : réconcilier, dans le livre, le dire et l'être. On ne peut pas reprocher à Éric Holder de tenter, à sa manière, la synthèse. Mais il est toujours gênant, dans un livre, de voir le dénuement, l'exil, l'absence se transformer un peu trop vite en rhétorique, s'exhiber comme des valeurs. Chez les écrivains probes (les grands écrivains donc) la présence et la perte ne cessent de se creuser, de s'affronter dans le langage, l'extrême particularité ouvre sur une inquiétude. Vialatte écrivait dans « Célébration du petit pois » :

> Une seule minute d'attention à une chose, et le monde s'arrête de tourner. Une minute d'attention aux choses, elles deviennent fantastiques et incompréhensibles ; dangereuses, menaçantes, irréelles. C'est ce qui est arrivé à Kafka. Tout son art est sorti de l'attention ; d'une attention spécialisée. Regardez cinq minutes une oreille, un chef de gare, un morceau de bois, une écrevisse, et vous deviendrez rapidement fous. Il n'est rien de tel que d'isoler un grain de caviar, un petit pois ou un œuf de poule et de ne plus s'occuper que de lui pour ne plus croire à son existence.

Éric Holder ou Philippe Delerm ne risquent pas de devenir fous. Leurs œuvres sont très raisonnables. Chez les microcosmopolites, l'attention ne produit pas d'incertitude, les questions sont vite résolues. L'effet que l'on ressent devant ce type de démarche littéraire est le même que celui produit par un enfant qui prétend s'attaquer à un problème arithmétique ardu et brandit triomphalement sa copie au bout de deux minutes, tout fier de lui. Dans *La Belle Jardinière,* le *je* paraît surtout préoccupé de revendiquer pour lui les résultats d'une recherche qui n'a jamais vraiment eu lieu. L'écriture devient une petite fête à laquelle il s'invite tranquillement lui-même, comme dans la scène du dîner chez Louise où le *je* consomme avec satisfaction de l'authentique à la table « pavoisée aux couleurs de ce que j'aime ». Pourquoi pas ? Mais le lecteur est en droit de se dire que sa présence n'est pas nécessaire à un repas où le couvert n'est pas mis pour lui.

Surtout, il s'agit, pour la littérature, d'essayer de réaliser cette synthèse dans le langage. Éric Holder l'exhibe plus qu'il ne la réalise. Il en brandit l'image, avec ses détails obligés, la campagne, les vraies valeurs, la cueillette. On tient ici la clé du succès de ce genre de texte : le journalisme littéraire, en France, ne se préoccupe pas de l'être de langage, c'est-à-dire des actes, de ce que l'écrivain réalise avec des mots. Il se contente de l'imagerie. Le phénomène est naturel ; lorsque l'auteur proclame : « J'ai accompli ceci », en l'occurrence : « Je vous fais goûter l'ineffable saveur des humbles objets quotidiens », il est beaucoup plus simple de le redire que de chercher en quoi le texte réalise bel et bien la chose. Tout le livre de Holder est ainsi construit pour suggérer qu'il mène à bien un travail que son langage n'opère pas. La question n'est pas de savoir s'il faut ou non de plus vastes sujets, si le « minimalisme » est désolant. Après tout, Francis Ponge peut aussi être considéré comme minimaliste. Il s'agit de se demander si la littérature est une *image de littérature* ou un *acte littéraire.*

François de Cornière ou l'art de la chute

Même à supposer que le localisme ne dissolve pas toute communauté en petits noyaux de particularités revendiquées, le choix d'objets minimes autour desquels reconstituer un « lien collectif » ne va pas de soi. Dans l'idéal, le lecteur devrait reconnaître ce qu'il savait sans se l'être dit, et donc jouir un peu plus, de manière plus consciente et plus intense, par la vertu de la littérature, de la vie même.

François de Cornière choisit d'isoler un détail dans un phénomène culturel ou social quelconque (l'engouement pour le football dans *La Surface de réparation,* l'attendrissement inévitable lié aux souvenirs scolaires dans *« À suivre »*). Le caractère massif du phénomène suffit à assurer sa valeur collective. Beaucoup de gens pourront identifier sans mal tel point du règlement du jeu de football, tel aspect de la présentation des « petits classiques ». Mais, dans les sociétés occidentales modernes, l'homme en foules ne supporte pas la foule. Il voudrait bien être quelqu'un, être à part. Il se convainc que ses petits souvenirs constituent un trésor intime. Il faut donc lui donner le détail dans le collectif, un peu comme les adolescents

« personnalisent » des objcts de série au moyen d'autocollants. L'objet minime donne ainsi l'apparence du *propre* : chaque lecteur y trouve ce qui n'appartient qu'à lui, il se reconnaît. Illusion de communion, et non conquête d'une communauté : ces objets ne donnent pas un vrai plaisir, mais la satisfaction stérile d'une reconnaissance. La platitude des textes de Cornière sur le football ou les lectures d'enfance permet d'éviter qu'un obstacle ne vienne entraver l'identification. « C'est bien ça », est-on censé se dire, et dès la reconnaissance effectuée, l'objet s'effondre sur lui-même, incapable d'engendrer une réelle ouverture : plus rien à en tirer, rien qui puisse enrichir. Bien loin de manifester, comme le voudrait Bertrand Visage, « un autre partage », un « goût acharné du plaisir », ces textes témoignent de notre tendance naturelle au manque d'exigence, à la régression, au recroquevillement, et l'exploitent.

Chez François de Cornière, aucune surprise, il s'agit d'une sorte d'enregistrement administratif des choses qui pourrait se poursuivre indéfiniment. C'est à tort que la quatrième de couverture de *La Surface de réparation* se réclame de Perec. Dès que l'objet est nommé, la suite est prévisible, donc inutile. L'auteur de *Je me souviens* a par avance renvoyé cette littérature à son inanité. Il suffit de dire « je me souviens de », le lecteur fera, le cas échéant, le reste : « je me souviens des Lagarde et Michard », « je me souviens du bruit que faisait le ballon de football projeté dans les filets », etc.

On peut en revanche tenter d'extraire de l'expérience singulière toute sa valeur par l'écriture. Mais elle est tellement singulière qu'on n'y parvient pas. Il suffit alors de dire qu'elle est singulière. De là, chez Éric Holder, cette rhétorique de l'indicible tendant à montrer que la rareté du quotidien se volatilise à force de se subtiliser. Ainsi, à propos d'une cuisinière à bois : « Il faut, pour l'allumer, un savoir-faire que je ne saurais transmettre, tant il est de l'ordre de la connivence entre la cuisinière et moi. »

L'effort d'essayer quand même d'exprimer la singularité exige, si l'on ne veut pas se laisser piéger par le cliché, comme Pierre Autin-Grenier, un *effort au style.* La quête de l'objet authentique s'accompagne de contorsions stylistiques destinées à en rendre l'unique saveur. On tombe alors souvent dans ce travers très français : le goût du *joli,* de la formule, marque du littéraire entendu comme art décoratif du langage. Cela donne parfois, chez Éric Holder, des préciosités sentant la sueur et la recherche à tout prix du concetto. Le minimaliste tourne alors au mièvre, le moins que rien à l'affectation (non exempte de bonnes grosses fautes de français bien authentiques : « Les lads s'adressent à eux avec l'humanité qu'il sied »). François de Cornière surexploite, dans *La Surface de répara-*

tion, un unique procédé, d'autant plus voyant qu'il figure dans des textes très courts, et qu'il est devenu une sorte de manie littéraire assez répandue depuis quelques années, la chute en forme de phrase nominale, brève et sèche :

> Et je suis, dans ma chambre, un enfant soudain vieux, qui se met à penser à l'avenir et au monde. Confusément.

> Et ils couraient. Et ils couraient. Oubliant tout. [...] la brute levait les bras au ciel, l'air tout étonné. On aurait dit un ange. Qui connaît bien son rôle.

> Cette voix [celle du speaker] qui n'avait pas de corps. Et qu'on connaissait bien.

Le procédé est redoublé dans le dernier texte, qui aspire assez visiblement à constituer un apogée poétique :

> Avec les matches en nocturne, les pylônes du stade marquèrent un territoire. C'était là-bas, toujours là-bas. Mais il y avait maintenant ce halo de lumière dans le ciel de la ville. Et des milliers d'insectes, descendant le viaduc, allaient se jeter dans le piège. Le samedi soir. Aveuglément.

Ces chutes assez lourdement marquées devraient correspondre à un point crucial du texte, on s'attend à y trouver une densité accrue de sens. En fait, comme on le voit, ce n'est nullement le cas. Le fait qu'il s'agisse du samedi soir ou que l'on connaisse bien la voix du speaker n'apporte aucune modification bouleversante au propos. La chute reste purement syntaxique, formelle, vide. Elle n'est pas moins creuse lorsqu'elle a lieu sur un adverbe (« aveuglément », « confusément »). « Penser confusément à » n'est pas loin d'être un cliché. Mais l'adverbe donne l'illusion d'une qualité, qu'il s'agit d'isoler, comme si enfin, dans un dernier effort, le texte parvenait à recueillir une délicate substance. Bien entendu, cette substance aura d'autant plus l'air poétique que sa texture sera plus floue, d'où l'intérêt d'adverbes comme « confusément ». Penser confusément, ou plutôt : « Penser. Confusément. », c'est penser poétiquement. Les textes de *La Surface de réparation* se donnent l'allure de poèmes en prose. Puisqu'ils sont très courts, on les suppose très écrits, on y cherche une intensité particulière d'émotion. Il n'en est rien, la plupart ressemblent à n'importe quel paragraphe descriptif extrait d'un roman platement écrit :

> Il avait pris tout le monde de vitesse. Il était parti dans le trou et, seul devant le goal, il l'avait fusillé à bout portant. Il avait levé les bras, il avait couru vers le photographe, il souriait. Il s'était retourné. Le drapeau du juge de touche était resté levé. L'arbitre avait sifflé. Il n'avait rien entendu. J'étais sûr que c'était vrai.

En réalité, au moyen de quelques artifices assez rudimentaires, il ne s'agit pas de faire de la poésie, mais bien de *faire poétique*.

On retrouve la ficelle de la chute en phrase nominale chez Philippe Delerm, en particulier dans *La Sieste assassinée*, avec cette circonstance aggravante que la chute reprend le titre. L'effet est d'une lourdeur pénible, comme un calembour souligné d'un clin d'œil. Florilège de clausules :

« Poussin sous le soleil » s'attendrit sur des enfants disputant un match de foot : « Mais il y a du bonheur dans chaque geste, et ça se voit. En maillot rouge, en maillot vert. Poussin sous le soleil. »

« Fruitaison douce » s'épanche sur l'automne : « Il y aura de la compote poire-pomme-coing, un tout petit peu d'âpre engourmelé dans le sucré, le souvenir d'un grand ciel bleu sur les derniers cosmos. Fruitaison douce. »

« Saudade Orangina » décrit un bal : « Des filles en robes claires et puis en jeans, talons aiguilles, espadrilles lacées, tennis, qu'importe. Elles tournent là tout près comme elles tournent au fond de soi, saudade Orangina. »

La pointe finale, en général, est un effet qui peut facilement s'avérer pesant, comme toute démonstration formelle gratuite. Le poème en prose obéit ici à l'esthétique du slogan : non pas répéter pour dire, mais répéter pour enfoncer. Une pointe, pour être supportable, doit dilapider. Alors, tout le texte qui précède vient s'y concentrer, certes, mais s'y renverse, s'y jette hors de soi. Les seules bonnes chutes sont généreuses. Il y a une espèce d'avarice dans la chute grossière à la Cornière ou à la Delerm, pure reprise qui préserve ses acquis et s'enchante d'elle-même.

Éric Holder manifeste lui aussi un goût prononcé de la formule et du « bien écrit », mais les formules en question deviennent chez lui facilement racoleuses : « Le fourneau, le linge, la pomme. Une trilogie intime. » *Une trilogie intime* semble préparer d'avance le commentaire journalistique. On y retrouve souvent le mot « trilogie ». Il présente un côté flatteur pour qui l'emploie, capable de saisir une claire et classique structure dans les choses compliquées de la littérature. La formule, comme autocommentaire, constitue du texte prédigéré.

Parfois, la fusée longuement préparée fait long feu, le pétard ne donne qu'une fumée assez obscure. Ainsi dans « Terre des hommes » d'Éric Holder : « Allons ! C'est le nadir, ne pensons plus au zénith des choses qui sont si peu de simples choses — l'anax imperator, des demoiselles zigzaguant d'un trou de soleil à l'autre. » Dans *La Belle Jardinière*, un éloge de la cueillette aux champignons culmine sur cet apogée rhétorique : « On aura beau se quitter en plaisantant, on recommencera de rêver, la nuit, comme chaque automne, à des mycoses. Par nature extravagantes. » On pourrait appliquer à cette laborieuse pêche à la formule l'expression employée par Éric Holder lui-même à la fin du texte qu'il publie dans la *NRF* : « Qui que vous soyez, voyez vous-même quels efforts j'ai faits pour cueillir le poisson. »

Philippe Delerm ou la littérature de confort

Le gros succès de *La Première Gorgée de bière,* qui n'a rien d'absolument scandaleux, inquiète tout de même un peu. Le livre, certes, est écrit avec un talent qui a parfois l'élégance de la discrétion, et se passe de ces effets voyants, de ces efforts désagréables pour produire du *bien écrit* que l'on sent à chaque page de *La Belle Jardinière.* Mais *La Sieste assassinée* aggrave tous les tics esquissés dans la *Première Gorgée.* Voir dans ce style, comme l'a fait Bertrand Visage, une « alternative encourageante », réunir les auteurs du même type que Delerm en une sorte d'école, bref ériger cela en phénomène littéraire revient à encourager le développement actuel de la littérature de confort.

On trouve chez Delerm un peu trop de concessions aux tics contemporains. Il dit : « haddock-mélancolie », « eau-douceur », « saudade Orangina » comme on rabâche « voiture passion » ou « vote sanction ». S'il s'y ajoute le tic du slogan final, ses textes se mettent à ressembler à des scripts de films publicitaires pour des produits naturels et authentiques, pulls de laine, scotch, jus de pruneau biologique. La « solitude côte à côte Orangina » est stylistiquement la même chose que « la joie de vivre Coca-Cola ». On doit reconnaître cependant que son écriture est parfois serrée, attentive. Qu'il parvient à saisir des impressions minuscules. On lui passerait presque son goût des jeux de mots péniblement amenés. « Témoins à décharge » assure la chute d'un texte intitulé « Ce soir je sors la poubelle » (on aura reconnu une plaisanterie vieille comme Sylvie Vartan), « on prend la correspondance » (ferroviaire) termine une bluette sur l'attente du courrier. Pourquoi faut-il absolument se croire obligé de lancer un petit pétard de rhétorique à la fin ? Oui, on le passerait presque à Delerm, il est gentil, Delerm, inoffensif, il dit des choses si fines, mais il n'est pas sûr qu'on puisse faire de la bonne littérature en accouplant les titres de *Libération* et les trouvailles d'un créatif de chez Publicis. Il n'y a pas à faire peser d'interdit sur le calembour en littérature, mais il en va du calembour comme des flatulences : une seule, discrète, en fin de conversation, cela manque de goût, c'est un peu honteux. Énormément et sur tous les tons, c'est de l'art.

Lorsqu'il ne glisse pas dans la simple facilité, Delerm tombe trop souvent dans la rhétorique agaçante du joli. Portrait d'une assiette dans *La Sieste assassinée* :

> Ce paon pas vraiment paon, ce faux rosier ont les mêmes aigreurs, les mêmes aspérités, distillent au cœur de leur orientalisme occidentalisé les mêmes griffures virtuelles. Mais l'assiette est presque ronde, ourlée de vagues douces, où les fleurs retrouvées ont perdu leur violence en échouant sur le rivage.

On peut aimer les choses délicates et fines, on peut goûter l'infinitésimal, mais à condition qu'il aille trop loin, qu'il se dépasse et se perde dans l'infiniment petit, ce qui est une autre forme de grandeur. Là encore, Delerm reste entre deux, dans le décoratif. Il peint des assiettes, lui aussi. À la main. Il fait de l'artisanat comme on en vend dans les villages typiques, des objets qu'on rapporte chez soi pour poser sur le buffet. Littérature de mémère à tisanes et coussins roses, poésie recommandée à Mme Le Quesnoy par son curé, et qui se pâme en croyant que la beauté, c'est de l'« orientalisme occidentalisé » et de l'« ourlé de vagues douces ». Tout cela est tellement gentil et délicat qu'on se surprend à détester cette indélicate exhibition de délicatesse. On sent des envies de grossièreté et de cruauté. On ne supporte plus les « il pleut des fruits secrets pour des moments très blonds », comme on se met parfois à haïr les bonnes pensées, les napperons en dentelle, les nourritures saines et le riz complet.

Dans *La Première Gorgée de bière,* on lit ainsi cette description d'un poirier :

> Le long du petit mur de pierre court le poirier en espalier, avec cet ordonnancement symétrique des bras que vient féminiser l'oblongue matité du fruit moucheté de sable roux.

Voilà un concentré de joli : l'évidence ineffable (« cet » : « celui que nous savons, et comment le dire autrement ? ») soutient son fruit, mais ce fruit n'est en réalité que la condensation de la disparition du poirier, de la fuite du discours dans le joli. La phrase dit très exactement que la matité du fruit féminise l'ordonnancement des bras du poirier, ce qui n'est pas très clair. On croit comprendre que c'est la poire, dans sa sensualité de sein bronzé, qui féminise un peu l'arbre sévère. Mais la vertu de l'objet a glissé subrepticement à sa couleur et à sa forme, la poire est devenue une « oblongue matité ». La formule fait songer aux pénibles préciosités des écrivains fin de siècle, avec leurs « bleuités » et leurs « diaphanéités ». Ce qui règne et qui agit réellement dans cette phrase, ce qui en articule le propos, c'est donc la *matité* (alors que cette qualité joue un rôle secondaire dans la construction de l'image). Moins qu'une chose, une qualité : la couleur ; moins qu'une couleur : une qualité de couleur, devenant elle-même objet (elle est oblongue), la matité ne livre en même temps, dans son affectation de particularité, aucune particularité réelle, ce que la complexité du propos ne permet pas de voir. Tour de passe-passe rhétorique, qui paraît donner et ne donne rien d'autre que de l'illusion : le sentiment de se perdre un peu dans la fuite des mots, avec l'idée vague que ce sont de jolis mots. Bref, une *impression de littérature.* On peut préférer une exigence littéraire plus grande, qui, au lieu de brosser le trompe-l'œil de la présence, avouerait qu'au cœur de l'attention que nous portons aux choses se tient l'absence.

On ne peut pas cependant dénier à Delerm, dans *Il avait plu tout le dimanche,* l'art de capter le frisson impalpable, de susurrer la poésie un peu triste du quotidien célibataire. Cela fait parfois songer, en plus lymphatique, en moins sarcastique, au Huysmans d'*À vau-l'eau.* Le sujet de *Il avait plu tout le dimanche* c'est le *il,* un *il* tout proche du *on* de l'impersonnel et de l'anonyme. M. Tout-le-monde. Or, Delerm présente son petit personnage terne, Spitzweg, sous l'angle de ses particularités. Il opère une sorte de compromis entre la tradition moderne, si l'on peut dire, de l'homme sans qualités et les attributs fixes du personnage du roman psychologique traditionnel. Spitzweg est à la fois tout le monde et personne. Mais là encore, cette relation du banal et du particulier n'est aucunement problématisée. Le *il* de *Il avait plu tout le dimanche,* qui désigne le héros, Spitzweg, n'est au fond qu'une variante du *on* constamment employé dans *La Première Gorgée de bière. Il* et *on* de connivence : ils représentent une instance d'énonciation qui serait commune au lecteur, à l'auteur et au personnage. Le texte fait comme s'il était produit par une parole collective. Cette connivence un peu obligée a parfois quelque chose de gênant, on a l'impression d'être sans cesse poussé du coude par l'auteur. La sensation est plus pénible encore dans les recueils de prose poétique, qui reposent sur le principe de la pure reconnaissance, recherchent visiblement le consentement poisseux du « c'est bien ça », « on est bien tous comme ça ». Il y a, là encore, une image du littéraire, plus qu'un vrai travail de la littérature : la communauté se réalise comme par miracle, tous les conflits sont passés sous silence, au profit du bavardage tranquille du *on.*

L'anthropologie balzacienne crée des types, lieux où se déroule le conflit du XIXe siècle entre l'individualisme et l'histoire, et par là elle exhibe ce conflit. L'homme sans qualités du XXe siècle revendique, comme les héros de Kafka, une différence sans contenu, conduisant à s'interroger sur le sens de la différence. Dans le personnage de Spitzweg, la banalité n'entre pas en conflit avec la singularité. Nous connaissons tout de lui, ses manies, ses goûts, ses opinions, ses pensées intimes, sans que cette connaissance puissc prendre une signification psychologique ou sociale. Spitzweg nous est livré comme un autre lavé de toute altérité : rendu entièrement transparent pour le lecteur, sans élément d'analyse qui susciterait la différence, il est le lecteur, et l'auteur. Cette absence de réelle altérité crée à nouveau une fausse communauté, et ne prépare aucunement à aborder la véritable altérité, toujours conflictuelle dans la réalité. La banalité de Spitzweg est sauvée par l'affirmation de ses choix, auxquels nous ne pouvons qu'adhérer, sans discussion et sans pensée, sans haine mais sans amour : il est ainsi, et cet *ainsi,* chez tous les microcosmopolites, constitue une valeur suffisante : ainsi soit-il. On ne saurait, en effet, rêver littérature plus consensuelle : vivent les différences de tout le monde. On se rencogne dans la chaleur de l'unanimité. Mais au bout d'un moment, on se lasse. La satiété vient vite, à consommer tant de nourritures positives. Philippe Delerm a parfaitement raison : *La Première Gorgée de bière,* au début, c'est bon, mais très vite on boit « avec de moins en moins de joie », on n'éprouve plus qu'un « empâtement tiédasse ».

Cette absence d'ambition et d'invention, portée aux nues, ressemble à une démission. « Voilà les contraintes du roman mises en question par une entreprise qui s'annonçait pourtant modeste », claironne Bertrand Visage en présentant les « Moins que rien ». Quelles contraintes ? On ignorait jusqu'à présent que le roman fût un genre à contraintes, et il y a bien longtemps qu'il a été « mis en question » de toutes les manières possibles. En revanche, il pose des problèmes. Mais il s'agit moins en l'occurrence des problèmes du roman que des problèmes de la littérature en général. On pourrait exprimer plus justement le sens de la démarche des auteurs concernés en disant : « Voilà les problèmes de la littérature esquivés par une entreprise au succès prévisible. » Il fallait bien, en effet, en arriver là, après des années de récits de plus en plus courts, aux sujets de plus en plus étroits, écrits dans un style de plus en plus dépouillé : des textes brefs, exigeant un effort de lecture minimal, et reposant entièrement sur la recherche de l'approbation sans discussion.

traintes » Moins que d'autres. Quelles contraintes ? On ignorait jusqu'à présent que le roman fût un genre à contraintes, et il y a bien longtemps qu'il a été « mis en question » de toutes les manières possibles. En revanche, il pose des problèmes. Mais il s'agit moins au l'occurrence des problèmes du roman que des problèmes de la littérature en général. On pourrait exprimer plus justement le sens de la démarche des auteurs concernés en disant : « Voilà les problèmes de la littérature esquivés par une entreprise au succès prévisible. » Il fallait bien, en effet, en arriver là, après des années de récits de plus en plus courts, aux sujets de plus en plus étroits, écrits dans un style de plus en plus dépouillé : des textes brefs exigeant un effort de lecture minimal, et reposant entièrement sur la recherche de l'approbation sans discussion.

INTERLUDE

L'individu louche : Michel Houellebecq

Les évolutions de Houellebecq dans le champ littéraire contemporain paraissent se produire exprès pour lui attirer l'antipathie. Il fait partie d'abord du petit groupe, plutôt engagé à gauche, de la revue *Perpendiculaire,* publiée chez Flammarion. Les divergences idéologiques deviennent flagrantes à la parution, toujours chez Flammarion, des *Particules élémentaires* : *Perpendiculaire* et Houellebecq se séparent. Mais Houellebecq rapporte. Pas la revue. Raphaël Sorin décide donc que Flammarion cessera de soutenir *Perpendiculaire,* qui du coup disparaît. De poète confidentiel, voilà Houellebecq devenu romancier objet de matraquage journalistique. On s'agace de tomber, dans tel magazine, sur la photographie de Houellebecq vautré dans un canapé et sur Virginie Despentes, ou de le voir dans l'émission *Bouillon de culture* échanger des bontés un peu visqueuses avec Sollers. Le rejet est à la mesure du matraquage. À la parution des *Particules élémentaires,* une association fait un procès, des journalistes fulminent. Un imbécile nommé Frédéric Badré publie un article imbécile dans *Le Monde*. Il y associe Marie Darrieussecq et Michel Houellebecq pour tenter de fonder une espèce d'école du répugnant nihiliste. C'est mettre sur le même plan Adelsward-Fersen et Proust sous prétexte d'homosexualité. Marie Darrieussecq est un écrivain de troisième zone qui utilise les valises du politiquement correct pour faire passer quelques kilos d'excréments complaisants et des tonnes de clichés. Rien à voir avec l'ampleur du projet de Houellebecq, par ailleurs nettement réactionnaire. Mais les bourdes de l'imbécile enclenchent le débat. Des gens intelligents, comme Marc Petit, répondent intelligemment à l'imbécile. Ils pourfendent intelligemment des ombres : personne ne parle réellement du réel livre de Houellebecq. Ainsi va le débat littéraire : à grands éclats de voix et grandes idées générales on parle d'autre chose que des mots imprimés sur une feuille de papier. Les seuls vraiment cohérents sont les écrivains de la revue *Perpendiculaire*. Ils se séparent de Houellebecq pour des raisons politiques. Le flou idéologique leur fait horreur. Ils ont raison, mais ont l'air de sommer tout un chacun de choisir entre la gauche et le Front national. La salutaire précision n'est pas incompatible avec la complexité. Rejeter toute complexité au nom de la haine du flou comporte quelques risques d'aveuglement.

Plateforme va plus loin encore dans la provocation, en se présentant comme une apologie du tourisme sexuel et un rejet radical de l'islam. Publicité assurée. Derechef, on soutient, on se scandalise. *Le Monde* soutient un peu, condamne un tantinet, parle de pédophilie, c'est-à-dire d'autre chose, bref profite du phénomène en essayant de ne pas trop se mouiller. Il est devenu rare qu'un écrivain suscite autant le débat. Cela tient aussi au genre de ces romans : si l'on n'avait affaire qu'à de la pure pornographie, ou à des délires racistes, on les abandonnerait à leur marginalité. Mais il s'agit de textes au réalisme ambitieux, où les considérations sexuelles et politiques font partie intégrante d'un projet de mise en scène globale, à travers le portrait de vies très ordinaires, des problèmes du monde contemporain. Tout cela s'appuie sur de la documentation, parfois crûment déversée dans le texte, des constats froids, des procédés efficaces qui consistent à mettre en parallèle le comportement individuel des personnages, persuadés que ce qui leur arrive est unique, et des statistiques ou des études sociologiques.

La crudité idéologique de *Plateforme* engendre des réactions prudentes, sur le mode : oui, ce que dit Houellebecq est parfois à la limite de l'ignoble, mais il pose les vraies questions, il touche où ça fait mal. Une telle prudence est compréhensible, et sans doute nécessaire, à condition qu'elle n'aille pas jusqu'au jésuitisme, comme dans le cas de Pierre Assouline, dans son éditorial de *Lire* de septembre 2001, fondé sur le principe du « pour le meilleur et pour le pire ».

Le meilleur de Houellebecq, pour Assouline, c'est l'humour. Le pire, l'anti-islamisme violent. Houellebecq, cela dit, est capable de faire beaucoup mieux dans l'immonde, lorsque dans ses propos recueillis par *Lire* (qualifiés d'« étincelants » par Assouline) il déclare sobrement, à propos des victimes des conflits du tiers monde :

> Bien sûr qu'il y a des victimes dans les conflits du tiers monde, mais ce sont elles qui les provoquent. Si ça les amuse de s'étriper, ces pauvres cons, qu'on les laisse s'étriper.

Les enfants tutsis éventrés, les paysans de Sierra Leone aux bras tranchés, les femmes kurdes gazées l'avaient bien cherché. Ils ne méritent aucune compassion : ils avaient qu'à ne pas provoquer. Étincelant, en effet.

L'analyse de Pierre Assouline n'est pas fausse, lorsqu'il écrit qu'on ne peut, dans ses attaques contre l'islam, « le dissocier à titre exceptionnel des intimes convictions de son héros, d'autant que dans son entretien à *Lire* il persiste et signe à titre personnel ». Aussi, « on ne rit plus », car il y a là une « extension du domaine de l'odieux ». Conclusion : « certaines de ses vérités sont abjectes. » Que l'islam soit par essence une religion stupide, rétrograde et violente serait donc à la fois abject et vrai ? Il faut savoir : soit ce n'est pas vrai, soit c'est vrai, et dans ce cas, il est légitime de dire la vérité. On se demande alors si les restrictions de Pierre Assouline sont tout à fait sincères. On a un élément de réponse lorsqu'on tombe dans le même magazine sur une « offre exclusive » qui associe un an d'abonnement à *Lire* à l'acquisition de l'« abject » *Plateforme,* « soit une économie de plus de 186,20 F ». Les plus belles convictions ne doivent pas empêcher les affaires.

Reprenons les accusations portées contre les textes de Michel Houellebecq. Écartons d'emblée les habituelles indignations contre le dégradant et le répugnant. La myopie littéraire de ceux qui traitaient Zola de pornographe et de scatologue, de ceux pour qui Sartre était un philosophe de pissotière nous semble aujourd'hui comique. Lorsqu'on a, comme Frédéric Badré, de la merde dans les yeux, on ne voit plus que ça. En revanchc, certaines pièces du dossier brandi par les procureurs ne sont pas anodines. *Les Particules élémentaires* contient un certain nombre de propositions et d'idées choquantes. La fiction spécule sur les progrès actuels de la génétique. On nous raconte la vie d'un savant, Michel Dzerjinski, dont les découvertes vont permettre de modifier l'espèce humaine, sur deux points essentiels : l'espèce qui remplacera l'homme sera « asexuée et immortelle ». Fin d'Éros sous sa forme actuelle, exit Thanatos. La science fait le ménage de fond en comble. À la fin du récit, cette espèce nouvelle contemple avec un peu de tendresse et de pitié les derniers représentants de la vieille humanité, en proie à la mort, à la violence, aux frustrations.

Cela constitue l'axe principal du livre. Par ailleurs, on tombe ici et là, à propos des immigrés africains, sur des formules dont on se demande bien pourquoi elles n'ont pas valu à Houellebecq, par-dessus le marché, un procès de la LICRA, par exemple :

> C'était une beurette de ma classe de seconde, très jolie, très fine. Bonne élève, sérieuse, un an d'avance [...]. Elle avait très envie de réussir ses études, ça se voyait. Souvent ces filles-là vivent au milieu de brutes et d'assassins, il suffit d'être un peu gentil avec elles.

Les Particules élémentaires reprennent également un thème d'*Extension du domaine de la lutte,* la compétition sexuelle sans espoir d'un petit Blanc frustré avec le mythique « nègre » bien membré de service. Plus explicitement encore, l'intrigue de *Plateforme* repose en partie sur la violence des jeunes issus de l'immigration ou l'intolérance de l'islam. Le père du narrateur est tué par un Maghrébin parce qu'il avait couché avec sa sœur. On croise le parcours d'une jeune femme ignoblement violée dans un train de banlieue par quatre individus « de type antillais ». Les banlieues sont en état de guerre civile :

> Au cours des semaines suivantes la psychose ne diminua pas, elle eut même tendance à augmenter. Sans cesse maintenant dans les journaux c'étaient des profs poignardés, des institutrices violées, des camions de pompiers attaqués au cocktail Molotov, des handicapés jetés par la fenêtre d'un train parce qu'ils avaient « mal regardé » le chef d'une bande.

Un Égyptien cultivé regrette en des termes vigoureux l'islamisation de son pays :

> Plus une religion s'approche du monothéisme [...] plus elle est inhumaine et cruelle ; et l'islam est, de toutes les religions, celle qui impose le monothéisme le plus radical.

Enfin et surtout, la femme aimée par Michel, le narrateur, son unique chance de bonheur, est massacrée par un commando de musulmans puritains dans un centre de vacances consacré au tourisme sexuel. Michel est un moment obsédé par la vengeance :

> Chaque fois que j'apprenais qu'un terroriste palestinien, ou un enfant palestinien, ou une femme enceinte palestinienne, avait été abattu par balles dans la bande de Gaza, j'éprouvais

un tressaillement d'enthousiasme à la pensée qu'il y avait un musulman de moins.

Sa haine cesse à la suite d'une conversation avec un banquier jordanien selon lequel « les jeunes Arabes ne rêvaient que de consommation et de sexe. Ils avaient beau parfois prétendre le contraire, leur rêve secret était de s'agréger au modèle américain : l'agressivité de certains n'était qu'une marque de jalousie impuissante ». L'islam étant condamné, il n'y a plus de raison de le haïr.

Eugénisme, plus racisme, plus référence à la pensée *new age* semblent faire des *Particules élémentaires* et de *Plateforme* les bibles romanesques de l'extrême droite. Quand on y ajoute une apologie de la prostitution dans le tiers monde, c'est-à-dire d'une exploitation de la misère qui constitue une forme moderne de l'esclavage, le tout semble franchement répugnant. Abdel-Illah Salhi en tire les conséquences logiques dans *Libération* en parlant nettement de racisme, et d'« attitude honteuse et dégradante ». D'ailleurs, tout cela mériterait des coups plus encore que des réfutations.

Houellebecq est provocateur, mais prudent. Il sait lever des scandales tout en évitant de tomber sous le coup de la loi ou d'accusations trop aisées à prouver. D'une part, dans ses interventions personnelles comme dans ses ouvrages, il s'attaque soit à l'islam, soit à la violence des jeunes des banlieues, mais pas explicitement aux Juifs, aux Arabes ou aux Noirs. De même, il prône le tourisme sexuel et la prostitution, tout en prenant bien garde de préciser qu'il ne s'agit en aucun cas de pédophilie. D'autre part, il joue habilement sur la différence entre auteur, narrateur et personnage. Tous les propos ouvertement racistes ou antimusulmans sont généralement tenus par des personnages secondaires ou, dans *Les Particules élémentaires,* par le demi-frère de Michel, Bruno. L'autre Michel, celui de *Plateforme,* n'est lui aussi qu'un personnage. Dans l'hypothèse idéale, Houellebecq nous montrerait comment un individu peut devenir raciste, comment ce racisme peut prendre naissance dans ses problèmes sexuels, son malheur, sa frustration afin de mieux condamner ce processus. Même chose pour le tourisme sexuel. Voilà ces romans devenus miraculeusement corrects. C'est ce que tente de faire accroire Raphaël Sorin, son éditeur, contre toute évidence. Trop facile, et faux, comme le montrent les convergences entre fiction et propos privés.

On pourrait tenter de raisonner autrement, en écartant à la fois l'hypothèse de la propagande raciste déguisée et celle du portrait-charge du petit Blanc occidental médiocre. On pourrait développer la thèse suivante : Houellebecq adhère en grande partie à ce que disent ses personnages, mais son œuvre n'est pas raciste.

Dans un article de la revue *Hesperis,* Olivier

Bessard-Banquy se demandait si, dans *Les Particules élémentaires,* Houellebecq était Michel le savant génial ou Bruno le frustré raciste. Il omettait au passage un troisième larron : le disciple de Michel, Frédéric Hubczejak (on dirait une version slave de Houellebecq), qui va donner corps à sa découverte, l'imposer au monde. En quelque sorte, le saint Paul de ce Christ de la science. La bonne réponse est sans doute : l'auteur n'est aucun des trois personnages, mais tous les trois. Cela paraît quelque peu tarte à la crème, cependant la relation entre Houellebecq et ses personnages est essentielle pour comprendre son livre. Un personnage n'est pas son auteur, mais une figure possible de sa personnalité, une potentialité qu'il a plus ou moins développée dans la réalité. « Ce qu'on pourrait être et qu'on n'est pas », dit justement Houellebecq dans *Lire.* En faisant le portrait de Bruno, ou de Michel dans *Plateforme,* à la fois assumés et refusés, Houellebecq met en jeu le raciste en lui. Au lieu de montrer un méchant raciste, il laisse s'exprimer, prendre corps une part malsaine de lui-même. Il la met en jeu, ce qui signifie qu'il la met en question, qu'il la soumet à l'analyse. Il fait son travail de romancier.

Houellebecq ne peut se comprendre que dans la problématique qui est la sienne : celle de la différence individuelle. La civilisation occidentale se fonde selon lui sur la compétition sans merci des individus, la guerre des ego. Au cœur de cette compétition : le sexe. Le sexe non comme plaisir, mais comme moyen de trouver le respect de l'autre et de soi-même. Bruno devient raciste parce qu'il est frustré au cœur de ce qui pourrait fonder son estime de lui-même. Logiquement, il se met à haïr celui qui représente l'Autre par excellence. On désire toujours ce qu'a l'autre, on le fonde comme autre sans voir qu'il est en réalité le même. Houellebecq ne cite jamais quelqu'un dont la pensée anthropologique pourrait enrichir ses spéculations sur l'identité et la différence : René Girard.

Tout en dressant un constat précis de ce racisme, Houellebecq ne montre aucune indulgence pour les immigrés ou fils d'immigrés africains en France. Il est clair qu'ils représentent tout ce qu'il déteste. On peut considérer que c'est logique, mais pour des raisons culturelles, non par racisme. En grande partie, les jeunes générations de l'immigration maghrébine ou sahélienne vivent sur le plan culturel une situation contradictoire : ils sont issus de sociétés où la vie collective a encore un sens, mais où la femme est infériorisée, où la sexualité est l'objet d'interdits et se trouve étroitement liée à des questions d'honneur. Certaines réactions de repli identitaire n'arrangent pas les choses, et *Plateforme* illustre ce constat bien réel : il existe, en France, des frères et des pères qui exercent des violences, allant parfois jusqu'au meurtre, pour défendre une idée tribale de l'« honneur » de leur sœur ou de leur fille.

Dans beaucoup de banlieues règne un sexisme misogyne barbare.

La cohérence du propos tiendrait à cette idée : les jeunes gens de l'immigration musulmane seraient plongés dans une société occidentale où la seule chose qui compte est la réussite individuelle, la recherche frénétique de l'affirmation de soi, où rien n'entrave en apparence la sexualité. Beaucoup sont encore élevés, parce qu'ils sont des garçons, comme des maîtres. Leur position sociale fait d'eux des sujets. Il leur faut affirmer cette maîtrise menacée. Un certain nombre le fait par la violence et le mépris. Dans la perspective de Houellebecq, le jeune fils d'immigrés, plus soumis encore que les Européens d'origine aux illusions de l'Occident, mais non libéré du mépris musulman envers les femmes, ne peut qu'être, culturellement, le produit monstrueux de l'histoire moderne, se précipitant vers l'impasse de l'individualisme absolu et de l'affirmation de la différence pour elle-même.

Certes, c'est l'islam qui est globalement l'objet d'une condamnation dans les textes de Houellebecq. Il considère que la violence, le puritanisme sexuel et l'oppression des femmes ne sont pas des dérives extrémistes qui n'auraient rien à voir avec la vraie foi musulmane, mais découlent directement du Coran. Pour lui, il n'y a pas d'islam tolérant. Que cette opinion soit vraie ou non, il n'y a rien de particulièrement scandaleux à la soutenir. Si Abdel-Illah Salhi a raison de condamner le racisme de Houellebecq (mais peut-il être si assuré de ce racisme ?), il a tort d'identifier le rejet de la culture musulmane avec le racisme, et surtout tort de n'admettre aucune condamnation de l'islam. Ne parlons même pas des pays musulmans où la pratique chrétienne est interdite mais où, en revanche, toute entorse ou injure à l'islam est cruellement réprimée : on pourrait donc, en Occident, brocarder et critiquer à volonté le christianisme, ou le judéo-christianisme, mais pas l'islam ? Une religion qui n'admet pas qu'on la dise intolérante prouve par là même son caractère intolérant.

Une des grandes qualités de Houellebecq est de faire du réalisme sans psychologisme. Ce dernier serait, en effet, contradictoire avec son propos. On est toujours gêné, lorsqu'on entend un écrivain réaliste ou psychologiste, comme l'édition en produit encore industriellement, parler de ses personnages : il est ainsi, il est comme ci, il devient ça. Et pourquoi pas autrement ? L'auteur paraît bien convaincu que ce qui est important, émouvant, c'est l'individualité de ses petits bonshommes. Pourtant, à l'écouter, on se sent envahi par un sentiment de gratuité et de ridicule. L'originalité de Houellebecq consiste à créer des personnages qui n'existent que pour mettre en cause la notion d'individualité. Ils sont ainsi, en effet, et pour des raisons très précises, liées à l'histoire collective et à leur histoire individuelle. Pourtant, comme chez tous les grands romanciers, cet ainsi constitue aussi le cœur du problème. *Les Particules élémentaires* pourrait figurer parmi les romans qui servent à René Girard, dans *Mensonge romantique et vérité romanesque*, à montrer comment les véritables écrivains ne créent la différence individuelle que pour la mettre en question. Il y a dans *Plateforme* des passages qui illustrent nettement cette critique, non seulement de l'individualisme, mais de l'individualité même comme valeur absolue :

> C'est sans doute à tort qu'on soupçonne chez tous les êtres une passion secrète, une part de mystère, une fêlure; si le père de Jean-Yves avait eu à témoigner sur ses convictions intimes, il n'aurait probablement pu faire état que d'une déception légère.

> Il est faux de prétendre que les êtres humains sont uniques, qu'ils portent en eux une singularité irremplaçable; en ce qui me concerne, en tout cas, je ne percevais aucune trace de cette singularité. C'est en vain, le plus souvent, qu'on s'épuise à distinguer des destins individuels, des caractères. En somme, l'idée d'unicité de la personne humaine n'est qu'une pompeuse absurdité. On se souvient de sa propre vie, écrit quelque part Schopenhauer, un peu

plus que d'un roman qu'on aurait lu par le passé. Oui, c'est cela : un peu plus seulement.

Comme dans le bouddhisme, l'ego, l'attachement à l'ego est chez Houellebecq l'origine de toute souffrance. Bruno est devenu raciste à cause de l'ego. Il a quelques raisons de l'être parce que l'ego de cet Autre qui fait l'objet de son racisme s'emploie à lui permettre de justifier sa haine. Cet attachement à l'ego n'est pas seulement nourri par la compétition sexuelle, il l'est avant tout par la mort. Houellebecq, avec quelques arguments forts, met en question l'illusion du moi. Au bout du compte, qu'est-on réellement ? Un individu est sa mort. Au sens large : mort et souffrance, la souffrance ne prenant tout son sens (ou plutôt son non-sens) que, comme le pensait Malraux, dans la mesure où elle représente l'introduction à la mort. Ma mort et ma souffrance ne sont pas celles de l'autre. Ainsi je ne suis pleinement moi que par ce qui me détruit. Le reste se modifie ou s'oublie.

L'histoire des deux demi-frères des *Particules élémentaires* n'a donc rien de gratuit, elle est même logique. Ils sont, comme tous les hommes, frères sans l'être, leurs différences se nourrissent de leur volonté de différence. Leurs parcours sont dissemblables, ils sont deux êtres distincts, et pourtant ils sont aussi, profondément, et comme nous tous, les mêmes. Cette association inextricable d'identité et de différence fait le tragique de l'humanité.

Les romans de Michel Houellebecq dressent avec force le constat d'échec d'une civilisation, qui est peut-être aussi l'échec de l'humanité : la course au moi et à la différence est le moteur de l'apocalypse. Ils dénoncent la cruauté sous toutes ses formes, la méchanceté inhérente à l'homme, dès l'enfance. Les descriptions des persécutions infligées par des enfants à un autre enfant sont impressionnantes. La diminution supposée de la vie sexuelle en Occident n'est pas, subtilement, envisagée comme contradictoire avec une libération sexuelle que Houellebecq considère comme une fausse libération, elle en est une conséquence : chacun s'enferme dans la revendication de son plaisir, de son droit au plaisir, d'une manière qui finit par être quasiment autiste. On ignore l'autre. Le *snuff movie* ou le sadomasochisme, négation et destruction du corps de l'autre, sont présentés comme la conséquence inéluctable de cette libération.

On ne peut pas ignorer ici l'incohérence introduite par *Plateforme* dans le système idéologique de Houellebecq. Certes, il est logique que le rejet de la compétition sexuelle débouche sur l'apologie des étreintes tarifées. Mais la prostitution incarne parfaitement la négation de l'autre. Houellebecq ne peut s'en tirer qu'en montrant, non pas de pauvres filles assujetties par la misère au désir de l'autre, mais des prostituées thaïlandaises qui éprouvent du plaisir et pour lesquelles l'argent occidental, voire le mariage avec un Occidental, constitue un recours à la pauvreté et au mépris. C'est pour le moins discutable. Trop souvent, *Plateforme* suinte grossièrement ce mépris des femmes que l'auteur reproche à juste titre à certains musulmans.

Les femmes, cependant, sont aussi à plusieurs reprises présentées comme « meilleures que les hommes », en particulier dans *Les Particules élémentaires*. Le tourisme sexuel n'est présenté comme l'« avenir du monde » qu'avec une certaine dose de tristesse et de résignation, et il apparaît parfois, en effet, comme la conséquence d'un égoïsme nihiliste :

> Européen aisé, je pouvais acquérir à moindre prix, dans d'autres pays, de la nourriture, des services et des femmes ; Européen décadent, conscient de ma mort prochaine et ayant pleinement accédé à l'égoïsme, je ne voyais aucune raison de m'en priver. J'étais cependant conscient que des gens comme moi étaient incapables d'assurer la survie d'une société, voire tout simplement indignes de vivre.

> Pour l'Occident, je n'éprouve pas de la haine, tout au plus un immense mépris.

La seule issue, chez Houellebecq, c'est l'amour (« en l'absence d'amour, rien ne peut être sanctifié »), ou bien, à défaut d'amour, la compassion. Houellebecq possède ce talent de savoir éveiller cette compassion chez le lecteur non seulement en montrant des victimes, mais par le portrait d'hommes misérables, froids, haineux, médiocres, que nous sommes aussi, justement parce que nous voulons de toutes nos forces, comme eux, être des autres. La compassion transcende les différences.

Reste la « solution finale », si l'on ose dire, l'« eugénisme », l'invention d'une espèce délivrée du désir sexuel et de la mort dans *Les Particules élémentaires.* Là encore, il ne faut pas tout confondre au nom de l'antiracisme. Cela ne ressemble nullement à un eugénisme fasciste, il ne s'agit pas de sélection. Pas question de créer une race d'hommes meilleurs, destinés à dominer les autres. On envisage, c'est un vieux rêve, l'immortalité. Houellebecq ne cesse de plaider pour le plaisir, mais le plaisir seul, délivré de la guerre et de la compétition, de l'épuisant besoin d'affirmation de soi, délivré du sentiment d'honneur ou de honte qui s'attache au sexe. Pour lui, ce type de plaisir semble incompatible avec la différence sexuelle. Son espèce future a une sexualité, mais sans différences de sexe et sans localisation, une sexualité de tout le corps. On peut ne pas partager le rêve. En tout cas, seul un jugement hâtif peut le qualifier de fasciste. L'important, là encore, est la fonction de cette utopie dans son ouvrage, la manière dont elle infléchit le sens.

Personne ne songe à reprocher à Voltaire d'avoir jugé la société de son époque en la présentant par le truchement du regard d'un innocent ou d'un « bon sauvage », Candide, Huron ou Micromégas. Ce que Voltaire a fait pour la civilisation occidentale du XVIIIe siècle, Houellebecq l'accomplit pour l'humanité de notre fin de siècle. À la fin du roman, l'« autre espèce » nous juge. Cet horizon de compassion nous permet une prise de distance, une relativisation de ce que nous sommes, une remise en question de notre attachement à nos petites différences closes. C'est une ouverture et une respiration. Disons que l'« autre espèce » se substitue à ce qu'il n'est plus possible d'introduire aujourd'hui dans la fiction : le regard de Dieu, c'est-à-dire de l'être qui accueille et fond toutes les différences. L'utopie eugéniste de Houellebecq est une variante moderne de la rédemption.

On pourrait être tenté de voir, dans le pessimisme de Houcllebecq et dans ses spéculations scientistes, un renouvellement du roman positiviste de la fin du siècle dernier. Cela donnerait une espèce de Zola chez qui la génétique se serait substituée aux théories sur l'hérédité. Houellebecq se réclame d'ailleurs ouvertement d'Auguste Comte. Dans *Lire*, il évoque sa formation scientifique, et parle de méthode expérimentale : « Mes romans ont en commun avec la méthode scientifique leur côté expérimental. » En fait, sans placer la comparaison au niveau de la valeur de l'écrivain, un autre nom vient à l'esprit lorsque l'on rassemble des traits tels que la condamnation des « démons » révolutionnaires semeurs d'illusions et de mort, la haine de l'individualisme anarchique, l'appel à la compassion : Dostoïevski, autre grand modèle assumé.

Si l'on n'attaque pas le fond, on se tourne vers la forme. On reproche aussi à Houellebecq de ne pas savoir écrire, de ne pas avoir de style. Là encore, ce n'est pas absolument faux. Il y a, en particulier dans *Plateforme*, d'ennuyeuses longueurs, des descriptions de rêves inutiles, une alternance pénible de considérations de stratégie d'entreprise et de scènes sexuelles. Celles-ci se multiplient, sans autre raison apparente que d'attirer le chaland. Elles n'évitent pas toujours le cliché, dans le style « érotisme de qualité » :

> La lumière resplendit sur ses seins et ses hanches, faisant scintiller l'écume sur ses cheveux, ses poils pubiens. Je demeurai figé sur place pendant quelques secondes [...].

> À ce moment, je sentis les parois de sa chatte qui se refermaient sur mon sexe. J'eus l'impression de m'évanouir dans l'espace, seul mon sexe était vivant, parcouru par une onde de

plaisir incroyablement violente. J'éjaculai longuement, à plusieurs reprises.

Houellebecq utilise de vieilles recettes ? C'est vrai, il écrit des romans à message. Mais Proust et Balzac en ont écrit aussi. C'est vrai, on retrouve dans *Les Particules élémentaires* telle fonction traditionnelle de la description dans le roman moderne. Presque tous ses paysages sont là pour faire entendre la basse continue tragique, l'indifférence de la nature, belle mais dépourvue de signification, par rapport aux agitations des hommes. Le procédé est très malrucien. Il est efficace. C'est vrai, il ne renouvelle pas le genre romanesque. Dans l'ensemble, Houellebecq reste fidèle aux procédés du roman naturaliste avec spéculation scientifique, en appuyant un peu fort sur la pédale de l'utopie. Sur cette orchestration peu originale, il parvient à faire entendre sa voix : ses accords de mélancolie et de cynisme, de désolation et d'agressivité ne sonnent jamais faux. La platitude de Houellebecq constitue son arme stylistique, et il sait en faire un usage efficace. Elle est d'abord cohérente avec son projet global. Une œuvre qui stigmatise l'illusion du désir d'originalité se doit de s'exprimer de manière terne. Houellebecq parle d'individus moyens, indifférenciés, dans un langage moyen. Et lorsque ce langage décrit des situations extrêmes, ou des êtres convaincus de l'importance de ce qu'ils sont et de ce qu'ils font, le contraste est souvent irrésistible. La principale vertu de Houellebecq, quelle que soit par ailleurs l'opinion que l'on puisse avoir sur son idéologie, est d'être un grand satiriste, d'une espèce rare : un satiriste calme et effacé. Une espèce de Droopy du pamphlet sociologique. Dans *Les Particules élémentaires*, les séances d'écriture ou de méditation dans un centre de vacances plus ou moins « alternatif » sont décrites de manière désopilante. La scène de *Plateforme* où une jeune artiste présente une œuvre fabriquée avec des moulages de son clitoris n'est guère moins drôle. Ailleurs, un capitaine de gendarmerie interroge le narrateur sur son métier :

> « [...] je travaille au ministère de la Culture. Je prépare des dossiers sur le financement d'expositions, ou parfois de spectacles.
> — Des spectacles ?
> — Des spectacles... de danse contemporaine... Je me sentais radicalement désespéré, envahi par la honte.
> — En somme, vous travaillez dans l'action culturelle.
> — Oui, c'est ça, on peut dire ça comme ça. » Il me fixait avec une sympathie nuancée de sérieux. Il avait conscience de l'existence d'un secteur culturel, une conscience vague mais réelle. Il devait être amené à rencontrer toutes sortes de gens, dans sa profession ; aucun milieu social ne devait lui demeurer complète-

ment étranger. La gendarmerie est un humanisme.

On tombe régulièrement sur d'autres formules réjouissantes :

> Après tout un enfant c'était comme un petit animal, avec il est vrai des tendances méchantes ; disons c'était un peu comme un petit singe. Ça pouvait même avoir des avantages, me dis-je, éventuellement je pourrais lui apprendre à jouer au *Mille Bornes.* Je nourrissais une véritable passion pour le *Mille Bornes,* passion en général inassouvie.

> J'appréciais sa voix douce, son zèle catholique et minuscule, le mouvement de ses lèvres quand elle parlait ; elle devait avoir une bouche bien chaude, prompte à avaler le sperme d'un ami véritable.

> [lors d'une visite d'Angkor] Valérie était songeuse, et marchait le long des allées ; sur les dalles, entre les herbes. C'est ça la culture, me disais-je, c'est un peu chiant, c'est bien ; chacun est renvoyé à son propre néant.

Le goût particulier de ce comique tient à son équivoque (qui n'est pas sans rapport avec l'ambiguïté du personnage et de ses positions) : il s'agit certes d'antiphrase, d'ironie, mais pas seulement. Après un passage explicitement sarcastique, Houellebecq place souvent un commentaire décalé, lénifiant. La description d'une médiocre station balnéaire en Thaïlande se termine ainsi : « La foule se déversait continûment, composée de solitaires, de familles, de couples ; tout cela donnait une grande impression d'innocence. » Il faut aussi prendre cela au premier degré, comme une forme de résignation qui fait pleinement ressortir le caractère dérisoire mais irrépressible des aspirations humaines. Par là, le narrateur ne s'exclut pas de ce dont il se moque. Sa prise de conscience du ridicule est en même temps prise de conscience d'en faire partie.

On portera le jugement que l'on voudra sur les utopies et les obsessions de Houellebecq. Elles lui permettent de composer un tableau poignant et cruel de notre monde. En choisissant des positions radicales, il en exerce une critique radicale. Dans cet éclairage de désespoir, de vide, de mort de toutes valeurs, pas même noir, mais grisâtre, la réalité se découpe de manière saisissante. Si la littérature consiste à nous donner accès à l'homme par d'autres voies que le politique, on peut estimer qu'il n'y a pas à lui demander de comptes politiques. En revanche, il faut exiger d'une œuvre qu'elle dépasse les limites individuelles de son auteur.

On ne peut cependant pas se défendre d'un malaise à propos de Houellebecq, du sentiment qu'il y a là quelque chose de louche. On est en droit de refuser ce nihilisme et cette manière d'universaliser la bassesse. Faut-il penser que cette œuvre, par sa sincérité, son humour, transcende sa médiocrité, ses pulsions répugnantes ? Doit-on au contraire considérer qu'elle tend au lecteur un piège gluant, qu'elle sert à justifier son auteur à ses propres yeux et aux nôtres, à nous faire partager médiocrité et frustrations, à nous y attirer ? Dépassement ou simple entreprise de blanchiment ? Je n'ai pas la réponse.

cette œuvre, par sa sincérité, son humour, transcende sa médiocrité, ses pulsions répugnantes ? Doit-on au contraire considérer qu'elle tend au lecteur un piège gluant, qu'elle sert à justifier son auteur à ses propres yeux et aux vôtres, à nous faire partager médiocrité et frustrations, à nous y attirer ? Dépassement ou simple entreprise de blanchiment ? Je n'ai pas la réponse.

ÉCRIVAINS

LE MARIVAUDAGE RÉVOLUTIONNAIRE : GÉRARD GUÉGAN

Gérard Guégan a publié *Les Irrégulières* un quart de siècle après *Les Irréguliers.* Les deux romans mettent en scène à peu près les mêmes personnages. Le premier s'arrêtait au moment où le groupe terroriste baptisé *Vendetta* (synthèse de la bande à Baader, d'Action directe et des Brigades rouges) passait enfin à l'action. Les pointillés sur lesquels se terminait le récit ouvraient sur la perspective de la révolution. Une génération plus tard, *Les Irrégulières* prend pour personnage principal une figure secondaire des *Irréguliers,* Lafargue, qui revient sur le passé, après l'échec de l'action terroriste, la mort ou l'embourgeoisement des héros.

Les Irréguliers demeure un curieux texte. On n'a pas le sentiment que le temps écoulé permette plus facilement de lui assigner une place déterminée dans un tiroir des genres littéraires. Il est un peu à l'action politique ce que *Point de lendemain* fut à la volupté, à la veille d'une révolution qui, elle, eut lieu : secret, manipulation, danger pour l'action ; rapidité, concision, goût de la formule sèche et frappée pour le style. Raccourcis, syncope, sans cesse. Il y a un *esprit*, au sens XVIIIe siècle, presque un marivaudage du langage révolutionnaire dans *Les Irréguliers*. Là aussi, il s'agit, comme disait Voltaire à propos de Marivaux, de « peser des œufs de mouche dans des balances en toile d'araignée », mouches capitalistes et araignées dialectiques. Les membres de *Vendetta* désirent la révolution comme on désire une femme, déploient des ruses identiques pour l'approcher. Le parallèle entre désir sexuel et révolution est constant dans les deux romans de Gérard Guégan. Le théoricien révolutionnaire Peyrot (qui représente Guy Debord) s'avère dans *Les Irréguliers* n'être qu'un beau parleur, dont la dialectique est surtout à l'usage de ses conquêtes féminines. Ses ahurissants discours de séduction paraissent en provenance directe du règne de Louis XVI : « D'aucuns diront que vous êtes sans vertu. Je dirai que vous les avez toutes, parce que vous avez la grâce de vos passions [...]. Vos fautes sont l'ombre des désirs que vous avez satisfaits, le regret de ceux que vous n'avez pu satisfaire. »

De quoi était-il question, en fait, dans *Les Irréguliers* ? De la révolution ? De plus encore peut-être. Les jeunes gens de *Vendetta* reprochent à Peyrot d'utiliser sa théorie pour n'avoir pas à se colleter avec les faits, c'est un « Lénine sans Lénine ». Le roman s'ouvre sur le récit du suicide d'un de leurs compagnons, Paul Le Goff, pour qui le monde paraît avoir perdu toute épaisseur. Un journaliste conclut de l'ouvrage posthume qu'il laisse sur la vie de Maurice Sachs : « L'objectivité est un leurre [...] Le Goff le prouve. » La révolution et la femme désirée sont les deux hypostases du réel. La dialectique révolutionnaire des personnages et le style du romancier tentent de l'étreindre. Prenant le contre-pied de Le Goff, Guégan cherchait, dans *Les Irréguliers,* le roman objectif. Il utilisait le style comme une arme de conquête. Il voulait se défaire des formes convenues de la fiction, par exemple en impliquant directement, en *mouillant* des contemporains connus. René Andrieu, Roland Leroy, François Mitterrand paraissent sur scène, en compagnie de... Brigitte Fossey. La formule lapidaire, la succession fiévreuse de petits chapitres secs apparaissent comme autant de moyens de briser les conventions pour aller sans détour au cœur des choses. Ce n'est pas du réalisme : un texte sur le désir et un texte sur la révolution ont au moins ceci de commun que la réalité ne leur est pas un objet de reconstitution, mais un objet de conquête. Elle est là, immédiate, à portée de la main, mais toujours à venir, sorte d'*objectif* absolu où brûler et fondre enfin toutes les différences subjectives.

Or c'est l'inverse qui se produit. Le lecteur des *Irréguliers* éprouve un sentiment d'irréalité

— comme le héros de *Point de lendemain.* Les révolutionnaires de 1974 décrits par Guégan partagent avec ceux de 1793 le goût de la rhétorique pompeuse. Ils déclament en permanence. Peut-être faut-il des moyens moins brutaux pour approcher le réel. On ne croit plus aujourd'hui à un homme séduisant une femme en lui débitant sans prévenir à leur première rencontre : « Qu'est-ce que l'homme ? À quoi sert-il ? » Les dialogues du roman sont peut-être réalistes, reflétant l'imperturbable sérieux, le romantisme guérillero de l'époque. Ils paraissent aujourd'hui bien naïfs. Aussi, lorsque à lieu enfin l'action terroriste vers laquelle s'oriente le récit, elle paraît le produit d'un rêve, épiphénomène incongru, parenthèse de l'histoire — et c'est ce qu'elle était.

Si cette rhétorique débouche bien, en effet, sur des actes, ceux-ci n'ont rien à voir avec cet absolu de la révolution qui garantissait aux mots de n'être pas creux. De sorte que la conclusion des *Irréguliers* prend aujourd'hui un sens que l'auteur ne lui donnait pas alors, qu'il pressentait peut-être : l'horizon ouvert de la révolution n'est que l'absence persistante de cette réalité à laquelle les héros des *Irréguliers,* et l'auteur du roman, souhaitaient tant faire un enfant. Le mérite du livre, cependant, en dépit de ses allures militantes, est de maintenir en permanence un doute, une sourde autocritique qui annoncent *Les Irrégulières.* Dans ce dernier roman, Lafargue en donne crûment la teneur à Cloarec, le chef du réseau : « Tu as choisi de terroriser les autres plutôt que de sortir ta queue. »

L'histoire se retourne comme le titre, dans *Les Irrégulières,* image inversée du texte précédent. La révolution est encore une femme que l'on désire. Mais Lafargue ne bande plus. Il semble dès lors logique que l'intrigue y soit moins claire. Le goût persistant du raccourci et de la sentence pleine de sous-entendus y est pour beaucoup. Surtout, on comprend moins clairement qui cherche quoi. La mort du désir a fragmenté l'*objectif.* C'est le désir qui construit le réel. La démarche même de Lafargue paraît invraisemblable : alors qu'il n'y croit plus, qu'en outre il était le moins convaincu du groupe, il se met, vingt-cinq ans après, sur la piste du traître qui aurait donné *Vendetta.* Lui-même ne cesse d'exprimer sa propre incrédulité, ou d'essayer de trouver des raisons valables à une action absurde. Mais justement, cette non-motivation est cohérente avec l'image que Guégan entend donner de notre fin de siècle. Tout y est devenu plus confus. Lafargue, contrairement au jeune homme qu'il a été, a à désirer le désir. Son désir incertain doit d'abord se retourner vers le passé et se nourrir de lui. S'agiter dans l'obscurité pour se trouver.

La forme du récit en est affectée. Contrairement aux *Irréguliers, Les Irrégulières* se soumet bien aux conventions d'un genre, et peut être qualifié de roman policier traditionnel. On dirait qu'il s'applique à mériter le cliché *polar crépusculaire,* avec le schéma topique de son intrigue : un *looser* mène l'enquête, remonte les pistes du passé, revoit les amis anciens, sur la piste du traître d'autrefois. Et, bien entendu, il faut chercher la femme, clé de tout le système. Or, il s'agit de décrire un monde où, précisément, les conventions l'ont emporté, subjuguant même les héros. C'est pourquoi l'énonciation a aussi changé : l'anonyme troisième personne des *Irréguliers* s'imposait alors qu'il s'agissait d'exalter l'effacement de l'individu au profit du groupe. Fait rare dans un roman, il n'y avait pas de personnage principal. *Les Irrégulières* se soumet, au moins dans sa forme, à l'individualisme triomphant : retour au héros-narrateur. Les dialogues restent marqués par le goût de l'aphorisme quelque peu amphigourique, mais il s'y mêle plus d'humour, et de mélancolie. L'un des personnages s'est spécialisé dans les apophtegmes; il en débite à tout propos, à une cadence plus élevée encore que les autres personnages. Mais c'est un serveur de restaurant, qui les a appris en prison sur un livre à moitié déchiré dont il ignore l'auteur, et il n'en comprend pas réellement le sens. On dirait que Guégan projette dans son texte l'image ironique du lecteur, celui qui se tient sur le versant du réel, mais que les mots sont impuissants à atteindre avec toute leur charge de sens.

Guégan se collette toujours avec le même problème : qu'est-ce qui est réel ? Comment l'atteindre ? La question politique est aussi problème romanesque. Dès le début : les fantômes du passé viennent visiter Lafargue sous la forme peu vraisemblable d'une cassette vidéo où l'ancien chef de *Vendetta,* Cloarec, lui enjoint de trouver le traître. À la fin de la cassette, on assiste au suicide de Cloarec. Au départ de l'histoire se tient donc l'irréalité d'une image, symptomatique de notre monde dévoré par les images. Les acteurs sont devenus spectateurs. L'image vit de son existence propre, hors du temps : on ne sait pas quand elle a été tournée, quand Cloarec s'est tué. La quête de Lafargue naît dans cette apesanteur.

Le but du personnage est le même que celui du romancier, reconquérir le désir, donc le réel : « J'avais confondu le sentiment de réalité et le réel qui l'imite sans lui ressembler. C'était courant chez moi dans les jours de ma jeunesse. Il faut croire que ce travers ne m'avait pas quitté. » Or, auteur et personnage s'y prennent parfois gauchement. Les dialogues, par exemple, témoignent du relatif échec de cette entreprise. Ils veulent « faire vrai », mais les gros mots ne suffisent pas à rendre convaincantes des conversations où l'on passe d'un ton populaire de convention à des flambées oratoires. Comme s'ils conservaient un reste du ton sans réplique de leur jeunesse, les personnages savent choisir leurs mots et leur syntaxe en toutes circonstances : « Livia ? ai-je balbutié. Elle a assisté à cette scène abominable ? La malheureuse !... Voilà donc pourquoi elle m'a paru si étrange hier après-midi. Il ne doit pas être facile de vivre avec un tel souvenir. Voir mourir devant ses yeux l'ami de sa jeunesse, quelle horreur ! » Difficile de balbutier plus éloquemment. Il y a cependant des trouvailles, lorsque la fantaisie l'emporte sur le désir un peu trop appuyé de faire vrai. L'une, amusante, est peut-être due au hasard ; l'un des personnages déclare au téléphone à son interlocuteur qui lui demande s'il dormait au moment où il l'a appelé : « Niet, camarade commissaire, je torturais un reste de petit salé aux lentilles. » Invention, ou coquille pour l'argot « je tortorais » ?

Gérard Guégan parvient à intégrer un matériau somme toute traditionnel à la logique particulière de son récit. Le thème de la recherche du traître n'a rien d'original. Mais trahir, manquer à la droiture et à la vérité, c'est se refuser à l'exigence du réel (d'où le lien, dans *Les Irréguliers,* à propos du livre sur Sachs, entre éloge de la trahison et déni de l'objectif). Aussi le thème essentiel du roman, celui en tout cas par lequel il est le plus intéressant de l'aborder, c'est le mensonge. Tout le monde, ou presque, y ment et y manipule, à un point tel que le sentiment du réel finit par se dissoudre, dans un étrange contraste avec le ton des dialogues : on ne sait plus où est le vrai, on parvient mal à croire à une telle complication de mise en scène. Comme le dit la principale manipulatrice : « Tout devrait vous pousser [...] à vous moquer, à ironiser sur ce jeu de piste débile. » Là encore, le réel, si difficilement conquis, se situe au-delà, *off* : le sujet y disparaît, comme Ambrose Bierce, héros du narrateur, dans la révolution mexicaine. La fin du roman tourne court, l'objet recherché se dérobe *in extremis.* Un autre objet toutefois se substitue à lui, qui n'est plus la révolution, mais l'amour. Un tel objet n'est plus affaire de mots, parce qu'il dépasse le champ du *logique* (dont faisaient tant de cas ceux de *Vendetta*) : « Le reste n'est pas du domaine de ce roman. Il n'est d'ailleurs pas écrit puisqu'il appartient à l'imprévisible. » Les deux volets de la quête cessent à ce moment de ressembler à un marivaudage révolutionnaire pour évoquer un diptyque sur la grâce : les héros ne l'obtinrent pas par leurs œuvres. Le pécheur l'a reçue comme malgré lui, parce qu'il ne la cherchait pas.

La grâce est donnée par les femmes, et dans le passage du masculin au féminin, des *Irréguliers* aux *Irrégulières,* leur rôle et leur stature changent. Elles deviennent à la fois les enjeux et les agents véritables de l'action. Peut-être parce qu'elles incarnent la vie, s'opposant au désir de mort des personnages masculins, emprisonnés dans une logique qui les conduit à n'atteindre l'*objectif* que dans le sacrifice orgueilleux de leur individu.

Le diptyque de Gérard Guégan est un discours sur le peu de réalité. Le choix du roman policier n'est pas un hasard. Une illusion est inhérente à ce genre : on peut croire y atteindre la vie même, dans son épaisseur charnelle, et y reconstituer la vérité. En réalité, le roman policier n'est pas la vie. C'est la vie qui est un polar, dès l'origine. Non un fait, mais un discours, une interprétation : « Cette fausse dualité entre le bon et le méchant dont pâtit le tiers, réduit à l'impuissance, n'a pas été inventée par les polardeux. La vie n'est qu'une suite théâtrale d'interrogatoires, de cuisinages, de caftages et de flinguages. Dès le berceau, le père bouscule, la mère tempère, le frère et la sœur rapportent. » Tout récit policier démystifie la réalité alors même que la foi en celle-ci confère à ce même récit sa dynamique. Le *polar* est un genre funèbre, pas seulement parce que l'action gravite autour d'un cadavre humain. Il y a un autre cadavre : l'illusion du réel, ou du moins l'illusion selon laquelle il serait immédiatement à notre portée. À force de l'interpréter, de le reconstruire, on s'aperçoit qu'il s'efface et s'éloigne indéfiniment. Le *polar* s'accorde-t-il avec la foi militante ? S'il va jusqu'au bout de lui-même, ne débouche-t-il pas sur une quête du salut ? Telles sont quelques-unes des questions qui se posent à la lecture de ces deux récits de Gérard Guégan.

L'OPÉRETTE DE VALÈRE NOVARINA :
La rédemption par l'idiotie

Valère Novarina est illisible. Ses textes semblent s'ingénier à produire toutes les variantes possibles du non-sens. En le lisant, en assistant à la représentation de l'une de ses pièces, on ne comprend rien. Pourtant, lorsque ses textes *prennent*, c'est-à-dire lorsque ce qui semblait, dans tel livre ou tel passage, une obscure et gratuite verbigération paraît s'illuminer d'une inexplicable nécessité, lorsque la lecture, la mise en scène, l'interprétation font apparaître certains reliefs émotionnels, le lecteur ou l'auditeur se trouve dans une situation psychologique étrange : le voici emporté dans un monde, ou plutôt dans un processus qui lui est complètement étranger, mais dont il est contraint en même temps de reconnaître la familiarité. Une énergie souterraine anime ce processus, de telle sorte que les décombres d'images, les haillons de mots et les lambeaux de personnages se mettent à acquérir une force suffisante pour jeter le spectateur comme hors de lui, dans des accès d'incohérence enthousiaste.

Un paradoxe similaire affecte le degré de dignité littéraire de ses textes. Valère Novarina est-il un écrivain sérieux ? *A priori,* oui. La réception de son œuvre esquisse la « fortune littéraire » typique du grand écrivain : une relative marginalité au commencement, assortie de refus d'éditeurs ; une notoriété qui s'accroît progressivement, et dépasse le cercle des amateurs intellectuels, sans aller jusqu'à la popularité ; des représentations dans des salles importantes (Bouffes du Nord, Amandiers, Théâtre de la Colline, Théâtre national de Strasbourg, etc.); enfin, une consécration critique sanctionnée par des colloques et des numéros spéciaux de revues littéraires, des travaux universitaires. À cela s'ajoute une sorte d'aura mystique : Valère Novarina connaît saint Augustin ou Mme Guyon, il les utilise dans ses textes théoriques. Il y prend volontiers des accents religieux.

Toutefois, Novarina prend aussi pour modèle des formes ou des personnages dépourvus de dignité, de valeur symbolique. Il recycle, dans ses dernières œuvres, l'opérette et les chansons de caf'conc', se réclame de Louis de Funès dans ses réflexions sur le travail de l'acteur. On trouve dans ses pièces des jeux de mots stupides, des chansonnettes, des plaisanteries scatologiques ou gauloises (dans *Le Babil des classes dangereuses* : « S'il vous plaît, la rue du quai ? — Suivez ce chauve à col roulé »). On a donc affaire à un curieux mélange, entre l'élitisme et le populaire, la parole sacrée et la farce : une sorte d'hybride de Claudel et de Tabarin.

Ce statut incertain (entre l'avant-garde expérimentale et la paralittérature populaire, l'obscurité et l'évidence, l'invention et le poncif) rend malaisée toute tentative de classement de cette œuvre dans les catégories littéraires normales. Bien sûr, on peut affirmer cela de beaucoup d'œuvres majeures, c'est même une banalité que de dire qu'elles échappent aux classements, mais chez Novarina, cela prend une forme extrême, jusqu'au burlesque, tonalité qui joue la basse continue dans un grand nombre de ses pièces. Il est burlesque de faire de Louis de Funès un mystique, comme il est burlesque de mélanger étroitement le vocabulaire de la mystique et les calembours idiots. La tension entre dignité et indignité agit au cœur de son langage. Il ne s'agit pas seulement d'illisibilité, mais aussi de nullité : on dirait que Novarina cherche par tous les moyens à s'approcher du zéro absolu de la valeur littéraire. Il livre au public une verbigération souvent obsessionnelle, charriant toutes sortes de scories. On trouve dans ses pièces d'interminables tirades débitant des formules mathématiques, des foules de personnages sans relief et sans durée, des jeux de mots accablants, une absence totale de continuité dans le propos, des énumérations dont la longueur dépasse toutes les normes, défient la lecture et mettent l'acteur en difficulté, sans motivation très claire.

Bien d'autres contemporains, certes, manient la logorrhée amphigourique. Ils ne font pas nécessairement preuve de la même générosité ; leur illisibilité reste souvent très littéraire, très sérieuse, et au fond assez conventionnelle : il s'agit de montrer, au prix de quelques audaces, que l'on détient une valeur symbolique, qui s'appelle littérature. En revanche, les impossibles textes de Novarina sont emportés par une allégresse communicative. L'inventivité dans l'absurde touche tous les aspects du sens, et plus le texte est délirant, plus il semble que l'on s'approche d'une évidence, qu'on sent s'accroître la pression d'une imminente révélation, dans une excitation joyeuse et incompréhensible à elle-même. C'est cela que l'on aimerait déchiffrer, la représentation achevée, le livre refermé : la nature de ce lien entre la joie et une certaine forme d'absurdité.

Le burlesque et la parodie charrient des éléments de signification qui se rapprochent de ce à quoi nous sommes habitués. On identifie au passage ce qui ressemble à une dénonciation politique ou à une satire sociale. L'exploitation des ouvriers par le patronat, par exemple, dans *L'Atelier volant*. Mais à mesure que l'œuvre se développe, que la voix de l'auteur s'affirme et trouve sa tonalité exacte, l'objet de la dénonciation paraît s'élargir jusqu'à se perdre : c'est le travail, la société, la vie, la condition humaine. Une interprétation hâtive rangerait dans le tiroir « satire de la bourgeoisie » cette réplique (d'une parfaite limpidité, pour une fois, au beau milieu d'une suite de bizarreries) du « malade Darjat », dans *Le Babil des classes dangereuses* (dont le titre même constitue une invite à ce genre de lecture) :

> Je dois participer ce soir à un bal masqué chez un industriel lorrain.

Cette formule a toute l'allure d'une parole ordinaire, elle ne présente aucune impropriété grammaticale ou sémantique, elle n'est même pas métaphorique, elle est motivée par le contexte (le malade désire obtenir l'accord de son médecin). Et pourtant, elle apparaît comme irrémédiablement privée de signification. Non pas à la manière fortc, agressive du pur non-sens. Elle est insignifiante de manière faible : sans importance et incongrue à la fois. Et il ne s'agit pas non plus de dénoncer l'insignifiance des propos quotidiens, sur le mode de *La Cantatrice chauve*, par exemple. Un tel projet n'est sans doute pas étranger au propos de la pièce, mais doit être considéré comme un effet dérivé. La parole quotidienne dit autre chose, et de manière beaucoup moins accentuée. L'absurdité verbale environnante invite à entendre l'absence de signification de la formule, mais elle ne la crée pas à elle seule. Elle met en lumière l'étrange alliance de l'impératif *(je dois)* et de la détermination *(un industriel lorrain).* Cette double qualification *(industriel* et *lorrain)* paraît alimenter la nécessité absolue, pour le malade Darjat, d'aller au bal. La qualité d'industriel nourrit évidemment l'impératif social. Mais pas lorrain, qui passe en contrebande dans le paquet de l'impératif. On s'en aperçoit à peine, mais on sent pourtant le caractère immotivé du détail, qui du coup condamne l'ensemble de la formule, dans la mesure où elle paraît ne se produire que pour lui. Au-delà de l'insignifiance, et sans passer par le symbole ou la métaphore, la phrase fait apparaître, dans la parole, l'alliance d'une détermination *(lorrain)* et d'une nécessité *(je dois).* En d'autres termes, parler revient toujours, de quelque manière, à devoir se rendre au bal masqué chez un industriel lorrain, à élire et à revendiquer des détails. Ce découpage opéré dans le réel a en soi quelque chose de comique. Ce qui demeure dans la phrase, c'est « lorrain », d'autant plus injustifié qu'il paraît investi de nécessité. Fabriquant des choses particulières, la parole est risible. Les formules résolument absurdes de Novarina ne diffèrent pas beaucoup de cette incongruité quasi invisible. Elles se contentent de l'exaspérer.

On songe aussi à une satire à propos de ces personnages qui, dans *L'Origine rouge* et *L'Opérette imaginaire,* incarnent l'information télévisée ou radiophonique, son flux ininterrompu de paroles vides ou redondantes, ses néologismes automatisés :

> L'opération Jean-Jacques Rousseau a pris fin. Les observateurs dûment mandatés ont constaté — caméra au poing — les exactions commises à l'encontre des forces humanitaires dans la Zonetampon ! Et ce, sans entamer la valabilité des propositions tangibles pouvant leur être opposées ni sans altérer la pensabilité des concepts, la palpabilité des espèces sonnantes et trébuchantes, la jourdhabilité du jour d'aujourd'hui, ni mettre un terme à la mortabilité des défunts portés disparus. Tout en soulignant l'infaisabilité d'une bonne partie du possible. Il pleut sur Loudun, Remsheid, Séville, Dakar, Carcassonne et Remsheid.
>
> Au Grognistan, les forces périandroïdes et les troupes parampliputoïdes ont rétropropigé une sévère-cuisante défaite aux forces paléothoïdes infligées en présence grâce à laquelle à la suite duquel le SERUSODOLOSSE vient d'établir une canalisation Duchêne-Pitriot qui permettra de joindre par canaloduc Patalo-Mounbassa au plus vite, sans passer par les abords peu sûrs des boucles marécageuses du fleuve Acapi. Il vient d'être au moins vingt-deux heures six heures douze : en Micro-Gol-

golastre, les forces nanoïdes ont réussi à proplotioniser en position stop l'avancée des forces multilatérales pluninoïdes alliées aux sérusodons à la suite de quoi douze cent trente-huit ont eu en huit minutes subitement la gorge tranchée. En Golgonie, les forces anthropodes viennent de faire demi-tour sur le terrain libre laissé vacant par les forces abandonnantes, ceci de façon rétroactive.

La publicité avec ses slogans n'est pas épargnée non plus :

Buvez Grumeau ! Dormez Textocarbure ! Mangez Bolix ! Pensez à Polodion ! Roulez Glyposphère ! [...] Vis chez U et U ! Mange Polodion ! Avoue Smic-Smac ! Achetez moisi ! Placez chez Positif ! Profitez Gumesec ! Votez Marcel Nous-mêmes ! Mangez des ours ! Choisissez Plongeon ! [...] Roulez gros-tube ! Dormez de marbre !

Mais ces discours ne sont pas plus ridicules que ceux des autres personnages, même lorsqu'ils évoquent des sujets graves. Cela empreint de quelque incertitude la perception de la parodie. Il y a certes abondance de parole noble dans les pièces de Novarina. On ne cesse d'y discourir sur le temps, Dieu, l'identité personnelle, la formule du monde, la mort, le langage, l'origine de l'homme (d'où venons-nous), les fins dernières (où allons-nous), etc., mais tout cela est emporté dans le flot de mots, avec le reste, comme si on ne pouvait parler sérieusement ni avec pertinence de rien. Mais on ne peut pas non plus parler sans sérieux, et l'on se demande si ce n'est pas la satire elle-même qui se trouve moquée et parodiée. Bref, l'extension de la parodie et de la satire est telle que leur objet devient indistinct, hypothétique. Qu'est-ce qu'on imite ? De quoi, de qui se moque-t-on ? De certaines manières de parler, ou, plus profondément, d'une tendance inhérente à la parole même ?

Dans ce déluge verbal, la préoccupation de la parole est centrale, et de très nombreuses situations mettent en scène un personnage mettant en scène sa parole, s'avançant pour pousser la goualante, lisant des extraits de ses œuvres. Dans *La Chair de l'homme,* l'immense tirade énumérant les définitions de Dieu se présente comme un recueil de répliques à propos de Dieu, où les variantes des verbes de discours apparaissent comme aussi importantes que les variantes des représentations de Dieu. Dans *L'Opérette imaginaire,* on atteint trois niveaux de mise en scène de la parole, puisque le personnage se lance dans un monstrueux discours consistant à lire aux autres personnages un extrait de roman uniquement constitué d'une succession interminable de reparties. Les ressources en verbes de discours s'épuisent, si bien que le personnage paraît réduit à employer des verbes d'action :

« Qu'est-ce que c'est ? » s'interrogea Ernest ; « L'emballage n'est pas d'origine » remarqua le docteur Gauthier vêtue de son nouveau tailleur pied-de-poule ; « Il n'empêche qu'il est intrinsèquement laid » postula Mireille ; « Hem » lâcha Corentin ; « Oh là » prospecta Ciboire ; « Je passe » cornemusa Jean Yolande ; « Là j'hésite » balança Nestor ; « Je suis s'ivre » zigzagua Boniface ; « Slptatrtacthurch ! » dégringola Caroline ; « Attention à la marche » prévint Prudence ; « Oh pardon » péta Philibert ; « Soupe-à-la-grimace amaigrit la louche », oulipa Babouin ; « Éric, il faut un calme et bon caviste pour eux sept » glissa l'adjudant Robillard.

Cette contamination de l'action par la parole produit deux effets : d'une part, toute action paraît susceptible de se faire parole, même la plus basse et la plus triviale. D'autre part, la parole, en s'universalisant et en se banalisant, perd de sa dignité. Chaque pièce de Novarina est à l'image de ces deux répliques : elle se compose, schématiquement, d'une succession ininterrompue de prises de parole, prolifération d'un discours cancéreux.

L'objet le plus large possible d'une parodie serait, non pas un usage particulier du langage, mais le langage même. Les opérettes de Novarina se moquent, dirait-on, de l'homme en tant qu'il parle. Lorsqu'il montre des hommes-machines débitant de l'information, Novarina ne raille pas seulement la télévision et la radio, mais la fonction du langage qu'elles représentent : celle qui consiste à communiquer, à transmettre une information, un sens. L'une des pensées recueillies dans *Pendant la matière* condense parfaitement ce dont il est question dans ces litanies burlesques :

> Parler est vraiment catastrophique. « Il y a pour moi quelque chose d'incompréhensible dans le fait de parler », voilà ce que doit dire chaque jour le speaker avant de commencer son journal télévisé. À la suite de quoi toutes les images porteraient en perpétuel sous-titre : « le réel n'est pas vu ».

L'invention de peuplades, de compagnies, de produits, dont les noms sont débités mécaniquement, comme s'il s'agissait d'objets notoires, accentue la tension entre un usage de la parole qui considère celle-ci comme une évidence, et l'étrangeté du fait de parler, voire son caractère « catastrophique ». Les mots sont grotesques, qui donnent importance à des riens. Une grande partie de la réflexion théorique de Novarina prend sa source dans ce constat dressé dans *Notre parole* : « Toute la vérité dite est toujours un mensonge. » Comme s'il y avait dans le dit, dans ce qui prend forme et sens et s'installe par la voix ou l'écriture dans le monde réel, une intime trahison de quelque chose de plus secret, de plus ancien, de fermé, toujours en amont de la parole, et dont celle-ci nous exile irrémédiablement.

Le théâtre de Novarina ne se contente pas de représenter cette indignité, il s'y vautre, se roule dans le bavardage, l'insanité, la bêtise, les lieux communs. Il est lui-même indigne, il représente l'indignité de la littérature, en tant qu'usage particulier du langage. Le non-sens ne propose pas de recours au sens, ne se donne pas comme une autre parole, empreinte de dignité. En ne disant rien de compréhensible, il s'agit de détourner l'attention du sens pour l'attirer en deçà, vers l'acte de parole lui-même. Le personnage ne dit rien, mais fait comme s'il disait quelque chose. Pour montrer qu'il dit, il se livre à une bouffonnerie expressionniste où se creuse jusqu'à l'intenable l'écart entre cet excès de verbe et son contenu. Même si l'on retrouve dans les textes théoriques de Novarina quelque écho de considérations mallarméennes sur la parole négative, quelques restes d'une métaphysique du silence, cela n'a guère de conséquences sur son théâtre, plein de bruit, d'agitation et de discours. Si toute parole est indigne, on ne peut pas parler de silence sans indignité. Et l'indignité de la parole s'accompagne constamment chez Novarina d'un éloge de la parole, comme si elle était à elle-même son seul recours, à condition qu'elle assume pleinement sa bêtise. Il n'y a pas à se réfugier dans le non-dit et le mutisme. Il s'agit de plonger au cœur de l'idiotie, de « pratiquer la littérature comme cure d'idiotie ».

Que signifie exactement cette idée d'une indignité du langage, du moins en tant qu'il *fait sens* ? Novarina, dans *Notre parole,* écrit que « nous avons reçu une idée trop petite, précise, trop étriquée, trop mesurée, trop propriétaire de l'homme ». « Il y a comme un voleur en nous, une présence dans la nuit. » « Il y a un autre en moi, qui n'est pas vous, qui n'est personne. » Or, « nous ne pouvons en parler ». En même temps, la parole réalise « un exil, une séparation ». Il y a une contradiction au cœur du langage. Nous ne pouvons pas parler de cet « autre », nous ne pouvons pas parler de « personne », et cependant, en parlant, de quelque manière, « personne parle » : « la parole part du moi en ce sens qu'elle le quitte ». La parole est indigne parce qu'elle est toujours infidèle à sa vocation. Comment pourrait-elle ne pas se trahir, puisqu'elle fait sortir quelque chose de quelqu'un ?

> Il y a quelque chose d'insupportable dans l'idée d'émission — et qu'une chose parlée, chantée, issue du corps, puisse passer du dedans au dchors et sortir vers quelqu'un.

La trahison de la parole consiste à émettre de la pertinence, du *propre.* Parler serait indigne dans la mesure où faire sens revient à choisir le propre contre l'impropre. Le *propre,* dans cette acception, correspond à une double délimitation : dire quelque chose de précis à propos d'une chose particulière (et non le contraire, et non n'importe quoi d'autre à propos de tout autre chose) ; se définir par son propos, se réduire à un discours. Le discours propre réalise une appropriation d'un sens précis par un sujet précis. Il exprime son avis, son opinion, son point de vue. Le sujet est ce qu'il dit. Il revendique ses mots et se revendique en eux. Parler traîne comme une ombre son remords : qu'il n'y ait pas, en lieu et place de ce quelqu'un décidant de dire quelque chose, n'importe qui disant tout sans le vouloir.

Novarina montre donc, et remontre jusqu'à l'épuisement ce fait brut, inépuisable, inacceptable : quelqu'un entre en scène et *prend* la parole. Il décide, il tranche. Incessantes entrées de clowns, tonitruantes, mélodieuses, trébuchantes, larmoyantes, assurées, titubantes. Entrées à peu près toujours ratées aussi, éphémères, presque des sorties. En scène, en principe, l'entrée obéit à une nécessité, elle est attendue, il s'agit d'intervenir dans l'action. Le personnage, chez Novarina, entre sans raison. Pourquoi lui et pas un autre ? On ne sait pas. Il porte un nom, souvent bizarre, et cette bizarrerie entre en conflit avec la gratuité de l'entrée : pourquoi cet individu précis paraît-il au moment où on n'a aucunement besoin de lui ? L'acteur se montre parlant, ouvre une bouche monstrueuse, étale son corps. Puis un autre lui succède, et encore un autre, comme on ressasserait une obscénité, comme on la remâcherait à l'infini pour la goûter et la regoûter jusqu'à la détruire. Parfois même, c'est un mort qui entre et sort, promené sur un chariot. Alors l'obscénité bouffonne est poussée à bout. Il ne reste plus que ce corps que l'on montre pour le montrer, que la chose humaine exposée. Et ce mort brandit la parole morte de panonceaux porteurs d'inscriptions, comme une revendication. Il *incarne* ainsi, au sens le plus fort, la volonté grotesque de dire, mise à nu :

> *Le mort traverse la scène sur un chariot poussé par le galoupe.*
> LA FEMME PANTAGONIQUE : — Que tient-il dans sa main désespérante ?
> LE GALOUPE : — Un papier écrit où il n'y a rien d'écrit.

On dirait que, de même que toute parole est indigne, tout spectacle a quelque chose d'obscène et de monstrueux, comme si à chaque fois que l'on parle ou que l'on se montre, on répétait l'acte d'individuation dans son étrangeté, dans sa scandaleuse stupidité : qu'il y ait ceci, ceci de singulier, qui dans la parole se revendique. Montrer quelque chose est toujours affreusement insignifiant. « Voulez-vous que je vous montre une photographie du chien de ma fille ? » demande Fi à brûle-pourpoint dans *Le*

Babil des classes dangereuses. La photo de l'animal possédé par un parent résume l'objet de toute représentation : une broutille obscène à force d'être secondaire. On ne parvient jamais à représenter d'objet digne de la représentation. « Animaux, animaux », s'écrie le narrateur du *Discours aux animaux,* « enlevez-moi surtout ce que j'ai vu par mes deux yeux, qui sont deux trous de honte juste pour sa gloire jetés sur lui ! » Le théâtre, et surtout l'opérette, forme épuisée, féconde en clichés, en vieilles blagues, en rituels, où l'on en fait trop, où l'acteur se met en avant pour ne rien dire, est la forme idéale de cette honte de la représentation.

Il est « catastrophique » qu'un être se sépare de ce qui n'est pas, le langage étant le comble de la séparation. *L'Origine rouge,* qui s'ouvre par l'énumération des ancêtres de l'homme, semble vouloir remonter à cette impossible genèse d'avant la profération et d'avant le paraître, mais l'interminable défilé des espèces d'hominidés suggère l'impossibilité de n'être pas toujours déjà jeté dans l'apparition. L'homme n'est jamais apparu, n'a pas d'origine, il ne cesse de paraître, sans fin, il n'est jamais dans cet en-deçà de lui-même qui est pourtant lui-même, dans cette indicible rétention dont l'évocation ouvre la pièce : « Ceux qui retiennent la lumière, comme par exemple l'agate — ceux qui retiennent le lait, comme par exemple la mamelle ». Étranges formules, où l'on dirait que ce qui est livré et s'écoule n'est que l'apparence d'une plus essentielle *réserve*.

Le théâtre de Novarina pousse à bout la tendance humaine à la singularité : les personnages et leurs prénoms insolites prolifèrent, on énumère sans fin les noms de villes, de peuples ou d'animaux, souvent de pure fantaisie. Les êtres, chez lui, sont toujours hyperspécialisés, dans leurs dénominations, leurs professions, leurs activités :

> LE CONTRESUJET : — Que font parmi eux les Alfortains transicrates, les Diandolphistes et les Maxipontains ? Que font-ils pendant leurs cercueils ?
> LE BONHOMME NIHIL : — Ils croisent sur les voies adverses les populations cruséosaturniennes ; ils mangent à toute vitesse, vont pétaradant et font de la fumée.

> JEAN TERRIER : — Attentiste à Croix de Vaux, lendemaintiseur à Umnate, conditionniste-précariteur aux Hauts de Valois, magéliseur, poseur de pied, forfaitueur, poseur de mais, poseur de quoi, ubiquiste à Ulumna, pourquoipathe aux Croix de Vouzilles, mutique à Niort. Isolé dans mon berceau animau, à l'âge de 1, j'écrivis déjà 8 poèmes 8.

L'auteur peut aussi simplement dresser des listes onomastiques, comme fasciné par l'obscène déploiement du propre. Une foule de personnes, dans *Je suis,* est convoquée par un

« appelant ». On songe à quelque Jour du Jugement. S'agit-il de damner le propre, ou de le sauver ?

L'invention verbale exacerbe encore cette singularité. Dans la désignation par un nom connu, qu'il s'agisse d'un nom commun ou d'un nom propre, se dissipe un peu le caractère particulier de ce qui est désigné. Ce qui n'est nommé qu'une fois demeure irrémédiablement singulier. Le mode d'énoncé de la singularité contribue encore à son isolement : listes et énumérations n'articulent aucune proposition. Le nom n'apparaît pas lié aux autres noms dans une relation de sens. Il figure pour lui-même, sans autre raison d'être que lui-même, il n'a rien d'autre à faire que de désigner. Plus encore, les personnages ne cessent de revendiquer leur attachement à eux-mêmes, leur caractère unique et irremplaçable. C'est là une des scies braillées par les personnages des opérettes que sont *Je suis, L'Origine rouge* et *L'Opérette imaginaire* :

Boulevard du soi boulevard du soi
Boulevard du soi boulevard du soi-même !

Un jour un homme, j'ai mis l'pied d'dans :
Je tombe sur moi, c'est épatant !

Ch'uis le plus gros avorton
D'la machine rond-e
Et j'le chante juste pour faire
Fuir-e tout le monde !

La tirade prend volontiers la forme du récit autobiographique : quelqu'un y raconte sa vie (dans *Le Monologue d'Adramélech*, les monologues du *Discours aux animaux* ou de *Vous qui habitez le temps*) comme si la succession des événements dessinait une façon très spéciale d'être au monde. Ainsi dans *Je suis* :

> Ainsi s'écoula ma huitième année de sixième mixte. En septième, maîtresse Richard Blancarde, qui refusait de me présenter à l'examen d'entrée pour sortir de la septième, me mit dans la rangée des cancres avec Buisson-et-Michaud. « Tout ça, dit-elle, mon cher Jean Rien, te fera passer le goût du pain. » Le goût du temps, je l'avais dépassé depuis longtemps, car je n'étais, à l'époque, déjà même plus moi-même. Mis en usine métrique, chez Madame Soupape, de Saïgon, je me fiançai un soir de juin à une Christine Pébroque qui n'exista pas.

Une pièce de Novarina paraît donc accumuler des détails, une poussière d'individus, de lieux dépourvus de liens. En les accumulant, cependant, il les vide et les épuise. L'excès de singularité débouche sur autre chose que la singularité. D'un côté, à force de spécialiser les identités, les fonctions, la particularité s'amenuise jusqu'à n'avoir presque plus de contenu et de sens. Ce qui serait absolument particulier ne serait plus rien. De l'autre, les litanies égarent la singularité dans le nombre, et semblent ne jamais devoir s'arrêter. On dirait que l'infini suggéré par la quantité impossible à lire et quasi impossible à dire absorbe tout ce que donne le nom. Les personnages se nomment volontiers Jean, ou pire, Jean Singulier. Le nom propre est commun : Jean, dans certaines locutions, ou dans le parler paysan, c'est « n'importe qui », « quelqu'un ». Le nom commun est *singulier*. Jean Singulier nomme la banalité de toute identité. Dans le monologue, le propre se perd dans sa propre extension. Dans la nomination, il se rétracte jusqu'à disparaître.

La parole ne représente pas une récupération de l'individu par lui-même, maîtrise, domination de soi dans la réflexivité, mais une désappropriation. On parle comme on se vide, on bavarde bêtement. La parole *n'exprime* pas le propre, elle le *dépense*. De même, si le nom inventé désigne une singularité irréductible, c'est en lui ôtant tout contenu. Ce qu'il nomme n'existe pas et ne correspond à aucune possibilité d'être. Le Moi finit même par se confondre avec un matériau. Je suis « en bois de moi » (l'expression revient sans cesse). De même que Jean est le matériau indifférent du prénom, le bois vaut pour toute espèce de matière première. Tout en incarnant l'épaisseur et la solidité rêvée de l'identité, ils la détachent du sujet. L'identité est un matériau : tout individu est autre chose que ce dont il est constitué. Dans *L'Opérette imaginaire,* des personnages occupés à se courtiser, poussent à l'extrême le paradoxe loufoque : dire un être dans ce qu'il a de particulier, c'est le vider de sa particularité. Il s'agit, pour chacun de ces personnages, d'exprimer son amour à l'autre, c'est-à-dire de s'extasier devant ce qu'il est :

> LA DAME AUTOCÉPHALE : — Ce que je veux, c'est ton splendide pancréasse, j'en ai jamais vu des comme çasse...
> L'OUVRIER OUICEPS : — Ce que je veux, c'est ta rate fleurie-e, qui s'exclaffe-e, chaque fois que tu ris...
> LA DAME AUTOCÉPHALE : — Ce que je veux, c'est tes doubles poumons, qui s'déplient en accordéons...
> L'OUVRIER OUICEPS : — Ce que je veux, c'est ton museau de tanche, au p'tit conduit si tellement étanche... [...]
> LE VALET DE CARREAU : — Ce que je veux, c'est ton conduit des frères Gerbault qui m'ont toujours fait saliver l'museau...
> LA DAME AUTOCÉPHALE : — Ce que je veux, c'est ton creux poplité, qu'est si commode pour pas tomber... [...]
> LE VALET DE CARREAU : — Ce que je veux, c'est ta gouttière costale prolongeant d'façon si vespérale mon isthme pharingo-nasal...
> LA DAME AUTOCÉPHALE : — Ce que je veux, c'est ton tubercule préco-tyloïdien volant au secours d'mon faisceau cubito-carpien...

LE VALET DE CARREAU : — Reine de toutes les femmes ! Bergère intra-muros ! Lumière in octavo ! Poussière de bas en haut !

LA DAME AUTOCÉPHALE : — Prolifération théurgique !

LE VALET DE CARREAU : — Visage de visages ! Sidération consistante ! Faon de bichitude !

LA DAME AUTOCÉPHALE : — Vase de vertu ! Urgence première !

LE VALET DE CARREAU : — Transifuge superpérante ! Monade canonique ! Sphère parthénopéenne ! Vastitude autorégulée ! Lenteur à toute allure !

LA DAME AUTOCÉPHALE : — Fulgurance tonique ! Clairon révolutionnaire ! Avalanche plausible !

LE VALET DE CARREAU : — Panneau fortipérant ! Épizootie vivifiante ! Automate imprévisible ! Guêpe immarcescible !

LA DAME AUTOCÉPHALE : — Vierge inoculée ! Maximum en toutes choses ! Impression de déjà là !

LE VALET DE CARREAU : — Espérance des pauvres ! Beaucoup des sans-rien ! Dilection de certitudes ! Portefeuille de la république ! Écho des songes !

D'un côté, l'objet d'amour s'égare dans l'infinitésimal et l'innombrable quantité de ses parties, représentée de manière saugrenue par les termes physiologiques. De l'autre, susceptible de recevoir toutes les qualifications, sa singularité (ce qui en lui est digne d'amour et engendre l'extase) équivaut à n'importe quoi (n'importe quoi qui s'exprime dans les étranges couples nom-adjectif) : il est potentiellement tout. Le singulier apparaît ainsi comme un point absurde, à peu près intenable, entre le presque rien et le presque tout. Ainsi, logiquement, « une chose c'est rien », et « je me déguise en homme pour être rien ». Ainsi, dans *Le Monologue d'Adramélech,* une absence de particularité peut-elle être extraordinaire, et un paysage décrit comme « extraordinairement peu vert ».

Quelle joie bizarre éprouve-t-on à entendre des phrases telles que : « Tu sens la dune, la vie sans ombre, le chameau à perpétuité » ou « Par contre y m'dégoûte de manger des œufs de clown » ? Dans la première phrase, les formules convenues, engluées de poésie métaphorique, par conséquent de dignité littéraire, finissent par engendrer un monstre, un objet à la fois consistant, lourd, dépourvu de toute idéalisation métaphorique, de tout arrière-sens, et pourtant totalement improbable : présence irréductible et dépourvue de justification. En entendant, au terme de la série, « le chameau à perpétuité », on se sent libéré, projeté dans une dimension particulière du réel où les choses en même temps pèsent de tout leur poids et cessent de vouloir rien dire, sinon l'étrangeté de leur présence. Dans la seconde phrase, la profession est prise comme une espèce. On est clown comme on serait dinde. En même temps, humiliée, animalisée, productive, elle se réduit à presque rien, un détail de basse-cour ou de gastronomie. La singularité est toujours clownesque.

L'allégresse engendrée par les pièces de Novarina et l'impression d'évidence qu'elles dispensent tiennent à ce double mouvement d'exacerbation et d'épuisement de la singularité, qui produit l'impression d'étrange familiarité : il est inépuisablement étrange que les choses singulières soient. Cette étrangeté les arrache à elles-mêmes. Le monde des pièces de Novarina n'est pas différent de celui que nous connaissons, il n'esquive ni la banalité ni la platitude, il ne détourne pas l'attention de l'insignifiance, bien au contraire, il va jusqu'au bout. Et dans cet extrême de la platitude et de la stupidité, on éprouve l'impression libératrice de sortir d'une vieille fiction, celle qui nous raconte que les choses sont ainsi, nécessairement, pour retrouver une dimension oubliée. Au plus intime de soi on trouve l'étrangeté à soi.

La démesure du théâtre de Novarina vise un paroxysme du jeu d'acteur, et l'épuisement, dans le personnage, par la profération, de l'intention de dire. Dans l'acte II de *L'Opérette imaginaire,* c'est tout le théâtre qui défile, parodié en bloc, avec ses répliques, ses mimiques, ses situations familières, mais vidées, stupides, coupées de toute motivation dans le contexte :

ADRASTE : — Va, je ne t'en veux point d'accabler mon pardon d'un vain semblant d'accalmie. (C'est superficiel, très-très superficiel !)

PANTHROPE : — (Apparemment, il ne me remet pas... Tiens tiens, le pourpre monte à son front.) Rompons cette affection sans issue par une fin de non-recevoir et déclinons ensemble la liste ici de nos jours passés de saison : lundi mardi mercredi. (Je lui laisse le soin d'imaginer la suite.)

ADRASTE : — (Feignons de croire qu'il se tait. Son silence prouve qu'il n'a rien à dire.)

PANTHROPE : — (Tu ne m'auras pas mon p'tit bonhomme !)

ADRASTE : — (Et vlan !)

Panthrope : — ((Feignons l'indifférence : devinerais-tu pourquoi ma biche ?) (N'allons pas plus loin.)

EXODURGE : — Zoubaïa Narpardinova !

THÉODRILLE : — Oui Barine.

EXODURGE : — (Cristi c'est un coriace !)

THÉODRILLE : — (Il en pince.) Ah mais ! ah mais !

EXODURGE : — Me lâchera-t-il ? (Il ne veut pas me lâcher !) Voulez-vous me lâcher ?

Ces grimaces, ces conflits sans consistance mettent à nu la théâtralité, la volonté de dire et de se produire face à l'autre, sur la scène. Indéfiniment, mécaniquement poursuivis, ils finissent par sembler provenir non d'une intention, mais d'une espèce de spontanéité, de neutralité parlante.

On pourrait être tenté de rattacher les textes de Novarina au surréalisme. Pourtant, l'effet d'évidence et de familiarité qu'ils produisent est plutôt l'apanage du réalisme. L'idée n'est pas aussi paradoxale qu'elle en a l'air. Les thèmes et les images de ces pièces appartiennent à notre univers le plus quotidien, celui des supermarchés, du journal télévisé, de la maladie, des petits métiers, des voitures. Les monologues calquent leur déroulement sur la forme de discours la plus ordinaire qui soit : un homme raconte sa vie, c'est-à-dire son travail et ses petites misères. J'ai habité ici, et puis là, j'ai eu un chien, j'ai mal, j'aime, je meurs. Bien sûr, ce qui différencie ce réalisme d'un ordinaire naturalisme saute aux yeux : tout cela se dit dans un charabia persillé de termes philosophiques. Personne ne parle ainsi. La parole ordinaire se cantonne dans les limites du sens. Mais peut-être est-ce en bâtissant ces limites signifiantes que la parole ordinaire ment et construit une fiction. Charabia et métaphysique arrachent la parole à la fiction d'elle-même, à la médiation du sens pour revenir à une dimension plus originaire. « La parole nous est étrangère, elle vient du dehors et nous ouvre par-dedans. [...] Elle est étrangère à nous et comme en nous la marque d'un passage étranger. Au plus profond de moi, la parole ne m'appartient pas. »

La parole ordinaire est philosophique, mais elle ne le sait pas, ou ne veut pas le savoir. Le sens n'est que l'écume du charabia. Dans son mouvement profond, dans ses pulsions enfantines, la parole ne veut pas de l'ordre signifiant. Elle veut malaxer la pâte des mots comme l'enfant aime à malaxer la boue ou la pâte à modeler. Elle cherche l'ivresse de la répétition (« tout au bout de la répétition respiratoire, il y a une joie circulaire qui s'atteint »), l'ébriété donnée par les formules que des variations sans fin vident de tout contenu. Il s'agit de se garder du sens par l'excès, en donnant aux processus de signification une telle extension qu'ils finissent par s'égarer.

La formule du monde, dans *L'Origine rouge*, est à la fois la fiction d'une signification totale et un non-sens absolu, une pure cacophonie exténuante où la parole demeure nue, à l'état d'énergie pure. Et par là même, tout au bout du non-sens, les choses se retournent et la formule du monde est bien la formule du monde. Cette bouffonnerie mathématique est le langage le plus réaliste qui soit. Dans sa rage d'expression, l'énoncé mathématique, qui voudrait enfermer le monde dans un sens définitif, fait entendre comme malgré lui l'immédiat, la présence familière, telle qu'elle subsiste dans le langage le plus abstrait, le plus médiat qui soit, au-delà de toute signification particulière : « il y a ». Ainsi, « très précisément chaque mot désigne l'inconnu ». Très précisément, parce qu'il faudrait une singularité infinie (une précision absurde, ce que tentent de réaliser les formules loufoques de l'opérette) pour qu'apparaisse ce qui est au-delà de toute singularité, ce que le langage ne cesse de désigner en disant toujours autre chose.

Le personnage du théâtre de Novarina, en effet, dans l'emballement de sa parole, dépasse l'ordre ordinaire de l'énonciation où *je* dis *quelque chose.* « Je n'ai jamais supporté l'idée que quelqu'un fasse quelque chose », écrit Novarina dans *Pendant la matière,* assignant pour fonction à l'écriture une perte d'intention et une désappropriation. Dans le chaos de l'opérette emballée, on ne dit plus que : « ça parle », ou « c'est là ». Cet état enfantin de la parole correspond à la jouissance de désigner une présence sans sujet ni objet, comme on pointerait le doigt vers le réel même, en deçà de ces fictions qui se nomment sujet, objet, personne, temps. Le réel, c'est-à-dire ce qui est *ainsi* dans sa spontanéité. En ce sens, le réel ne peut pas faire l'objet d'une assertion. On ne peut ni le nier ni l'affirmer. Toute négation, toute affirmation reconstruit une fiction, esquisse à nouveau un sujet de la parole, donc une personne, reconstruit un ordre et des limites. C'est pourquoi les personnages de Novarina ne cessent de dire alternativement une chose et son contraire, d'émettre des propositions impertinentes. Il leur faut « dire alternativement oui et sac », placer tous les mots sur le même plan, celui de l'interjection. « Oui » devient comme « sac », n'affirme plus, devient une espèce de contenant vide, de réceptacle. « Sac » est comme « oui », ne se limite plus à un signifiant quelconque, sort du sac à parole le fait de dire, la présence comme le creux dans la besace des mots.

Cependant, hors de toute affirmation et de toute négation, comment faire pour dire le réel de la présence pure ? Si je ne veux pas nier, j'affirme et je m'enferme dans les limites de mon affirmation, qui délimitent aussi ma propriété. Si je ne veux pas affirmer, je nie, et je tombe dans la métaphysique du néant, le romantisme nihiliste, autre forme de limitation et d'appropriation. Laisser passer la présence dans le langage implique de lâcher prise, donc de se dessaisir de l'intention de nier ou d'affirmer. De retrouver une spontanéité, une forme d'idiotie.

Tous les textes de Novarina se déploient dans la perspective d'un dépassement du couple affirmation-négation. Leur voie est celle de l'excès : ils affirment trop, ils nient trop. Ils veulent « avancer dans la parole jusqu'à nier les mots ». Ils tentent d'atteindre ce point d'exacerbation où volonté d'affirmer et volonté de nier se dépassent, se renversent, cessent d'être elles-mêmes à force de l'être. C'est en ce sens qu'on pourrait dire que l'étrange réalisme de Novarina est le miroir du réel : son théâtre représente le monde à l'envers. Dans le monde, les êtres humains sont réellement eux-mêmes en deçà d'eux-mêmes, vers l'origine, vers l'enfance, ou, à chaque instant de leur existence, avant d'exister, dans les bredouillements et les confusions qui précèdent la parole articulée, l'incertitude qui précède le choix, l'indéterminé d'avant toute détermination et toute séparation. Avant le temps, puisqu'ils sont contraints d'« habiter le temps ». La réalité se situerait ainsi dans une sorte d'antériorité absolue, non pas dans l'autre monde des essences, mais au cœur de ce monde même. Or, dans la représentation, ce point de l'antériorité absolue se déplace à l'autre extrémité, de l'en-deçà à l'au-delà : au-delà des mots se pressant vers leur excès. Sur scène, le réel se situe par-delà la déflagration. Il fait l'objet d'une prophétie (celle de l'« enfant-tuyau »), il est de nature *apocalyptique*. Il n'est pas ici et maintenant : il est ce vers quoi on se jette, ce à quoi on s'abandonne. Il est le mouvement même de l'abandon, où plus rien n'est propre. Cette nécessité de l'excès, de l'impropriété comme dépouillement du langage, qui permet seule de dépasser l'alternative de l'affirmation ou de la négation, impose la bouffonnerie. Dans une telle perspective, le réalisme est forcément bouffon.

La présence constitue le fond indéterminé des choses déterminées. Elle ne nie pas la particularité, elle équivaut à l'infiniment particulier qui cesserait d'être particulier, ou, en d'autres termes, à la particularité telle qu'elle est sans raison d'être, vide, abandonnée. L'opérette est l'art de l'exagération bouffonne et du petit détail idiot — c'est-à-dire de la particularité injustifiée. Les personnages d'opérette ne cessent de dire « je suis », de s'avancer sur la scène sans rien avoir d'autre à proclamer que leur singularité. Ils se hurlent leur amour dans des rengaines stupides où l'amour cesse d'avoir d'autre motif et d'autre justification que son existence. L'acteur y paraît dans une telle débauche de mots et de visibilité qu'il y disparaît. L'opérette accomplit l'exténuation des choses singulières. Elle les sauve à force de les réduire à rien et de les dépouiller de leur dignité.

Auteur d'opérettes, Novarina demeure un écrivain, semblable à tous les autres écrivains. Comme écrivain, il vit cette situation paradoxale qui consiste à se sauver par l'intermédiaire d'une œuvre où rien n'est sauvé, à préserver sa dignité grâce à l'indignité littéraire. Écrire consiste à chercher l'impropre et la désappropriation. Ce faisant, l'écrivain bâtit une œuvre. Il se l'approprie, il devient ce qu'elle est. L'opérette, ce « diminutif », constitue une réponse à cette appropriation. La nécessité esthétique de l'opérette est aussi une nécessité éthique. C'est par un art indigne et idiot que la faute d'être écrivain peut trouver sa rédemption. Quête vouée à l'échec : on est toujours rattrapé par la propriété. Du moins peut-on tenter, avec obstination, de lui échapper. L'art idiot de Novarina, dans lequel la conscience et le savoir aspirent à devenir autres, mobilisent toutes leurs ressources pour se dépasser, est à l'exact opposé de l'ordinaire et satisfaite bêtise.

L'ŒUVRE ANTHUME D'ÉRIC CHEVILLARD

Le terme « roman » ne correspond pas à grand-chose dans le cas des ouvrages d'Éric Chevillard. Ces textes, plus descriptifs que narratifs, semblent aborder des sujets très différents : *Mourir m'enrhume* (1987), l'agonie d'un vieillard ; *Le Démarcheur* (1988), le travail d'un rédacteur d'épitaphes ; *Palafox* (1990), la chasse d'un animal improbable susceptible d'être n'importe quel animal ; *Le Caoutchouc décidément* (1992), le projet d'un inventeur fou qui veut refaire le monde en supprimant toute habitude, redite ou loi ; *Préhistoire* (1994), les occupations du gardien d'une grotte ; *Au plafond,* la vie quotidienne d'un groupe d'individus occupant, tête en bas, le plafond d'un appartement bourgeois ; *L'Œuvre posthume de Thomas Pilaster* (1999), la publication des textes inédits d'un écrivain par un critique vindicatif. *La Nébuleuse du crabe* (1993) et *Un fantôme* (1995), textes résolument fragmentaires, donnent des aperçus sur le personnage saugrenu et protéiforme de

Crab. *Les Absences du Capitaine Cook* (2001) est impossible à décrire. On y suit un personnage appelé « notre homme » dans une suite ininterrompue de coq-à-l'âne. Ces « sujets » sont des non-sujets, variantes d'une situation unique : la confrontation d'un discours et d'un objet fuyant. Ils mettent en scène une contradiction, un conflit : la mort dans la vie pour *Mourir m'enrhume,* la vie dans la mort pour *Le Démarcheur,* le plafond contre le plancher dans *Au plafond,* la critique contre la création dans *L'Œuvre posthume de Thomas Pilaster.* Toute isotopie, toute cohérence de la représentation se trouve sapée. On ne sait plus où prendre appui. Le *livre sur rien* version Chevillard s'ouvre sur une table rase. On en a ôté histoire, société, psychologie. L'œuvre s'inaugure par le récit d'une agonie (*Mourir m'enrhume*), se poursuit avec le portrait d'un personnage dont le métier consiste à produire du texte avec la mort (*Le Démarcheur*), comme si un deuil était à accomplir pour que les mots soient possibles. Tous les livres qui suivent s'enracinent dans une version particulière de la négation (mort, impossibilité, folie).

Chacun de ces ouvrages constitue un petit laboratoire où l'on manipule les substances les plus diverses, de la girafe à l'asphalte, de l'œuf à l'éléphant, pour fabriquer des composés inédits. Activité purement ludique, qui ressemble aux occupations des enfants : rien n'est plus gratuit, rien n'est plus sérieux. Pour alimenter cette rêverie, « il suffit, somme toute, d'avoir entrevu sa mère nue, un cercueil ouvert, renversé du lait, crevé un ballon, soufflé sur le feu, et de s'en souvenir en même temps ». Comment, dans cette atmosphère d'irréalité, pourrait-on toucher *aux choses mêmes* ?

Dans l'univers de Chevillard, la conscience exerce une force dévastatrice. Par nature, elle nie. Rien ne lui paraît sérieux, justifié, nécessaire. Conscience malheureuse, donc, dans sa nostalgie d'irréfutable, sa soif de concret. On écrit pour exercer pleinement sa conscience, donc pour détruire, tout en cherchant à assouvir le désir de réel. Le livre sur rien est une manière de se confronter à la nécessité. Le pari de Chevillard consiste à passer directement de la négation à l'affirmation. Infiniment s'éloigner du réalisme, dans les confins de l'image, les fictions de fictions, briser toute continuité du récit et tout ordre de la représentation pour retrouver, à l'extrême de la fantaisie, un monde solide. D'où la sensation curieuse et jubilatoire que donnent ses livres, qui associent la jouissance du détail concret et le plaisir du pur jeu verbal.

Dès le début de *Le Caoutchouc décidément*, le personnage principal, Furne, est présenté comme un homme qui ne se satisfait pas du monde tel qu'il est, avec ses redites : « Il n'est rien au sujet de quoi il ne trouve à redire. » Le flux verbal naît de ce vide, il agrège dans son mouvement de petits mondes verbaux constitués d'antimatière. Une substance se rassemble autour d'un noyau métaphorique, d'un mot qui passe, d'une possibilité qu'on écarte, et le texte se fabrique de tout ce qu'il exclut. Ainsi, lorsqu'on évoque les qualités de chasseur de rongeurs de Palafox, une remarque incidente, faite à un innocent présent de généralité, ne laisse pas soupçonner la possibilité d'une digression : « Quatre campagnols mangent comme dix. » À partir de là, le récit embraie sur la description hyperbolique des ravages exercés par ces animaux, au présent de narration. Il s'éloigne infiniment de l'anodin adage initial, puisqu'il passe à l'échelle internationale : le pays ravagé par les campagnols (dont on a oublié en cours de route qu'ils n'étaient apparus que sur le mode de la généralité) « implore l'aide d'un État voisin ». Ce qui, justement, grâce à Palafox le prédateur de rongeurs, n'arrivera pas.

Le roman, chez Chevillard, raconte des aventures qui ne sont pas arrivées, décrit des phénomènes en négatif. Ainsi, la description du silence passe, nécessairement, par la description du bruit dans ce passage des *Absences du capitaine Cook* :

> Il est un pays lointain où le silence règne sans partage ; le pas de ses habitants ne résonne pas sur les dalles ni le galop des chevaux sur les chemins de terre sèche, nulle voix ne s'y fait

entendre [...] et pourtant des couples s'affrontent, dans ce pays lointain, mais les portes claquent et les vitres se brisent sans fracas, sans plus de bruit les armes à feu et les bêtes féroces procèdent aux carnages [...], l'orage déchire le ciel sans rugir, dans ce pays lointain, les tempêtes énormes sont muettes, les éruptions terribles sans retentissement [...], l'explication la plus plausible de ce prodige résidant sans doute dans le fait qu'il se produit justement dans un pays lointain, duquel nous séparent de vastes étendues de déserts et de montagnes.

Les choses semblent plus intensément elles-mêmes dans le silence, comme si de retenir en elles le signe de leur présence équivalait à éviter une déperdition, à augmenter leur densité. De même, le bruit, d'être mentionné comme absent, prend plus de force. Il n'est pas nommé pour autre chose que pour son absence, donc pour autre chose que pour lui-même, de sorte qu'il n'est que lui-même. Mais, ultime pirouette, ce silence n'existe pas, l'intensité un moment suscitée se perd dans la banalité. Or cette conclusion compte seule : la banalité, c'est notre réalité. La chute produit un double effet : en nous renvoyant au réel comme explication plate du merveilleux, elle le suscite comme tel, c'est bien lui, indubitable, le monde de la *chute* et de l'absence de merveille. C'est en lui que nous vivons. En même temps, elle fait de ce réel l'envers de la merveille. Presque la même chose. Si, juste de l'autre côté de cet écran sans épaisseur, identique à la banalité, et pourtant inverse, se trouvait la merveille ?

Il suffit d'un mot, d'une bribe de remarque pour bricoler rapidement une illusion, lancer la macabre allégresse. Litotes ou euphémismes permettent de matérialiser l'irréel : « Certains organismes supportent mal d'être mis en pièces [....]. Un seul exemple, on a toutes les peines du monde à lancer au galop un pur-sang équarri. » L'ellipse des liaisons logiques dans les images attribue aussi à celles-ci une intensité de présence qui efface leur statut d'images. La métaphore se situe sur le même plan que la non-métaphore, presque jusqu'à l'égarement, comme s'il s'agissait, dans cette identification de l'image à la non-image, de mimer la possibilité que la fiction soit aussi la réalité : « Furne se dresse dans son lit, ses yeux fouillent l'obscurité (un manchot trousse une femme-tronc). » Le détachement est presque total, mais pas tout à fait. On comprend que la phrase entre parenthèses a sans doute valeur d'une métaphore, ou d'une comparaison, par rapport à celle qui précède. C'est cette distension extrême du lien, à la limite de la rupture logique, qui est séduisante : si les liens n'existent plus, la formule paraît gratuite, le reste du texte ne lui insuffle pas son énergie. Si les liens sont trop appuyés, la formule s'absorbe dans la logique qui l'a fait naître, elle ne vit pas non plus. Ici, l'image de l'acte impossible fait prendre corps à l'impossible.

Dans cet univers sans pesanteur, purement verbal, une formulation paraît toujours susceptible d'engendrer son contraire ou de se marier avec lui, dans des raccourcis où copulent le négatif et le positif.

> Deux attitudes qui forcent le respect : il préféra, à toute littérature, la vie. Ou : il mit au-dessus de tout, et de la vie même, la littérature.

> Le désert approche, messieurs-dames, il cerne nos villes, [...] il avance, intraitable, aveuglé par le soleil, [...] le silence est son ciel consubstantiel, la faune qui le peuple le dépeuple.

N'importe quoi peut tout devenir. Le monde de Chevillard tient du chaos primordial. Deux principales formes d'absurdité y sévissent :
— rien est quelque chose (potentiellement, rien est n'importe quoi) :

> Crab vit avec une femme absente. C'est au demeurant la plus douce et la plus gentille des femmes absentes, de loin la plus charmante [...]. Crab et sa femme absente ont fondé une famille. Crab est d'une grande faiblesse avec ses enfants absents.

— une chose en est une autre (potentiellement, n'importe quoi est n'importe quoi) :

> il n'y a strictement aucune différence entre un cheval et un goûter de petites filles, pourvu qu'elles soient deux, assises face à face, et que l'observateur se tienne sous la table, à condition également qu'il s'étende de manière à ne voir que le ventre plat du cheval et ses quatre fines chevilles habillées de socquettes blanches.

Le personnage de Crab se joue de la logique, il excelle dans tous les exercices funambulesques nécessaires pour se soutenir dans un monde à l'envers. Pour lui, une chose s'oppose à elle-même, se précède, se mélange à son contraire. Il a tout inventé avant tout le monde. La « machine à broyer du noir », par exemple, mais l'Institut national de la propriété industrielle refuse de lui délivrer un brevet, considérant que son invention « ne diffère en rien de la classique machine à écrire ». « Les frères Lumière, âgés de trente et trente-deux ans, vendaient des chocolats glacés dans son cinéma. » Il « fait rire son bouffon » et « son médecin personnel lui doit la vie ». Sa multiplicité exige la solitude : « décapode grouille tout seul ». L'étonnement de Crab arrache les évidences à elles-mêmes : il assume l'horreur d'avoir deux pieds, deux mains, en revanche il a du mal à ne pas vomir en constatant qu'au restaurant les clients avalent leur nourriture par la bouche.

Les absurdités *a priori* délirantes de Chevillard radicalisent une absurdité réelle, l'égarement de l'être dans le temps. Le temps défie la logique :

> Les femmes aux cheveux courts, elles vous le diront toutes, sont en train de les laisser repousser, tandis que les femmes aux cheveux longs s'apprêtent à les couper, elles vous le diront toutes, c'est pourquoi Crab qui préfère les femmes aux cheveux longs préfère les femmes aux cheveux courts.

Le temps dilapide les substances. Dans le temps, il n'existe pas de femmes à cheveux courts, ni à cheveux longs, et les mots ainsi employés ne correspondent à aucune réalité. Constat mélancolique : on ne possède jamais ce qu'on désire, parce que l'objet du désir est toujours occupé à devenir autre chose que ce qu'il est, ou ne l'est pas encore devenu. La solution littéraire classique est la déploration mélodieuse sur l'instabilité du monde et la solitude du poète. Le texte de Chevillard se sert du temps pour le court-circuiter : on passe directement de la femme aux cheveux courts à la femme aux cheveux longs, l'une se déverse dans l'autre. Les deux sortes de femmes paraissent, au lieu d'être en proie au devenir, se substituer sans fin l'une à l'autre. Ainsi, il affirme conjointement le caractère irremplaçable d'un objet singulier, qui suscite le désir, et le fait qu'on pourrait lui substituer toute autre singularité. C'est-à-dire n'importe quoi. C'est-à-dire rien, puisque n'importe quoi n'a pas de contenu. On ne peut rien substituer à ce qui est, on peut tout lui substituer : l'illogisme découvre le sens de la singularité, qui est d'être en même temps injustifiée, quelconque et irremplaçable. Ce faisant, l'illogisme est parfaitement réaliste : dans la réalité, en effet, les choses en engendrent d'autres, disparaissent, se transforment, échappent à notre attention, servent, bref s'occupent à tout ce que l'on voudra sauf à être elles-mêmes. Contrairement à la pureté froide de la logique, la réalité est le monde de l'entre-deux. La littérature réaliste ne nous paraît si fausse et si conventionnelle que parce qu'elle a sa logique. La littérature façon Chevillard a donc une double fonction : être vraiment réaliste — c'est-à-dire désolante — par illogisme ; compenser cet accablant réalisme en nous proposant un autre monde, dans lequel les choses n'ont que cette seule activité : apparaître. Cela semble deux spécialités bien différentes. En fait, le réalisme et l'utopie s'engendrent l'un l'autre. On pourrait même dire : on ne peut rendre manifeste ce que sont les choses qu'à partir de leur aliénation et de leur perte. Le paradoxe est donc à deux étages : on ne peut dire seulement que quelque chose est rien, la formulation exacte serait : quelque chose est quelque chose *parce que* rien, une chose est elle-même *parce qu'*elle en est une autre.

Que gagne-t-on, au bout du compte, à ce jeu de chaises musicales des identités ? D'une certaine manière, tout. En devenant son propre contraire dans le langage, un objet quelconque se révèle. Si les femmes aux cheveux courts et les femmes aux cheveux longs n'existent pas, elles existent pleinement l'une par l'autre. Dans la non-intensité, dans l'entre-deux, il s'agit d'aller puiser la destruction créatrice.

Dans la dimension spatiale, un équivalent de la déperdition temporelle pourrait être la nuance ou le dégradé. Du point de vue sémantique, la couleur n'est que ce qu'elle est, il n'y a rien à en dire, sinon la regarder. Cette simplicité sémantique permet de mesurer la distance entre la relative unité de la couleur dans le langage et l'infinité des nuances dans la réalité. Chevillard prend une couleur interlope, le gris, à peine une couleur :

> Aujourd'hui, la sensibilité au gris caractérise quelques rares esthètes qui ont des âmes de musiciens. Ceux-là le savent, il existe autant de nuances de gris que de couleurs franches, chaque nuance correspond précisément à l'une de ces couleurs dont elle exprime toutes les valeurs, mais avec plus de délicatesse, de justesse, une exactitude et une pureté absolues. Il existe aussi un gris qui vaut le rouge, plus subtilement rouge que le rouge, le gris du rhino-

céros par exemple, un gris plus nettement bleu que le bleu, le gris de l'éléphant, un gris plus profondément vert que le vert, le gris de l'hippopotame, un gris d'un jaune que le jaune n'atteindra jamais, le gris de la pierre. C'est ce que la sobre élégance a compris.

Le passage résume cette loi ontologique qui régit le monde de Chevillard : une qualité n'est elle-même qu'à condition d'en être une autre. Une qualité ou un objet quelconque, dans le langage, sont utilisés pour produire une signification en principe conforme à sa définition. Tel gris particulier se fond dans la généralité, l'expérience du gris s'oublie dans l'usage narratif, scientifique, descriptif qui peut en être fait. Chez Chevillard, qui a l'air de parler d'autre chose, le gris refoulé fait retour, déguisé en jaune ou en rouge. Il faut qu'un objet soit injustifiable, coupé de tout pour qu'il nous soit restitué. Dès lors que nous avons l'usage des choses — et le sens est un usage — nous les perdons, elles ne sont plus que des annexes indifférentes de nous-mêmes. Il s'agit donc, non seulement d'isoler des substances, mais de les défaire d'elles-mêmes, de leur ôter, en jouant avec les mots, ce qui semble leur être le plus propre, de les plonger dans des substances étrangères, pour qu'au terme de ce travail démiurgique elles fassent leur apparition et s'emparent de nous. La singularité ne peut être qu'un surgissement instantané. En ce sens, être c'est apparaître. Et par conséquent, tout autant, c'est disparaître. Le passage par l'autre constitue un substitut de la disparition.

Les textes de Chevillard rêvent l'être absolu qui assumerait l'absence d'identité et toutes les identités. Le caoutchouc, qui fournit le titre à l'un des romans, constitue le matériau rêvé : il se signale par une simplicité d'aspect et une ductilité qui le fait répondre à toutes les sollicitations. Mou, malléable, le caoutchouc est la pâte universelle, capable de prendre toutes les formes. L'animal en général constitue l'objet ludique par excellence, comme s'il représentait une chance pour le monde de ne pas se figer sur les positions acquises. L'éléphant cher à Chevillard se situe au croisement de la bête et du caoutchouc. Il partage avec ce dernier une consistance apparemment élastique et un archaïsme vaguement incongru. C'est un animal pour les enfants, de même que le caoutchouc, comme la pâte à modeler, est un matériau infantile.

Une grande partie des textes de Chevillard entreprend de tenir cette gageure : définir l'infinie particularité d'un objet qui n'est rien de particulier. Le fait même de n'être rien de particulier le différencie de tout autre individu. Seulement il s'agit d'une différence vide. Vide et absolue à la fois : Crab n'est pas seulement, comme nous tous, différent de tous ceux qu'il n'est pas, il est différent parce qu'il n'a pas de différence. Crab, l'être le plus particulier qui soit tout en pouvant devenir tous les êtres, est donc une sorte de monstre absolu, comme Palafox, animal susceptible d'être tous les animaux. La vie de Crab telle que Chevillard la raconte est rythmée par une constante pulsation : systoles de l'unité dans la différence, diastoles des identités dispersées. D'où ces systèmes circulaires dans lesquels le constat d'une différence enchaîne logiquement, et implacablement, sur l'in-différence, pour enfin en revenir au départ :

> Crab n'a que mépris pour lui-même, mais son mépris le laisse froid, et cette indifférence l'afflige tant qu'il en devient pathétique et se prend finalement en pitié, sa vanité la refuse et son visage affiche du coup un petit air satisfait qu'il est le premier à trouver ridicule, de là le mépris qu'il s'inspire à lui-même et qui malheureusement le laisse froid.

Crab gagne comme une contagion : « la confusion de sa pensée trouble tous les cerveaux [...] nos gestes mimétiques sont les siens [...] il sera bientôt impossible de savoir lequel d'entre nous est Crab » ; on « ne s'intéresserait pas tant à lui » s'il « se bornait à être lui-même », précise dès le début le narrateur : nous sommes tous identiquement lui, ou il est indifféremment chacun. « Quand il pénètre une femme », « il se glisse sous sa peau et suit les courants porteurs de ses fluides sanguins et lymphatiques jusqu'à occuper toute la place ». (On peut se demander si Chevillard, grand amateur de biologie, ne s'est pas inspiré pour cette description des mœurs parasitaires de la sacculine du crabe.) Inversement, la nécessité impérative de la différence le travaille un moment :

> Se recueillir, se concentrer — ainsi réduit à lui-même, toutes tendances confondues, le personnage de Crab va enfin pouvoir développer sa personnalité et apparaître le jour tel qu'il est la nuit, ramassé sous ses couvertures, avec l'idée fixe d'un rêve dans la tête. Il sera lui-même à l'exclusion de tous les autres. Crab se spécialise.

Toutefois, dans sa logique même, la « spécialisation » exacerbée rejoint la plus grande diversité, la différence poussée à l'extrême n'est qu'une non-différence ; ainsi va Crab,

> au sein même de sa spécialité se spécialisant encore, perçant l'épaisseur des choses, toujours plus fin, plus scrupuleux, plus précis, bien obligé de s'intéresser alors aux disciplines qui touchent sa spécialité et qui appartiennent en somme à sa spécialité dont il ne cesse effectivement de repousser les limites et qui se trouve entretenir des rapports étroits avec les domaines les plus divers, à bien y regarder, en sorte que [...] Crab se divise, divisé se multi-

plie, multiplié se répand, répandu se disperse : toute la bande s'évanouit dans la nature.

La multiplicité fantastique de ce Protée peut apparaître comme une forme exacerbée, si l'on peut dire, de la banalité, banalité non pas grise et désincarnée, mais violemment contrastée, dans la lignée du Plume de Michaux. Ce contraste de l'indéterminé et du surdéterminé est une constante chez Chevillard. À la question posée par un journaliste : « Pourriez-vous écrire un jour l'histoire de monsieur Tout-le-monde ? », il répondit :

> Ce monsieur n'existe pas. Alors oui, son histoire est une de celles que je pourrais écrire. Ou peut-être existe-t-il, en effet, mais alors il n'en existe qu'un. Je raconte d'ailleurs son histoire dans mon dernier livre. Vous rendez-vous compte que monsieur Tout-le-monde doit être à la fois une petite rousse et un vieux Chinois ? Il n'est pas donné à tout le monde d'être monsieur Tout-le-monde. Cet homme-là ne peut être qu'un original, un cas, un type incroyable. Voilà : monsieur Tout-le-monde est l'exception qui confirme la règle. Quant à la règle, je suis contre.

De tels paradoxes ne font que rétribuer cet autre paradoxe phénoménologique : ce qui paraît nécessaire, indubitable, ne l'est que délivré de toute motivation. Si, chez Chevillard, la différence se nourrit d'équivalences immotivées, de même ce qui est nécessaire est produit par l'absence de motivation et de logique. L'absurdité nous livre ce qui n'existe ni dans le langage, ni dans la réalité : le gris parfaitement gris, mais infiniment particulier, tous les gris, mais un seul gris. Il s'agit de retrouver, en chaque chose, la source de vide et d'indifférence qui la fonde dans sa singularité, et la détruit. Prendre ses caractéristiques essentielles comme autant de détails, et l'en dépouiller. Le détail abandonné, le déchet n'a pas de sens. Produit d'amputations maladroites, d'usures anciennes, de détours hasardeux, il n'est à sa place nulle part. Il y est donc. Les personnages que Chevillard lance dans la narration sont des bouts d'on ne sait quoi. L'auteur est à l'image du personnage d'Olympie, infatigable lutteuse de la protection des animaux : « quand on lui sert un pied de veau ou une épaule de mouton, elle y fixe une attelle et les relâche. »

Le détail empêche de tomber dans le romantisme du néant. Certains titres de Pilaster, tels que *Fabrique d'extraits élaborés dans la vapeur et dans le vide,* ou *Étude de babouche pour la mort de Sardanapale,* pourraient faire figure de programmes des œuvres de Chevillard : dans *La Mort de Sardanapale,* version romantique et exacerbée de l'anéantissement, seule importe la babouche, parce qu'elle seule échappe au sens. Bien sûr, le tableau de Delacroix prétend lui aussi se confronter au non-sens et au chaos, mais il les organise, les constitue en système. La babouche ne présente pas cet inconvénient : elle n'est qu'un déchet du chaos. Non seulement dépareillée de sa jumelle, mais dépareillée de tout. La voici toute à nous, nous avons tout loisir d'en profiter. Toutefois, la babouche a besoin du reste, des tentures et des almées, en arrière-fond. Pas de vraie babouche sans que Sardanapale soit nommé. Une fois que le déploiement culturel a épongé toute l'insignifiance qu'il pouvait absorber, une fois qu'il en est tout gonflé, tout cramoisi, la babouche peut recueillir pour nous les dernières gouttes d'insignifiance inculte. Il faut que la mort de Sardanapale se déroule en coulisses pour qu'apparaisse, sous le rideau rouge du drame historique (temps et mort), la babouche. L'ensemble, déménagé, fonde le détail ; la destruction, évacuée, fonde l'objet ; la culture, repoussée, fonde l'insignifiant. Les extraits divers dont se fabriquent les livres de Chevillard sont nécessairement des matériaux de récupération, trouvés dans les poubelles de l'histoire (l'événement) et les vide-ordures de la culture (le tableau).

L'opposition fondamentale entre rien et quelque chose tend à se transformer en conflit entre plusieurs manières d'assumer cette opposition. Conformément au principe fondamental *Quelque chose est quelque chose parce que rien, L'Œuvre posthume de Thomas Pilaster* comporte *Trois tentatives pour réintroduire le tigre mangeur d'hommes dans nos campagnes* :

> Nulle trace de tigre aujourd'hui dans nos contrées, il y a bien longtemps que son cri ne s'est élevé dans la nuit [...]. C'est à quoi Moindre ne peut se résoudre. Car le silence de la nuit même, empli d'une sourde menace, évoquait le tigre aux pattes de velours, la campagne était parcourue de frissons. Les hommes à son contact gagnèrent en humanité : leurs sens perpétuellement en alerte s'aiguisaient, s'affinaient, et la musique profitait de cette acuité nouvelle, la douceur des caresses n'a pas d'autre origine.

La campagne n'est vraiment la campagne que lorsqu'elle est peuplée de tigres, concluait Moindre, la nuit n'est vraiment la nuit que lorsque les tigres la hantent, l'homme n'est vraiment un homme que dans le voisinage du tigre.

Il s'agit en apparence d'un jeu consistant à tenter d'étayer logiquemcnt ce paradoxe : la sauvagerie garantit la civilisation. Mais l'opposition apparaît plus radicale dans le dernier paragraphe de la citation : le tigre dévorateur fonde chaque chose dans son être. Moindre échoue, ou plutôt réussit trop bien. Le fauve s'acclimate si bien qu'il s'apprivoise, la grande angoisse, comme dirait Laforgue, tourne au chagrin domestique : le tigre, finalement, rend service aux veuves,

« c'est une présence qui ronronne comme un poêle et dégage aussi bien une chaleur suffisante pour affronter les petits froids ». Le tigre de *L'Œuvre posthume* est un avatar de la mort dans *Le Démarcheur,* laquelle n'est elle-même qu'une incarnation du rien. Le vide, la mort ou le tigre sont les conditions d'apparition de la singularité. Rien détruit et fait être. En profondeur, Quelque chose et Rien sont une seule et même réalité, de leur étreinte conflictuelle naît l'Être. Naissance unique, qui a toujours eu lieu, éternellement originelle, en laquelle s'accordent le commun sans contenu (Rien) et l'infiniment particulier (Quelque chose, cette chose-ci, qui n'en est aucune autre).

L'homme est celui par qui peut avoir lieu cette naissance. Mais il préfère ne pas le savoir. Demeurer dans l'entre-deux. Dans l'idéal il faudrait ne pas être, tels que nous sommes, un peu matière, un peu esprit, l'un ne cessant de compromettre l'autre. Dans l'idéal, il s'agirait d'être à la fois infiniment conscient (donc absolument rien) et mort (donc une chose, mais une chose proche du rien), comme si c'était la même chose, exactement, qu'être conscient et mort. Mort de conscience, conscient de mort, comme ce personnage qui se demande (situation connue) : « suis-je mort ou vivant ? »

> S'il est mort et qu'il en a conscience, alors il s'étonne de ne pas souffrir. Avoir conscience

de soi, c'est avoir mal [...]. D'autre part, s'il vivait, il éprouverait aussi une douleur quelconque, on l'a vu, un picotement, un peu froid, un peu faim, vaguement besoin de pisser. Ses conclusions sont extravagantes, ne va-t-il pas jusqu'à supposer un moyen terme entre la vie et la mort, une sorte de cocon létal semblable à celui que l'araignée sur deux pattes tricote pour la mouche, où s'accomplirait la métamorphose en cadavre, où la conscience n'émanerait plus de la souffrance comme d'habitude mais de son absence et se confondrait avec la surprise que cette absence provoque !

Dans l'expérience réelle, cette union, loin d'apparaître fulgurante, violemment contradictoire, se fait sur le mode du tiède et du répétitif : chaque chose entretient à petit feu le néant qui l'habite. Le tigre ronronne au coin du feu. Ma mort même, l'expérience la plus intense, la plus unique du fait que je suis (donc que je puis ne pas être) se débite fatalement au quotidien : *Mourir m'enrhume*. Ce titre inaugural contient déjà l'œuvre entière. La proximité de la mort continue à susciter ces petites souffrances qui font la conscience, c'est-à-dire la mort impossible : deuil du deuil.

Dans *Le Démarcheur*, Monge rédige les épitaphes de gens qu'il a traqués et assassinés. Peut-on être un mort-vivant par la littérature ? Le langage tue, mais à petit feu. Nos discours parlent du nez. Ainsi le vide, le tigre et la mort constituent-ils en définitive des réservoirs de clichés : engendrant le langage, ils le font tourner en rond, l'entraînent dans leurs cycles répétitifs. Ils font résonner, mais sonner creux tous les mots. Le romantique ou l'exalté (le suicidaire et le mystique, qui se croisent, l'un montant, l'autre chutant, dans *Le Démarcheur*) cherchent par l'extase à s'arracher au monde des enrhumés, à éprouver pleinement le choc du Rien et du Quelque chose. Mais la culture fait d'eux inexorablement des enrhumés, les transforme en Romantique, en Exalté, les intègre à un genre. Reste une seule voie : faire se télescoper, non pas Rien et Quelque Chose, mais l'Unique et la série, la fulgurance du contradictoire et le petit feu de l'entre-deux. Faire choc en montrant l'impossibilité du choc. La formule « mourir m'enrhume » concentre la dispersion, exprime en même temps l'impossibilité désolante de toute tragédie et la tragédie de cette impossibilité, le fait que, si éventuellement un rhume peut faire mourir, la mort fait advenir ce qui n'est pas la mort. Entre le mourir et le rhume se coince cette petite lettre, ce pronom pas même entier, élidé comme par un excès de discrétion, *m'*, existant dans l'entre-deux, mais existant, au cœur de la production verbale du rhume par le mourir.

Si le rien pris comme valeur perd toute sa force révélatrice, la littérature est condamnée à se sacrifier à son propre travail. La destruction de l'objet débouche inévitablement sur une autodestruction du texte. Le magicien se suicide s'il révèle ses trucs. Marson tente de suicider Pilaster lorsqu'il présente l'édition rassemblant « les chutes, les scories, le rebut » du recueil de son ami intitulé *Autant d'hippocampes* :

> La plupart de ces formules sont en somme de simples définitions métaphoriques de construction classique, reposant sur l'analogie ou l'association d'idées, comme chacun peut s'amuser à en écrire. L'exercice est divertissant. Voici comment l'on procède. Considérons par exemple une girafe : nous remarquons d'abord son très long cou rigide, incliné obliquement vers l'avant. Nous savons par ailleurs qu'elle se nourrit volontiers de feuilles arrachées aux plus hautes branches. L'ensemble peut donc évoquer une échelle appuyée contre un tronc par une gourmande. Il s'agit alors de ramasser ces informations dans une phrase brève, afin d'obtenir quelque chose du genre : on reconnaît la girafe à ceci : c'est elle qui reste au sol pour tenir les pieds de l'échelle tout en haut de laquelle elle est juchée et mâche en sécurité de tendres feuilles.

Et Marson d'ajouter que « la structure inoxydable » de ce genre de procédé (aussi typique de Chevillard que de Pilaster) « n'est pas sans rappeler celle du gaufrier — on y verse la pâte : ça ne peut pas rater ». D'ailleurs, sa « portée philosophique est nulle » et « sa portée poétique presque aussi courte ». En fait, ça rate et ça ne rate pas, ou plutôt le ratage devient une condition de la réussite. Marson et Pilaster jouent ici les rôles du clown blanc et de l'auguste. Le premier retire l'échelle au second qui tente de s'accrocher au pinceau — ou plus exactement à la plume. Cela fait partie du numéro. En effet, en dévoilant les « trucs » de son partenaire, la métaphore et la concentration d'informations multiples, Marson paraît banaliser d'avance son exploit, dont il dénonce le caractère indéfiniment reproductible. C'est sur le fond de cette banalité que se dégage la singularité de l'image produite malgré tout, dont l'effet ne se résume pas à la formule livrée par Marson. Le lecteur est prévenu, son attention est attirée dans une direction précise, ce qui facilite l'escamotage. Tout paraît en effet converger vers une définition métaphorique lapidaire de la girafe, dans le genre du *Bestiaire* de Jules Renard. Le présentatif ouvrant la formule, « c'est elle qui », semble insister sur l'idée que le texte a pour fonction d'établir « poétiquement » l'identité de son objet. En fait, le « c'est elle » joue dans l'affaire le rôle du comparse en apparence serviable, qui tient l'échelle mais va se charger de l'ôter. L'emploi du présentatif suggère le choix d'un objet unique, parmi une pluralité d'objets similaires tacitement écartés. En d'autres termes, « c'est elle » dénote l'Un (la singularité) mais connote l'autre. Du côté de l'Un, la formule insiste ostensiblement sur sa propre cohérence : elle déploie un jeu d'articulations (prépositions, conjonctions, relatifs) qui rendent sensibles l'interdépendance et la coordination de ses membres. Le thème lui-même (rester au sol, tenir l'échelle) implique solidité, assurance ontologique. L'acrobatie verbale n'en sera que plus surprenante. Car la multiplicité même des articulations, en donnant l'illusion de l'unité, empêche de distinguer nettement à quel moment, dans la phrase, on passe de l'un à l'autre, de la girafe qui tient l'échelle à la même girafe qui en même temps est perchée au sommet. On croyait être encore au sol, on est déjà dans les airs. Comme dans un numéro de jongleur, où les quilles volent en tous sens, on perçoit bien le rythme et la continuité des gestes, mais on n'a pas le loisir d'en comprendre la loi d'enchaînement. Le plaisir est provoqué par cette sensation double de l'unité d'un mouvement dont en même temps la complexité submerge le spectateur. Il sait que, si cette complexité maîtrisée est à sa portée, a été calculée et pourrait être analysée, en même temps sa réalisation presque instantanée défie l'analyse.

Tout se passe donc comme si, dans la jonglerie de Chevillard, les éléments dont nous disposons, auxquels nous devons revenir sans cesse, qui reposent avec nous sur le sol de notre vie quotidienne, devenaient capables, grâce à un peu d'habileté (et dans la mesure même où cette habileté se moque d'elle-même), de se transcender, de décoller ; comme si, par le brassage et la vitesse d'exécution, on pouvait aller de la répétition à l'intensité, de la quantité à la qualité. Ce passage définit la méthode, et même l'éthique de la littérature pratiquée par Chevillard : c'est au cœur du multiple et de la redite qu'il faut chercher l'Un. Certes, le coup de la girafe est purement rhétorique, mais rhétorique ne signifie pas seulement, en l'occurrence, gratuité. Ou plutôt, la rhétorique consiste à utiliser la gratuité en la transformant en nécessité. Celle-ci tient à la continuité, à l'absence de rupture. La girafe reste au sol *pour* assurer une action dont elle est aussi la bénéficiaire un peu plus haut : factotum sémantique, elle est tout à la fois agent, objet et sujet. Cette ubiquité de la girafe figure la nécessité. Le commentaire de Marson et l'absence de tout enjeu sérieux (apparition inopinée d'une girafe mangeant des feuilles) se chargent d'exhiber la gratuité. La girafe semble nécessaire dans le cadre étroit de l'échelle où elle tourne en rond, mais cette échelle est grotesque. Il en va de la nécessité dans la rhétorique de Chevillard comme du baron de Münchhausen : elle s'extrait du marécage de la gratuité en se tirant par sa propre tresse. Mais seule la gratuité du discours est en mesure de rendre compte de l'insignifiance au creux de laquelle se recueillent les choses. On ne peut espérer gratter l'insignifiance au moyen d'un discours sérieux. Le travail de la littérature n'est pas de donner sens, mais bien de rendre les choses à leur insignifiance (à leur ridicule). Tout écrivain authentique (Pilaster) est inauthentique, est ridicule.

En outre, dans ce jonglage, ou cette acrobatie, ce qui paraissait unique se démultiplie à force de changer de place, ce qui paraît multiple revient au même à force de repasser dans les mêmes positions. C'est bien cette girafe-ci que l'on assure au sol afin qu'elle soit aussi en haut de l'échelle, et c'est bien *parce que c'est elle* qu'elle est aussi l'autre. On s'aperçoit *a posteriori* que l'objet véritable de la formule, ce sur quoi elle s'est construite, ce n'est pas essentiellement la métaphore annoncée dans le texte préparatoire, mais les deux mots insignifiants, auxquels on n'a pas prêté attention : *par ailleurs.* Tout le paradoxe de la phrase repose en effet sur la superposition d'un ici et d'un ailleurs. Cette girafe est la même tout en étant autre qu'elle-même au prix d'un glissement significatif de l'être à la position. Le texte part d'une image, l'identification de la girafe à une échelle, mais il juche la girafe sur une échelle. Le dédoublement de la girafe est lui-même doublé par un autre dédoublement plus subtil, et plus fondamental : la girafe est une échelle, et c'est sur elle-même qu'elle est juchée. L'*être,* chez Chevillard, n'est jamais qu'une *position* particulière, toujours instable et paradoxale.

En définitive, ce texte vise à formuler cet étonnement essentiel : comment peut-on être la même girafe à la fois au sol et si haut, si loin de soi ? Il en va de la girafe, et de tout être, comme du diplodocus qui avait besoin d'un second centre nerveux pour contrôler sa queue trop éloignée de son cerveau : la girafité a du mal à irriguer toute l'étendue. Celle-ci paraît incompatible avec l'être. On comprend alors que le travail du langage, contre les évidences ou les oublis de l'expérience, consiste non pas exactement à nous restituer la chose (contrairement à ceux qui pensent, comme Clément Rosset dans *Le Démon de la tautologie,* que le détour métaphorique restitue la *girafe même*), mais la surprise insondable devant le fait qu'il y ait de l'être en dépit de l'étendue, que cette girafe parvienne bien, indubitablement, à être cette girafe-ci malgré tout ce qui s'oppose, en elle et en dehors d'elle, à sa singularité. L'objet du texte, en définitive, est de mettre en lumière le scandale de l'accord profond entre singularité et non-singularité, l'illogisme de la présence de l'Un dans l'étendue. Tel est le sens du travail de Chevillard.

L'usage du cliché est une manière à la fois de puiser le singulier dans la redite, et de se construire dans l'autodestruction. Si Monge, le personnage principal du *Démarcheur,* est « rédacteur funéraire », c'est que l'épitaphe appelle irrésistiblement le cliché. Tout le roman constitue donc une espèce de gageure : comment renouveler un genre où la banalité paraît inévitable ? En retournant le cliché. Cela donne des épitaphes comme : *Ventre à terre vers l'oubli* ; *Peine perdue* ; *La Roue tourne* ; *Finies les simagrées.* Chevillard s'amuse régulièrement à détourner des formules stéréotypées :

> Il bâille lui aussi en lisant ces mémorialistes qui tentent de faire passer leurs genoux couronnés pour les héritiers présomptifs des trônes de France et d'Espagne morts en bas âge.

Même ses animaux de prédilection sont des clichés vivants : l'éléphant et la girafe incarnent le stéréotype en soi, la sauvagerie pour zoo ou réserve, comme le cliché domestique les mots, efface leur étrangeté en ayant l'air au contraire de nous la montrer.

Un texte qui produit un cliché s'*oublie* : la conscience le déserte un instant, il parle tout seul, ou le *on,* le brouhaha public parle en lui. Comme oubli, le cliché est proprement (si l'on ose dire) une déjection du texte : matière morte, digérée, infamante. On pourrait bien sûr l'éviter, parler neuf. Mais nous sommes entourés d'un bruissement incessant de paroles, débordés par une monstrueuse production de mots immédiatement repris, commentés, assimilés. Toute formulation ne peut plus guère nous apparaître que comme un cliché en puissance. Quelle que soit son originalité, nous ne pouvons pas ne pas entendre en elle l'écho du brouhaha. En outre, refuser le cliché condamne en général à adopter les postures déjà stéréotypées du poète hermétique, ou du prophète, ou du peintre de l'évanescent à la délicate sensibilité, etc. Il est vain de chercher à échapper à la culture. Reste à travailler le cliché. Puisqu'il est déjà là, puisqu'on l'assume consciemment, mélancoliquement, c'est déjà qu'on le domine, mais en toute modestie, sans se croire assez fort pour lui échapper.

Pour réaliser l'opération magique de la fabrication du neuf avec de l'ancien, prenez un fou et un tube de pâte dentifrice :

> Pumpe extrait de son tube de pâte dentifrice, au lieu de l'éternel et néfaste serpent, Ève elle-même, dont les petits pieds se posent sur le carrelage [...] apparaissent bientôt les chevilles, les mollets, les genoux [...], la gorge, les épaules et les bras, le cou, [...] mais nul ne connaîtra le visage d'Ève, sa tête s'incline sur sa poitrine, son corps s'affaisse, elle tombe à genoux, son front heurte le carreau, sans bruit, déjà Boton accouru jette une serpillière sur la forme blanche recroquevillée, effaçant toute trace de ce rapide miracle.

Miracle, en effet, que la naissance d'Ève dont un démiurge timbré imagine les formes souples à partir de cette boue originelle : le dentifrice. Ce commencement absolu toujours recommencé échoue nécessairement, comme si son déroulement était incompatible avec son caractère de genèse, et la contradiction qui l'anime : la beauté naît de la laideur, s'en détournant mais s'y enracinant ; ce qui n'arrive qu'une fois, en un instant sans durée (impossibilité qui explique le caractère inachevé du miracle) est rendu possible par l'éternelle réitération : le cliché du serpent, sans lequel Ève ne serait pas advenue. Là encore, la naissance d'Ève est allégorique du texte lui-même : il puise sa force dans son défaut même, trouve origine et nécessité dans son déracinement et sa gratuité. Dans le travail du cliché, le texte ne s'oublie plus, il se concentre, il est co-présent à lui-même en chacun de ses segments. Le cliché devient un outil de perfection.

Au lieu d'étendre une chose hors d'elle-même, comme la girafe, on peut aussi, symétriquement, étirer le rien à l'infini jusqu'à tout lui faire assumer. Dans *Conférence avec projection,* l'orateur imaginé par Pilaster traite de l'avancée du désert. Emporté par son sujet, il finit par décrire une apocalypse sablonneuse, et, à mesure qu'il parle, cette montée irrépressible du sable se réalise :

> Le désert [...] vaincra les sommets réputés inaccessibles et les neiges éternelles rentreront dans le siècle pour disparaître avec lui, évaporées, il comblera les ravins, les précipices, les gouffres sans fond, ensevelira l'ours dans sa caverne et

les chamois rattrapés en plein bond dessincront autant de dunes parfaites, le sable [...] absorbera les lacs, les fleuves sauvages, les océans... (*Tout en parlant il saisit la carafe. Elle est pleine de sable. Il remplit son verre machinalement et le porte à ses lèvres. Il recrache le sable en toussant et lâche son verre* [...].)
... il nous assoiffera, nous affamera, il nous brûlera la peau et les poumons, il enflammera nos cheveux, [...] et plutôt que de laisser nos cris se perdre dans son immensité, il les étouffera au fond de notre gorge [...], nul n'y échappera, chaque homme est unique pour le sable, chaque homme est digne d'attention, d'efforts, de patience, chaque homme compte à l'égal de tous les autres.

L'uniformité désertique anéantit chaque chose *en particulier*, dit le conférencier. Le vide désertique ne *laisse rien perdre* de ce que précisément il perd. La plus belle image de cette relation étroite entre uniformité et particularité est celle de la courbe du saut d'un chamois devenant la ligne d'une dune. Le saut n'est pas même un objet, mais un mouvement. La courbe n'est pas même un mouvement, mais une forme. Quoi de plus unique, de plus insaisissable, mais en même temps de plus réel que cette courbe ? Le désert, en l'ensevelissant avec le reste, la devient et la fait apparaître. Or, cette relation n'existe pas dans la réalité. La fiction de l'avancée du désert, ce ne sont que des mots, mais dans ces mots l'ours devient l'ours, l'homme s'humanise. C'est pourquoi la conférence réalise ce dont elle parle, et, faisant advenir quelque chose, se détruit dans ce qu'elle fait advenir, en une coïncidence impossible du fait et de la représentation, coïncidence qui devrait être le seul fait, final et originel, le discours entre les deux ne constituant que le chemin permettant à ce qui est déjà de revenir à soi :

(La dernière diapositive est une vue de la salle de conférence telle qu'elle apparaît simultanément : une vaste étendue de sable balayée par le vent, quelques sièges visibles encore, à demi enfouis.)

C'est pourquoi l'autre face de l'étendue du rien serait la non-étendue : la coïncidence parfaite avec soi est une disparition. Dans *Préhistoire,* la grotte préhistorique avec ses peintures représente bien cet accord et ce conflit entre apparition et disparition dans l'œuvre même :

(le souffle du peintre attaquait déjà, au moment même de leur exécution, les figures que sa main formait, car l'homme qui respire ne peut rcgarder sans effroi l'œuvre qu'il crée et qui lui survivra, et son ambition de durer à travers elle est obscurément combattue par le désir contraire, de l'anéantir tant qu'elle est en son pouvoir, tant qu'il est encore le plus fort, raison pour laquelle les œuvres finissent à leur tour par mourir, usées ou détruites, elles portaient ce désir de mort en elles depuis le premier instant de leur conception — mais je n'ai ouvert cette parenthèse que pour en arriver là, j'y suis, et la refermer violemment.)

L'écrivain est confronté au même problème que le mystique et le suicidaire : atteindre l'intensité dans cet instant sans étendue et sans durée, suspendu entre être et néant. Tout discours s'étale et se soumet aux lois de l'entropie. L'écrivain devrait toujours être un magicien qui tire un lapin de son chapeau. La tension de tous les livres de Chevillard en direction du fragment, du haïku dessine ainsi une asymptote vers l'instantané, sans continuité, sans suite et sans préparation, une parole qui n'occuperait aucun espace et ne prendrait pas de temps. Cette tension engendre infatigablement un humour proprement *ravageur* :

> En réalité, Marcel Proust ayant bu la tasse écrivit *À la recherche du temps perdu* en une fraction de seconde.

La formule gnomique cherche à limiter les dégâts par des noyaux de complexité, des singularités au sein desquelles, comme dans les singularités astrophysiques, les lois de notre univers (en particulier celles du temps) ne seraient plus valables. Dans ces singularités de langage, la densité doit être proche de l'infini, et il doit être impossible à un observateur extérieur de savoir ce qui s'y passe, bien qu'il puisse en mesurer les effets dans son propre univers. Une singularité de langage (la singularité-girafe ou la singularité-Ève) ne peut que se déployer dans l'espace et dans le temps de la lecture. Mieux : ce déploiement dans l'espace et dans le temps est précisément ce dont elle parle ; nous appelons cela sa signification (la girafe étirée du haut en bas de l'échelle qu'elle est, Ève s'extrayant d'un tube mais ne parvenant pas à naître pleinement dans notre univers voué au serpent de la redite, justement parce que sa naissance implique déjà un étirement). Mais la singularité a tendance à s'effondrer sur elle-même. Au lieu de se disperser à l'extérieur, elle attire vers elle sans cesse le matériau dont elle s'alimente : l'attention. Le lecteur parcourant un texte au sein duquel se trouve l'une de ces singularités, concetto, aphorisme, paradoxe, a le choix entre deux attitudes : soit il s'y arrête pour essayer de comprendre comment l'objet est fabriqué, alors il entre en gravitation autour de ces systèmes isolés qui tournent sur eux-mêmes ; soit il réagit au passage (généralement par le sourire) et poursuit, laissant alors derrière lui un noyau de langage autonome, non pleinement consommé dans le travail entropique de la lecture.

Pourquoi alors ne pas se contenter de recueils d'aphorismes ? Pourquoi raconter ? C'est que le texte doit mettre en relation la mort (l'écrasement du suicidaire, l'assomption du mystique) et le rhume. Le haïku et la formule, en nous plongeant immédiatement dans le conflit du Rien et du Quelque chose, nous mentent puisqu'ils ne partent pas de la réalité de notre expérience sans immédiateté et sans intensité, faite d'une usure infinie. Si l'usure nous masque la violence du Rien, et par conséquent les choses, elle la met en œuvre en même temps.

La narration, se déroulant dans le temps, implique redites et baisses d'intensité. La narration traitée par Chevillard use d'aberrations temporelles : inversion, circularité, transformations accélérées. Tout récit ordinaire découpe une tranche temporelle à l'intérieur de laquelle une certaine stabilité peut se maintenir, donc où il y a du sens. Chevillard, partisan du caoutchouc et de ses possibilités indéfinies de transformation, étire le temps vers l'infini. Dans la perspective de l'infini, tout devient possible. Revoici l'indispensable girafe :

> le hasard justement et ses lois aveugles, le faux pas d'une girafe dans la savane provoque un enchaînement de faits absurdes qui aboutira au divorce d'un couple de Norvégiens, après trente ans de vie commune et de bonheur égal, c'est à n'y rien comprendre, alors même qu'ils venaient d'acquérir un magnifique appartement en plein cœur d'Oslo, et ce divorce non plus ne sera pas sans conséquence pour le monde, le

> cours des choses s'en trouvera modifié, à des milliers de kilomètres de là, dans une autre savane, une autre girafe trébuchera sur un autre caillou.

Redite et multiplicité se trouvent exorcisées par elles-mêmes, comme si l'extension à l'infini du même finissait par produire l'autre (l'autre comme même, c'est-à-dire l'Un). En outre, le temps ne dure et n'entraîne déperdition que dans la mesure où il y a une origine. Soit l'avènement échoue, demeure inachevé (c'est l'un des sens possibles de l'apologue d'Ève en pâte dentifrice), soit il se confond immédiatement avec la déperdition et la répétition. Il n'y a en réalité jamais de naissance ni de surgissement, si toute origine est déjà une perte. Les choses ne peuvent être que passées (hors de notre portée, objet de travail archéologique) ou à venir, envisageables, prévisibles (déjà usées). On ne trouverait de fraîcheur qu'en se plaçant *avant* l'origine, ce qui est à peu près aussi facile que d'observer l'instant zéro du *big bang*. Il n'y a pas d'avant l'origine dans un monde sans origine, sinon dans le langage :

> Je dois impérativement téléphoner, dit un jour Graham Bell en repoussant son assiette, et devant les convives stupéfaits, il se mit à tracer fiévreusement sur la nappe les plans d'un appareil étrange.

Un tel point de vue sur les choses est celui d'un créateur pour lequel elles seraient déjà nommées, en puissance dans le langage, toutes constituées et fondées en nécessité avant d'apparaître. La seule manière, pour le téléphone, de n'être pas *téléphoné,* c'est d'avoir reçu un nom, avant même de devenir cet instrument de déperdition de la parole que nous connaissons bien.

L'Œuvre posthume de Thomas Pilaster ne se contente pas de trous noirs localisés. Les interventions du critique Marson ne cessent de démolir les prétentions du malheureux Pilaster au sérieux, dévoilent ses mesquineries et ses erreurs. Pourtant, les textes de ce dernier ne sont pas dépourvus parfois d'autodérision :

Vite un sucre
Pour ma phrase debout
Sur ses pattes arrière.

Ce haïku, tout en raillant le désir de perfection formelle, le transforme en petite machine à réclamer des récompenses. Dès que la formule est achevée et se met à vivre, sa fonction consiste à réclamer son susucre. Plus une formule est parfaite, plus elle décèle unc volonté de perfection, donc un désir de rétribution. Ce désir de rétribution compromet irrémédiablement la perfection. L'ordre même dans lequel se présentent les trois vers du haïku *Vite un sucre* est significatif à cet égard : bien qu'il semble que ce soit le contraire, le susucre en réalité précède le chienchien qui ne se crée que pour l'absorber, comme la fonction crée l'organe. Expliciter cette relation, c'est certes, pour le texte, se moquer de lui-même, mais c'est encore une recherche de perfection. La phrase absorbe ce qui pourrait la nier comme le chienchien son sucre. Car ce toutou aussi risque de *s'oublier* : mobilisé par son objet, le désir de perfection omet d'être conscient de lui-même, se réifie. L'autodérision, en explicitant le désir de rétribution, prévient cette nécrose menaçante. Mais, à son tour, elle risque de se figer en autosatisfaction. Il s'agit donc d'aller encore plus loin en explicitant l'autodérision. D'où la note rageuse de Marson : « L'autodérision ne saurait signifier qu'il n'y a pas effectivement de quoi rire ni dispenser personne de se moquer. » Spirale sans fin, qui vise l'expulsion de l'auteur hors de toute domination sur son texte.

Pour retrouver l'intensité du singulier, il ne suffit pas que la chose ne soit pas à ce qu'elle fait. Il importe que nous n'y soyons pas non plus. L'extase unit un distrait et une absence. Il faut savoir ne pas dominer son sujet. Toute maîtrise court le risque de se priver de ce dont elle tient si ostensiblement à s'assurer. Mais la non-maîtrise n'a de sens que par la maîtrise. Il en va de l'écrivain comme du clown : prendre des coups de pied au derrière ou se casser la figure d'une manière convaincante nécessite un travail parfait, d'autant plus parfait que, même dans le ratage, la redite est désastreuse, car « l'allumette et le clown ont en commun ce gros nez rouge qui ne fait de l'effet qu'une fois ».

Marson est un lecteur. Le plus impitoyable qui soit : le vieil ami, écrivain raté. On écrit pour convaincre le pire des lecteurs. Tout lecteur potentiel est impitoyable. Pure mauvaise foi. Toujours prêt à se moquer, à s'ennuyer, à dénigrer. À dégainer son esprit de négation pour renvoyer le livre à ce qu'il tente désespérément de ne pas être : une chose morte. Une conscience à jamais immobilisée dans l'éternité d'une insuffisance. Toutes les ruses d'un texte littéraire n'ont de sens qu'au regard de cet éternel absent. La plupart des écrivains escamotent le problème : ils dirigent notre regard vers un trompe-l'œil qu'ils nous font prendre pour le monde. Ou bien ils se déshabillent. Ils nous font le coup du « Je vais tout vous montrer ». Comme nous regardons la scène avec un certain intérêt salace, nous n'avons pas le temps de nous apercevoir qu'ils en profitent pour nous faire les poches. Le roman réaliste ou l'autobiographie fait (du moins en général) l'économie de la situation réelle, du fait qu'il y a mise en scène. Chevillard n'emploie aucun de ces stratagèmes. Il assume explicitement ce combat ludique avec son lecteur :

Le rire que je provoque fait aussi tomber les défenses intellectuelles de l'adversaire, je voulais dire du lecteur, qui aurait tendance autrement à peser chacune de mes idées, à leur opposer les siennes et, d'une certaine façon, à amender mon texte...

Il avoue nettement que l'objet avec lequel il attire notre attention est un leurre, qu'il n'a aucune consistance : « Que deviendrait Crab sans ses lecteurs ? » Cependant, il laisse entendre que malgré tout, bien plus fort, c'est avec ça qu'il va nous attraper. Crab, héros, si l'on peut dire, de deux recueils de fragments (*La Nébuleuse du crabe et Un fantôme*), est un appât qui sert à capturer ce poisson comestible : le lecteur. Il est vrai, comme il le déclare lui-même, qu'il nous fuit, mais le fait même de le dire est encore une manière de nous faire croire qu'il ne nous guette pas, afin de mieux nous surprendre :

Crab laisse des phrases derrière lui, frêle sillage qui signale son récent passage, mais il n'y est plus, il est loin devant, et leurs flexions étranges, leurs multiples détours reproduisent simplement le tracé de sa fuite en zigzag et trahissent son effort — non récompensé jusqu'ici — pour rompre ce fil qu'il déroule derrière lui en avançant, quoi qu'il fasse, où qu'il aille, pour s'arracher enfin à cette piste d'encre qui permettrait de remonter jusqu'à lui et de l'appréhender s'il n'était heureusement beaucoup plus rapide que son lecteur — mais la fatigue un jour se fera sentir, il ralentira, son lecteur lui tombera dessus. Cessez d'écrire, lui conseille-t-on, faites-vous oublier quelque temps, la piste s'effacera bientôt d'elle-même. Certainement. Il suffirait que Crab renonce à bouger. Mais attention, écrire étant pour lui la seule manière de se mouvoir, le moindre geste esquissé relancerait sur sa trace la meute de ses poursuivants.

Ferrer le lecteur : geste équivoque qu'il s'agit d'accomplir avec dextérité. Le saisir au moment où il saisit. L'écrivain est à la fois l'asticot et le pêcheur, le mangé et le mangeur. Cela exige de la souplesse. Car l'habileté du pêcheur ne suffit pas. Il lui faut manier son instrument avec grâce. La grâce implique quelque abandon, une dose d'inconscience. D'où la nécessité d'une certaine forme de maladresse. Alors la conscience prudente sort de son trou d'eau pour happer l'asticot.

Mais si le lecteur s'empare complètement du texte, s'il saisit tout, le piège ne fonctionne plus. Le truc est éventé. Il ne reste plus que l'intention : l'intention de saisir, de s'emparer du lecteur. La voici nue, comme un ver, et qui barbote sans grâce. Le texte doit fuir perpétuellement, le sens se laisser deviner sans se laisser attraper, afin de bien ferrer le poisson :

Crab fuit dans tous les sens. Il se dérobe devant. Il s'éclipse par-derrière. Il se rue hors. Il décline l'offre. Il évite le sujet. Il noie le poisson. Il passe son tour. Il s'absente un moment. Il prend congé. Il change de trottoir. Il cherche refuge. Il scie la branche sur laquelle il est assis pour se faire un cercueil de belles planches.

Chevillard fait sans cesse mine de se laisser prendre, les fragments retombent sur des clichés, mais ces chutes formulaires raniment le cliché : vous croyiez m'avoir, je vous échappe au moment où vous me prenez, vous alliez me ravir et vous êtes ravis. Un texte de Chevillard produit toujours l'effet d'être totalement contrôlé par quelqu'un qui cependant n'accorde pas d'importance excessive à ce contrôle ni à la chose contrôlée. Qui nous abandonne distraitement un fragment de perfection. Le lecteur consent à se laisser prendre à condition qu'on lui laisse le loisir de faire semblant de croire à une certaine innocence du texte. L'innocence n'exclut pas la conscience, elle la limite. Elle correspond à un certain degré d'adhésion de ce qui parle au discours. Qu'est-ce qui parle, dans un texte littéraire ? Quelqu'un qui se trouve au-delà du texte, narrateur, auteur, qui aurait éventuellement quelque chose à ajouter, à retrancher ? Le texte tout seul, sans personne ? Quelqu'un qui n'est jamais là, mais qui sera le seul à lire le livre : le lecteur ? Ce qui parle, est-ce une conscience débordant les mots, les suscitant, les interprétant ? Ou les mots tels qu'ils sont, à jamais ? Ce qui parle n'est ni texte ni hors-texte, ni mot ni conscience, ni ruse ni innocence, mais la substance de leur union, leur *texture*.

De manière générale, les objets ont tendance, comme pour mimer la *texture*, à se confondre avec ce qui les suscite, de même que la narration prend son sens dans l'objet qu'elle évoque Le texte multiplie les paradoxes et les effets de circularité, qui constituent autant d'armes rhétoriques dans la pêche au lecteur. Par exemple, la gratuité apparente de toute narration (aucune qui ne présente plus ou moins, vers cinq heures, le syndrome de la marquise) se trouve rétribuée par la narration même, la justification d'un objet est fabriquée par les conséquences qu'entraîne sa manifestation :

> [...] Crab essaie de sortir un sparadrap de sa pochette en papier. Ne parvient pas à déchirer celle-ci. S'énerve dessus sans succès. Mord dedans, en vain. Il s'équipe et s'acharne, et se blesse au doigt avec des ciseaux de couture. Réussit enfin à sortir le sparadrap, qu'il colle sur la petite plaie saignante de son doigt.

> Crab n'est pas de ceux qui disent : On ne saurait comparer telle et telle chose. Il ne voit pas ce qui pourrait l'empêcher de comparer par exemple un chien et une aiguille [...]. S'il est parvenu à la conclusion que le chien supplantait

l'aiguille, dans l'absolu, que le chien est globalement supérieur à l'aiguille, et qu'il doit recoudre un bouton, Crab utilise le chien. On ne manque pas de lui faire remarquer alors, en le voyant peiner sur son ouvrage, qu'avec une aiguille il en serait déjà venu à bout. Et Crab est obligé de lâcher son chien sur ces malins pour leur prouver qu'il a raisonné juste, et même puissamment.

L'objet est bien là et en même temps on l'escamote, il disparaît et reparaît sans cesse, pris dans la circularité de sa fonction : il justifie le texte, le texte le justifie, et pourtant rien n'est justifié. Nous sommes pris dans les mailles de la texture, ce matériau sécrété par le jeu, l'accouplement et la procréation du poisson et du pêcheur, de l'auteur et du lecteur. Le lecteur trouve dans le texte ce qui lui manque, il peut quelques heures être ou jouer à être ce qu'en dehors du livre il n'est jamais : une conscience pourvue du poids, de l'épaisseur des choses sans cesser d'être conscience, une chose aussi translucide que la conscience. L'écart qui le sépare des choses se trouve reporté comme à l'intérieur d'elles, l'écart devient l'être lui-même au sein de la texture. L'écrivain, quant à lui, trouve dans le texte le lecteur. Il ne peut exister seul. Il écrit son texte sur le mode du « comme si », d'un virtuel que le regard radicalement autre, toujours présent à l'horizon de son texte, transformera en actuel. Il a besoin de ce regard inconnu qui serait à son texte ce que lui ne parvient jamais à être, lui donnerait l'évidence dont il se trouve dépourvu, et pour qui il apprête la place, comme un dieu disposerait idéalement la matière qu'un esprit errant ne pourrait s'empêcher de venir habiter. Chacun de son côté cherche l'autre. Le lecteur se trouve face à un objet étrange qui lui propose l'intimité de son étrangeté. L'auteur, intimité vide et dépourvue de sens, s'avance vers l'étrange, vers la possibilité du regard qui le rendra étrange à lui-même.

L'auteur à la fois est et n'est pas son livre. Comme il est son livre, voici que sa conscience n'est plus cette activité à l'existence incertaine et fuyante, elle s'est concrétisée en un objet indubitable, substantiel. Mais comme il n'est pas son livre, cette substance ne l'enferme pas, ne l'épuise pas, elle se renouvelle et se nourrit sans cesse d'elle-même, à condition que le livre même soit constitué de telle sorte que sa différence ne s'épuise pas. Il faut être mort pour ses lecteurs, afin de rester indéfiniment en deçà de son livre. De ne pas sortir de cette inépuisable réserve de non-être qui laisse vivre le livre. L'écrivain qui en sort s'enrhume vite. Vouloir être écrivain, c'est vouloir accéder au sens par l'insignifiant, vouloir que le public se charge de transformer l'inessentiel en essentiel.

L'objectif du texte est toujours plus ou moins narcissique. Il s'agit d'affirmer la différence de l'auteur lui-même. Il est différent par la singularité de son livre, mais toujours infiniment différent de cette singularité. Différence sans contenu, comme celle de Crab : différence pour la différence, dépourvue de qualité intrinsèque, de communicabilité, différence qui ne nourrit pas. Mais précisément, cette absence de contenu, cette probité inflexible dans la recherche de la gratuité qui rapporte confère aussi au texte (à son écriture, à sa lecture) sa valeur éthique, à l'extrémité de sa non-valeur. À ce point, l'habileté peut se renverser en innocence. L'apprentissage de la différence vide revient à une forme d'ascèse : dans la fantaisie et les paradoxes incessants des ouvrages de Chevillard, plus rien ne tient, plus personne ne peut se resserrer frileusement autour de ce que l'on croit posséder, de ce que l'on se figure être, le jeu ouvre toutes les possibilités. Le narcissisme absolu se perd dans la dissolution des identités. La perfection obstinément recherchée rencontre sur son chemin la nécessité de la faiblesse. La pure stratégie rhétorique devient apprentissage de la dépossession. L'exercice formel se transforme en requête de la grâce, et cette requête peut-être est la grâce même, qui s'ignore. C'est ainsi que la qualité esthétique est aussi une qualité morale et une forme de la vérité. Appelons cette qualité multiforme la justesse.

JEAN-PIERRE RICHARD : LA CHAIR ET L'ENTRELACS

Peu d'universitaires aujourd'hui s'attachent, comme Jean-Pierre Richard, à commenter les écrivains contemporains, à en étudier les textes à chaud, presque au moment de leur parution. Ils ne sont guère plus nombreux à pratiquer la critique en renonçant à l'arsenal de l'érudition, de la citation, de la référence savante. Jean-Pierre Richard braconne à mains nues parmi les livres. Dans son dernier recueil, *Essais de critique buissonnière*, il pousse l'audace jusqu'à faire voisiner, à son tableau de chasse, les grosses prises et le petit gibier, Hugo et Philippe Delerm, Claudel et Marie Desplechin, comme pour évacuer, non sans quelque ostentation, ni quelque malice sans doute, la question de la valeur et la question de la dimension historique des textes : tous s'adressent à nous au présent, c'est de cela qu'il s'agit de rendre compte. Il n'y a pas non plus de hiérarchies : la critique n'est pas affaire de taille, mais de saveurs, plus ou moins puissantes, plus ou moins délicates. Or la saveur est chose fugitive. Elle a besoin, pour que la jouissance s'en prolonge, s'en approfondisse, de venir aux mots. Elle doit être partagée. Même une jouissance littéraire demeure en quelque sorte, en nous, préverbale, et demande d'autres mots pour les sensations souvent confuses que des mots ont engendrées.

Jean-Pierre Richard, *a priori*, réécrit littérairement des textes littéraires. La critique telle qu'il la pratique prête alors le flanc à l'accusation de paraphrase. Des textes anciens, produits d'un monde qui n'est plus le nôtre, ont besoin d'un éclaircissement historique ou linguistique ; on admet le principe d'une lecture analytique, marxiste, structuraliste, qui applique au texte des instruments précis et l'interprète réellement, en fait passer les données dans un langage autre. Mais pourquoi redire ? Que nous donne alors le critique, que le texte, du moins pour l'essentiel, déjà ne nous ait donné ?

Il y a deux manières de répondre à cette objection : on peut d'abord simplement se contenter d'aborder l'œuvre de Jean-Pierre Richard comme de la littérature, mais de la littérature au second degré. Y lire des mots issus d'une expérience indirecte : celle des livres, non celle de la vie. Après tout, notre expérience est toujours un peu livresque, et l'amour fait de romans d'amour. Après tout, nous savons bien que les romans eux aussi sont constitués de romans, même si, bien souvent, ils préfèrent nous laisser croire le contraire. Les récits plus ou moins autobiographiques de Jean-Pierre Richard nous raconteraient l'expérience de ses lectures, ses errances et ses chasses dans la forêt des livres. Nous n'aurions même pas besoin d'avoir lu, ou d'aller lire les textes dont il parle, comme il n'est pas nécessaire d'aller à Parme ou à Grenoble pour aimer Stendhal.

Mais rien n'empêche de prendre ces textes pour ce qu'ils se donnent, c'est-à-dire, bel et bien, de la critique. Jean-Pierre Richard dit très justement, dans l'« Avant-propos » de *L'État des choses* : « dans une œuvre littéraire [...] il me semble aujourd'hui que les choses montrent, mais ne disent pas. » Il énonce ainsi ce programme critique :

> Commenter, dès lors, ce ne serait pas trahir leur laconisme, vouloir dire à leur place ce qu'elles auraient pour vertu, peut-être pour bonheur de taire, ce serait, au contraire, continuer à montrer, montrer une deuxième fois ce qu'elles montrent, mais le faire un peu différemment, dans un autre ordre, le re-montrer (?) — surtout pas le démontrer.

D'où une manière de discrétion critique qui est aussi une forme d'élégance. Une piste de lecture psychanalytique ne sera jamais qu'entrouverte, parfois d'un mot, mot voilé de deux parenthèses, atténué d'un point d'interrogation. Il n'est pas question de passer sur un autre plan de parole, là où le silence littéraire n'a plus cours (là où le bruit interprétatif, trop souvent, brise le charme littéraire), mais de refaire entendre ce silence, et d'une certaine manière de s'assurer qu'il y a bien là silence.

Le texte, certes, dit tout, et tout est là. Il n'est pas besoin d'aller chercher ailleurs, en dessous, ou à côté. Il faut redire. Mais la redite, pour le critique et pour le lecteur qui réitère sa lecture du texte par la lecture du critique, n'est pas un simple redoublement. Le texte, d'être dit autrement, se trouve comme enrichi d'un supplément de conscience. Ce n'est pas alors que son sens est modifié, mais qu'il trouve en nous à atteindre d'autres niveaux, à engendrer de nouveaux réseaux, et, en dernier ressort, c'est là peut-être ce que l'on peut appeler le sens : la capacité d'un texte à s'associer aux divers lieux d'un espace mental. Le « silence » du texte est son aptitude à faire naître du sens.

Il ne s'agit alors, en effet, pas seulement de prolonger et d'approfondir, mais, plus essentiellement, de lier. Relier, re-monter dans le texte, ouvrir aussi chez le lecteur toutes sortes de possibilités d'associations. Tel est le sens du travail de Jean-Pierre Richard : commenter un texte, c'est se faire l'auxiliaire de ses vertus, l'aider à libérer ses *principes actifs*, non pas en l'interprétant, ce qui est déjà choisir à sa place, mais bien plutôt en verbalisant sa présence quasi physique, en le *présentant*, pour reprendre le terme que Jean-Pierre Richard, dans l'« Avant-propos » de *Terrains de lecture*, emprunte lui-même à Walter Benjamin. Il s'agit d'exposer « la panoplie d'êtres ou d'essences matérielles où s'investit ce qu'on aimerait pouvoir nommer une "idiotie" » :

> Les *présenter*, dans quelques œuvres modernes et stimulantes, ou plutôt les re-présenter, les faire apparaître une deuxième fois, dans un ordre un peu différent de celui que nous offrent les livres eux-mêmes, voilà bien l'une des possibilités de la critique littéraire. La critique : cette écriture au service des écritures.

À la limite, l'enjeu d'une telle critique est moins de connaissance que d'expérience : le commentaire, s'il vise d'un côté, explicitement, à « lire le texte au plus vif de sa communication avec un monde », a de l'autre côté, implicitement, pour horizon notre propre rapport au monde.

Au monde, non pas au texte ni au savoir. D'autres critiques visent à faire entrer le texte dans le cadre d'un savoir théorique précis. La critique telle que la pratique Jean-Pierre Richard va au plus près de la vie. Elle tient de la phénoménologie. Mais la phénoménologie n'est pas ici un savoir, elle désigne bien plutôt un non-savoir, une réduction à l'immédiateté d'une relation ontologique entre le sujet et le monde, entre la conscience et l'être. C'est d'ailleurs cette réduction qui fait que la critique telle que la pratique Jean-Pierre Richard ne relève pas seulement de la science, mais aussi du jugement et du talent — ce qui la rend d'autant plus exigeante. Elle présuppose que la littérature, dans ce qu'elle a de plus authentique, cherche par le langage à retrouver cette immédiateté qui ne se trouve ni dans le savoir, ni, bien souvent, dans l'expérience même. En lisant, cette immédiateté peut à nouveau se perdre. L'acte critique consiste alors à aider le lecteur à conserver l'exigence de l'immédiat, à maintenir constante une sorte d'intensité, à *garder le contact.* Une telle critique présente l'avantage, dans le vieux débat entre clôture et ouverture du texte, de ne pas choisir entre deux positions absurdes dans leurs versions extrémistes : parler autour du texte au lieu d'en rendre compte, ou bien prétendre qu'il n'y a rien hors du texte. Jean-Pierre Richard ne parle en effet que du texte, des mots du texte, mais le sens de l'œuvre n'est pas ce sur quoi elle se ferme : il réside dans ce qu'elle vise, toujours hors d'elle-même. L'œuvre se construit comme son propre dépassement vers le monde, restituant en cela à sa nudité notre relation au monde, qui est d'une ek-stase, comme disait Sartre.

Une telle attitude critique n'est possible que dans la mesure où elle considère en même temps le texte littéraire moins comme un résultat que comme une origine : c'est dans le texte que se constitue l'expérience, plus encore qu'elle ne se trouve au départ du texte, et cette expérience peut donc alors logiquement se continuer dans le texte second, le texte critique.

L'expérience la plus immédiate qui se forme dans le langage littéraire, selon Jean-Pierre Richard, est celle d'un vide. Ce vide, la critique le pointe et le circonscrit, un peu comme, selon Claudel, un poème se construit autour d'un trou. La nécessité de ne pas perdre de vue l'expérience originelle du vide d'être, de ne pas oublier le vertige, commande par exemple l'étude que Jean-Pierre Richard consacre à Christian Bobin dans *Terrains de lecture* :

> Ce qui nourrit une telle présence au monde, toute cette œuvre le suggère, avant de très précisément le dire, c'est donc une fascination d'absence. Dans la neige l'allégement va vers une exténuation ; la lumière brûle, épuise les êtres lumineux. Le vent transit tout ce dont il s'empare, avant de s'en dessaisir et de le jeter ailleurs.
>
> Exaltation, sans terme, d'une « abondance de rien », étonnement d'une perte où tout se retrouverait. Ce serait, encore, la définition de l'écriture : aliénation devenue positive [...].
>
> Mais cette douceur, cette continuité des choses, comme un vaste corps offert, l'écriture ne peut se contenter de les reproduire en elle, ni même de nous en proposer la jouissance : elles

doivent, nous le savons, demeurer travaillées, dans les formes du style aussi, par le tourment, ou le tournoiement d'une légèreté émancipante, d'une chair ou d'un sens manquants, d'un vide « souverain ».

Ainsi les objets, les matériaux, les sensations étudiés par Jean-Pierre Richard témoignent-ils toujours d'une double postulation, et portent-ils la trace du travail de forces contradictoires : ouvrir le manque et le compenser ; l'imagination poétique les met en œuvre pour demeurer au plus près de l'expérience fondamentale du manque d'être par lequel de l'être peut advenir. Ainsi le texte littéraire engendre-t-il bel et bien du réel.

Dans cette démarche, Jean-Pierre Richard est à la fois l'héritier de la psychanalyse existentielle sartrienne, qui se propose de « dégager le sens ontologique des qualités », et de l'imagination matérielle selon Bachelard, qui oppose le travail humain, la volonté transformatrice à ce qu'elle estime être la passivité existentialiste. Et, de fait, dans sa manière d'aborder la relation de l'œuvre avec ce « rien » originel, Jean-Pierre Richard semble se donner pour objectif de faire observer le travail incessant de synthèse créatrice, la spirale où, au cœur du langage littéraire tel qu'il constitue (et non exprime) l'expérience fondamentale, l'absence et la présence, le voyant et le visible s'engendrent mutuellement. Il rejoint là spontanément une autre phénoménologie, celle de Merleau-Ponty, dominée, dans *Le*

Visible et l'Invisible, par la figure de l'entrelacs et la notion de *chair* (évoquée dans l'« Avant-propos » de *Terrains de lecture*). Le tempérament de Jean-Pierre Richard, qui le porte à l'accord, à l'éloge, à la jouissance et à la fraternité, correspond bien à cette philosophie de la *réversibilité* qu'est celle de Merleau-Ponty, où la chair est ce « rapport à lui-même du visible qui me traverse et me constitue en voyant », « retour sur soi du visible, adhérence charnelle du sentant au senti et du senti au sentant ». L'expérience du langage elle-même obéit à ce principe :

> Quand la vision silencieuse tombe dans la parole et quand, en retour, la parole, ouvrant un champ du nommable et du dicible, s'y inscrit, à sa place, selon sa vérité, bref, quand elle métamorphose les structures du monde visible et se fait regard de l'esprit, *intuitus mentis*, c'est toujours en vertu du même phénomène fondamental de réversibilité qui soutient et la perception muette et la parole, et qui se manifeste par une existence presque charnelle de l'idée comme par une sublimation de la chair.

Jean-Pierre Richard semble ainsi donner à la critique le rôle que, selon Merleau-Ponty, Husserl donne à la philosophie :

> En un sens, comme dit Husserl, toute la philosophie consiste à restituer une puissance de

signifier, une naissance du sens ou un sens sauvage, une expression de l'expérience par l'expérience qui éclaire notamment le domaine spécial du langage. En un sens, comme dit Valéry, le langage est tout, puisqu'il n'est la voix de personne, qu'il est la voix même des choses, des ondes et des bois.

On voit bien, dans la manière dont Jean-Pierre Richard travaille les textes, comment il entend « restituer la puissance de signifier ». Son imaginaire critique le conduit à rechercher des formes, des textures privilégiées, à se les approprier. Elles deviennent presque autant les siennes que celles des auteurs qu'il interroge, et sans doute n'a-t-il choisi ceux-ci que parce qu'ils les offraient à sa propre rêverie. Dans l'imagination matérielle, ce qui attire son attention de manière privilégiée, ce sont, conformément aux principes de Bachelard, les traces et les étapes d'un travail : genèse, métamorphose, étirement, construction. D'une manière très générale, il scrute les processus de différenciation et d'indifférenciation, les manières dont une entité se constitue et se défait. Ainsi dans *La Mer* de Michelet, où l'élément marin est présenté comme *mucus* ou comme *glu* :

Dans cette continuité il faudra bien envisager pourtant quelques fractures : le lieu où quelque chose se produit, celui où il cesse d'être, celui aussi, peut-être, où il se heurte à quelque chose d'autre.

Ainsi chez Ponge :

> ce qu'il faut percevoir, c'est la manière [...] dont la continuité suggérée de la gluance se lie à une vertu exactement inverse, le pointillé, le granuleux du gui. Dans le tissu homogène de la glu, le texte oblige à imaginer l'individualité, le détachement des baies de gui.

Ces quelques lignes sont caractéristiques : la continuité informe, la viscosité représente la pâte même du monde, en tant qu'elle s'offre comme matériau à travailler (le visqueux, le gluant n'est pas seulement, comme fusion du solide et du liquide, comme continuité informe, l'image du matériau originel. Il n'est originel que parce que la conscience créatrice est déjà présente en lui, que dans la mesure où elle s'annonce en lui. Le visqueux représente l'état de disponibilité du monde, la synthèse de son opacité et de la ductilité de l'esprit : à la fois compact et défait, le visqueux ouvre le monde comme possible). Au cœur de cette continuité intervient une opération qui informe, individualise et sépare. Bref, à partir de quelque chose qui est *de* l'être, la présence à l'état pur, on assiste à la formation d'*un* être. Moment équivoque, entre le deuil suscité par la rupture et la joie d'une naissance. Mais l'être ainsi constitué ne se définit pas seulement dans la négation de cc dont il s'est détaché : la forme ne cesse de renvoyer à l'informe, l'informe exige en quelque sorte la forme pour devenir pleinement lui-même. On retrouve cette relation dans de nombreuses études. Dans celle consacrée à Michelet :

> Le corail va, presque sans transition, de la glu au rocher, à l'herbe qui le recouvre, au polype qui l'anime, à la chair qui le recueille.

Dans l'analyse de *Lorenzaccio*, sous les espèces du multiple et du singulier :

> Quant à l'herbe des bois, à la pelouse des jardins, heureusement mariée aux troncs et aux cascades, elle fabrique un champ, tout maternel, de fécondité, de singularité aussi : ce qui séduit en elle, c'est la *première* fleur qu'elle produira, et c'est l'ensemble de ses *brins* encore, « tous les brins d'herbe de mes bois ». Cette combinaison, un peu folle, du singulier le plus minime et de l'ensemble le plus vaste, a de quoi attacher l'imagination.

Parfois, un équilibre s'instaure entre le point (tension vers l'infiniment petit de l'être qui se rétracte sur sa singularité) et la ligne (tension vers l'illimité de l'être qui s'étend hors de lui-même). Ainsi la pluie, obsessionnelle chez Jean Rouaud : entre la goutte d'eau, « qui marque l'accès à une individualité de l'élément, à une suffisance aussi », et l'averse qui réveille la diversité des choses. Le travail de l'écrivain, dans l'idéal, parvient à cet équilibre, et l'écriture au sens matériel du terme, telle que la conçoit une vieille institutrice, tante du narrateur, c'est-à-dire la plume étirant en lignes les gouttes d'encre, les retournant sur elles-mêmes, est à l'image de la littérature : « Car ce qu'il faudrait d'abord sauver dans l'écriture, style et vision mêlés, ce sont bien en effet, comme le pense la petite tante, *les pleins et les déliés* : plénitude et déliement, chacun menant à l'autre, protégeant l'autre. »

Cependant, on en arrive aussi à des points limites de la tension, aux confins de l'observable, décelés plus que montrés par la critique, comme, en astronomie, on détecte l'existence de certains corps, non par l'observation, mais par la déduction. Ainsi l'oiseau hugolien :

> Il est comme un point, dynamique, de non-visibilité. Traversant la transparence, il se laisse aussi bien traverser par elle, ce qui lui vaut la qualification, poétique, mais peut-être impropre zoologiquement, d'amphibie. Le seul oiseau authentique serait-il celui qu'on n'aperçoit pas vraiment [...] ? Mais tout oiseau doit être pensé, en termes hugoliens, comme un « fait de frontière ». Il suffit de le prendre pour un indicateur d'espace, un provocateur de transparence : de

le voir en somme, simplement, ou de l'imaginer, comme un « travailleur de l'air ».

Cette conclusion illustre parfaitement la torsion inhérente au fait littéraire, en tant qu'il met à nu moins un matériau de prédilection que la forme même de notre relation au monde, en tant, plus exactement, qu'il la dégage en la *faisant travailler* : l'objet tend à aller jusqu'au bout de sa singularité, et dans ce mouvement de perfection, comme l'oiseau, il disparaît, faisant advenir dans sa plénitude ce dont il s'est séparé : le monde même, comme transparence, accueil, le monde retrouvé au moment où l'étirement d'un parcours individuel achève de le déployer. Tel est le travail de l'imaginaire : constituer, en mots, sa différence propre pour mieux la projeter à l'horizon, la libérer, la faire disparaître. Partir afin de mieux *revenir*, au cœur de soi, au monde. On sent, dans ces lignes finales, comment le travail critique fait décoller le texte hugolien lui-même, pour pointer, parmi ses motifs privilégiés, ce mouvement fondamental de torsion.

C'est ce même mouvement qui attire Jean-Pierre Richard vers *Rimbaud le fils* de Pierre Michon. Si Rimbaud ne veut pas, selon la formule de Pierre Michon, « devenir le fils de son propre langage », c'est bien qu'il n'entend pas s'immobiliser dans la constitution d'une particularité individuelle, qu'il se refuse à devenir *par* la littérature, mais cherche à devenir *contre* le sens de l'acte littéraire, contre sa dynamique. En revanche, la poésie de Rimbaud, vue par Michon interprété par Richard, parvient à faire coexister les contradictions les plus violentes dans la *danse*, conflit et rythme à la fois : « Continuité tout à la fois dynamique et circulaire. Et cette figure, légèrement modifiée, spiralée, sert à décrire le procès même du sens dans les *Illuminations* : ce petit tourbillon dans lequel toute la langue fuit avec le sens qui s'en va. » Fuite qui, encore une fois, est une manière de faire advenir le réel.

Le travail de la critique ainsi pratiquée par Jean-Pierre Richard consiste donc moins à analyser des formes ou des matières privilégiées qu'à montrer la tension, l'étirement extrême entre la continuité informe et la forme détachée. Il y aurait un malentendu à limiter une telle critique à la définition d'idiosyncrasies, à cette *idiotie* littéraire dont pourtant Jean-Pierre Richard se réclame. Bien sûr il s'agit, d'un même mouvement, de définir des singularités d'univers, et aussi des objets singuliers (« Où commence la singularité de la mer [et de *La Mer*] ? », lit-on au tout début de l'étude consacrée à Michelet dans les *Essais de critique buissonnière*). Mais ces singularités, l'acte critique, à force d'en raffiner et d'en épurer la forme, montre comment elles rejoignent, dans leur séparation même, une continuité, comment l'œuvre dans sa différence montre le mouvement en lequel elle s'est différenciée, montre donc non pas *un* sens, mais le sens même. L'acte critique tel que le conçoit Jean-Pierre Richard est du même ordre : tout en continuant le texte, il le place sur des rails, il l'étire en quelque sorte hors de lui-même, et si dans le texte littéraire le langage manifeste explicitement une *torsion* au sens que Merleau-Ponty donne à ce terme, Jean-Pierre Richard donne à cette torsion un tour de plus : ce n'est pas, mots sur des mots, nous éloigner des choses, mais associer plus étroitement encore les unes et les autres.

Il y a ainsi une rêverie critique du *filage* chez Jean-Pierre Richard, sous différentes formes (glissement, étirement, fuite...) : on trouve chez lui des « lignes de rêverie », on y apprend que « rêver, c'est glisser, sans arrêt aucun, sans trêve, d'une forme, d'un domaine, d'un règne à l'autre ». Étirement et filage préservent la continuité de la chose, la maintiennent dans une forme déterminée, et en même temps, dynamiquement, la projettent au-delà d'elle-même. Dans la belle analyse consacrée au personnage d'Antonio dans *Le Chant du monde*, « l'étirement euphorique des actes et des mots » qu'accomplit le protagoniste permet de réunir dans une même notion la ductilité des matières et des corps, la faculté qu'ont les mots de lier et d'associer, réunion rendue possible par un autre étirement :

> L'étirement d'Antonio, propagé et comme lui-même étiré, métaphoriquement, hors de son lieu originel d'apparition en vient donc à qualifier tout son paysage externe, et toute la magie de sa parole, cette « bouche d'or » qui s'ouvre chez les vrais raconteurs d'histoires, chez celle donc aussi qui va nous conter *Le Chant du monde*.

On n'en finirait pas de citer les passages où le critique rêve de ce mouvement, de cette souplesse ontologique autorisant l'étirement et la torsion en lesquels mots et choses se rejoindraient, se confondraient. Le récit que fait Pierre Michon dans *Vies minuscules* de la mort d'un prêtre dont la vie, au dernier instant, semble trouver un sens, suscite ce commentaire :

> comme si le père tirait, halait maternellement sa créature en un espace où il serait en même temps, et de part en part, matière et langage : « hiéroglyphe accompli, forme consommée ». Consommée : c'est-à-dire jouie, achevée, épuisée. Cette consomption par un rien (?) glorieux : voilà bien l'un des possibles achèvements du minuscule.

Le sens (la forme) est envisagé dans une telle rêverie critique comme épuisement de la matière : s'il coïncide avec le rien, c'est plus par gourmandise que par austérité métaphysique.

Le langage littéraire s'efforcerait ainsi d'être homologue au monde comme *chair*, ou plus exactement la littérature, telle que Jean-Pierre Richard l'aborde, serait cette activité humaine dans laquelle le sujet et le monde s'éprouvent le plus lucidement l'un l'autre comme chair. On sent bien, tout particulièrement dans l'étude sur Ponge, cette réversibilité : la parole ne se contente pas de se détacher du monde, après avoir été engendrée par lui, elle le suscite, elle est le lieu même de l'expérience :

> Ce sont les *mots* qui, par rapport aux choses, à la glu des choses, se chargent de signifier ou sursignifier cette opération, en même temps qu'ils sont produits et désignés par elle. De l'objet au langage, n'y a-t-il pas eu à la fois ici engendrement et coupure, solidarité et séparation, « quittance », comme l'écrira Ponge de la figue ? [...] faut-il comprendre alors que c'est la contraction du mot *grumeaux*, de *grumeaux* comme image du mot, qui permet de congédier la viscosité première ?

L'écriture dessine un entrelacs (au sens de Merleau-Ponty) : écriture-corps, elle ne s'éloigne à l'horizon que pour mieux dessiner la place en creux où pourra s'installer, ni un *je* ni un monde, mais bien un être-là, une présence au monde. Si l'étirement est le mouvement caractéristique d'une chair qui, se déliant, devient forme (et par conséquent d'un être allant chercher le monde), il est un autre objet privilégié dans la rêverie critique de Jean-Pierre Richard, peut-être parce qu'il représente le même mouvement fondamental, mais considéré de manière inverse : *le temps qu'il fait.*

L'atmosphère, les précipitations, bref le climat, changeant, impalpable, indéfinissable, n'a guère de forme déterminée. Il représente, pour ainsi dire, le monde dans ce qu'il a de plus subtil et de plus volatil, son parfum, ou sa saveur. Le temps qu'il fait est d'autant plus du côté de l'informe qu'il se situe en deçà des déterminations les plus fondamentales : il n'appartient ni à l'espace, ni au temps. « C'est, pour l'imagination [...] un être flottant, invisible, infixable. » Or, on dirait que, dans la saveur climatique, le monde s'étend vers le sujet, le pénètre jusqu'à lui donner forme. L'évanescent, le dispersé, l'indéterminé du temps qu'il fait constitue une singularité, développe une « puissance unifiante ». Ainsi réalise-t-il bel et bien la synthèse d'un état du monde et d'un état d'âme. C'est pourquoi Jean-Pierre Richard, dans l'étude qu'il consacre au temps météorologique chez Proust, donne la place essentielle à ce passage de *Du côté de chez Swann* où le souvenir d'impressions climatiques est décrit en termes de « réseau » unifiant, conférant son identité pour Swann à cette entité singulière, l'amour qu'il éprouve pour Odette :

> Toutes les mailles d'habitudes mentales, d'impressions saisonnières, de réactions cutanées [...] avaient étendu sur une suite de semaines un réseau uniforme dans lequel son corps se trouvait repris.

Le climat ramène l'être dans ses filets et le fait revenir, d'un même mouvement, à lui et au monde. Jean-Pierre Richard insiste sur ce texte parce que, dans le réseau, l'entrelacs saisit le corps, forme et chair s'accomplissent ensemble. On trouve une rêverie identique (et symétrique) à propos de Rouaud, de son « désir d'une sorte de filet imaginaire, mémoriel, notionnel aussi, dans lequel, en un mouvement de "zigzags", de croisements, d'anticipations, de retours en arrière, de parenthèses, de répétitions, de rencontres, un corps, une écriture-corps s'annexerait peu à peu [...] tout l'obscur d'une histoire familiale à demi perdue ».

Lorsqu'il en vient, dans *Le Visible et l'Invisible*, « au point le plus difficile, c'est-à-dire au lien de la chair et de l'idée », c'est exactement au même passage d'*À la recherche du temps perdu* que Merleau-Ponty fait appel. La « petite phrase » de la sonate de Vinteuil, lorsqu'elle fait revivre à Swann son amour passé, illustre parfaitement la relation entre visible et invisible : la petite phrase ne signifie pas abstraitement une idée, elle déploie une dimension, celle du sens. Produire du sens consiste à ouvrir la possibilité signifiante du monde, à dévoiler une absence féconde :

> Les idées musicales ou sensibles, précisément parce qu'elles sont négativité ou absence circonscrite, nous ne les possédons pas, elles nous possèdent.

De même, les idées abstraites « animent ma parole intérieure » et « restent au-delà des mots », « parce qu'elles sont ce certain écart, cette différenciation jamais achevée, cette ouverture toujours à refaire entre le signe et le signe ». C'est pourquoi, « si mes paroles ont un sens, ce n'est pas parce qu'elles offrent l'organisation systématique que dévoilera le linguiste, c'est parce que cette organisation, comme le regard, se rapporte à elle-même ». Le sens tient à la fois à cet arrangement particulier et à cette absence sur lequel il ouvre et qui le rend possible. Tout locuteur « s'institue aussi *délocutaire*, parolc dont on parle ; il s'offre et offre toute parole à une Parole universelle ».

Non pas, après coup, faire la grammaire d'un texte et en donner les lois de fonctionnement, mais bien souligner ce mouvement dans lequel une parole *se rapporte à elle-même* ; désigner, dans l'objet littéraire, un usage de la langue tel qu'il se rapproche de l'idéal d'une *langue de personne*, tel est, semble-t-il, le sens de l'entreprise critique de Jean-Pierre Richard. D'une part le commentaire isole le texte dans sa singularité, en définit la saveur spéciale, en souligne d'autant plus les contours qu'il le fait voisiner avec des textes différents. D'autre part, il épuise cette singularité en l'étirant, il la *neutralise* (il la rend au silence en la redisant). Passant dans la voix plus impersonnelle du critique, le texte *se délivre*. Alors en effet le *terrain de lecture* devient *terrain neutre*, espace de rencontre du sujet et du monde.

NOTICE BIBLIOGRAPHIQUE

Une partie de cet ouvrage provient, après diverses modifications, des articles suivants :

« Les petits mondes à l'envers d'Éric Chevillard », *Nouvelle Revue française,* juillet-août 1993.
« Marie Darrieussecq ou la colossale finesse », *L'Atelier du roman,* n° 13, hiver 1997-1998.
« La littérature sans estomac », *Hesperis,* n° 1, printemps 1998.
« Les microcosmopolites », *Critique,* novembre 1998.
« *Les Particules élémentaires,* roman génial ou bricolage douteux ? », *Hesperis,* n° 2, automne 1998.
« Crab ou la pêche au gros », *Poétiques de l'indéterminé : le caméléon au propre et au figuré,* actes du colloque du CRLMC, Clermont-Ferrand, Association des publications de la Faculté des Lettres, 1998.
« L'œuvre anthume d'Éric Chevillard », *Critique,* mars 1999.
« Le coup de la Mer rouge », *Hesperis,* n° 3, mai 1999.
« Gérard Guégan : *Les Irrégulières* », *Nouvelle Revue Française,* juin 1999.

« La chair et l'entrelacs », *Critique,* octobre 2000.
« Une martyre de la littérature : Christine Angot », *L'Atelier du roman,* n° 25, mars 2001.

Ouvrages commentés :

Christine Angot, *L'Inceste,* Stock, 1999. *Quitter la ville,* Stock, 2000.
Frédéric Beigbeder, *99 F,* Grasset, 2000. *Dernier inventaire avant liquidation,* Grasset, 2001.
Mehdi Belhaj Kacem, *Cancer,* Tristram, 1994.
Emmanuelle Bernheim, *Vendredi soir,* Gallimard, 1998.
Christian Bobin, *La Femme à venir,* Gallimard, 1990. *Le Très-Bas,* Gallimard, 1992.
Éric Chevillard, *Mourir m'enrhume,* Éditions de Minuit, 1987. *Le Démarcheur,* Éditions de Minuit, 1988. *Palafox,* Éditions de Minuit, 1990. *Le Caoutchouc décidément,* Éditions de Minuit, 1992. *La Nébuleuse du crabe,* Éditions de Minuit, 1993. *Préhistoire,* Éditions de Minuit, 1994. *Un fantôme,* Éditions de Minuit, 1995. *Au plafond,* Éditions de Minuit, 1997. *L'Œuvre posthume de Thomas Pilaster,* Éditions de Minuit, 1999. *Les Absences du capitaine Cook,* Éditions de Minuit, 2001.
François de Cornière, *La Surface de réparation,* Le Castor astral, 1997.
Marie Darrieussecq, *Truismes,* P.O.L, 1996.
Philippe Delerm, *La Première Gorgée de bière,* Gallimard, 1997. *Il avait plu tout le dimanche,* Mercure de France, 1998. *La Sieste assassinée,* Gallimard, 2001.

Jean Echenoz, *Un an,* Éditions de Minuit, 1997.

Gérard Guégan, *Les Irréguliers* [1974], Flammarion, 1999. *Les Irrégulières,* Flammarion, 1999.

Éric Holder, *La Belle Jardinière,* Le Dilettante, 1994. *Nouvelles du Nord et d'ailleurs,* Le Dilettante, 1998.

Michel Houellebecq, *Les Particules élémentaires,* Flammarion, 1998. *Plateforme,* Flammarion, 2001.

Camille Laurens, *Dans ces bras-là,* P.O.L, 2000.

Catherine Millet, *La Vie sexuelle de Catherine M.*, Seuil, 2001.

Bernard Noël, *La Chute du temps,* Gallimard, « Poésie », 2000.

Valère Novarina, *Théâtre,* P.O.L, 1989. *Le Théâtre des paroles,* P.O.L, 1989. *Vous qui habitez le temps,* P.O.L, 1989. *Pendant la matière,* P.O.L, 1991. *Je suis,* P.O.L, 1991. *Le Discours aux animaux,* P.O.L, 1993. *L'Opérette imaginaire,* P.O.L, 1998. *L'Origine rouge,* P.O.L, 2000.

Marie Redonnet, *Forever Valley,* Éditions de Minuit, 1987. *Silsie,* Gallimard, 1990. *Candy Story,* P.O.L, 1992.

Jean-Pierre Richard, *L'État des choses,* Gallimard, 1990. *Terrains de lecture,* Gallimard, 1996. *Essais de critique buissonnière,* Gallimard, 1999.

Olivier Rolin, *Port-Soudan,* Seuil, 1994. *Méroé,* Seuil, 1998. *La Langue,* Verdier, 2000.

Pascale Roze, *Le Chasseur Zéro,* Albin Michel, 1996.

Philippe Sollers, *Éloge de l'infini,* Gallimard, 2001.

Jean-Philippe Toussaint, *La Réticence,* Éditions de Minuit, 1991. *Télévision*, Éditions de Minuit, 1997.

Alain Veinstein, *Tout se passe comme si,* Mercure de France, 2001.
Tanguy Viel, *Le Black Note,* Éditions de Minuit, 1998. *Cinéma,* Éditions de Minuit, 1999.

TABLE

Achevé d'imprimer sur les presses de

BUSSIÈRE

GROUPE CPI

à Saint-Amand-Montrond (Cher)
en septembre 2003

POCKET - 12, avenue d'Italie - 75627 Paris Cedex 13
Tél. : 01-44-16-05-00

— N° d'imp. : 35214. —
Dépôt légal : octobre 2003.

Imprimé en France